安達 瑶

転生刑事

実業之日本社

実業之日本社文庫

目次

第一章　楽しい不良刑事ライフ

若い男が、走る。弾丸のように走る。通行人を突き飛ばし、腕で押しのけ掻《か》き分け、顔を歪《ゆが》めて、とにかく爆走する。

それを、中年の男が猛然と追う。

逃げる男は足が絡まって、つんのめりながらも、とにかく体勢を立て直して、走る。

男たちの勢いに恐れをなした人波が、左右に分かれた。

その真ん中を二人が走る。

先を走る男は長髪で整った顔立ち。ファッショナブルなブルゾンにパンツを穿《は》き、芸能人が何かのロケで走っているように見えてしまう。

その一方で、追う側の男は野獣のような風貌。黒ずくめのジャケットにジーンズ、髭面《ひげづら》に鋭い眼光、鋼のような全身から殺気を放っている。目を血走らせた怒りの形相。そこを退《ど》け、邪魔だと怒鳴り散らし群衆を蹴散らす、さながら怒り狂った赤鬼のようだ。

逃げる男は繁華街を抜けて鉄道の高架下に走ったが、そこは行き止まりだった。フェンスに遮られた若い男はにっちもさっちも行かなくなった。

たたた、という足音がしたかと思うと、追ってきた男が飛びかかった。

たちまち一発二発と顔を殴られ、投げ飛ばされて、若い男はコンクリートの床に転がった。

追ってきた男はその脇腹を思いきり蹴飛ばした。

「げ」

顔と腹を防御して丸くなった若い男を、追っ手の中年男が何度も蹴り上げる。

「や、止《や》めてくれ……」

若い男は悲鳴を上げた。

「なんでこんな……」

「約束を守れ」

中年男はそう言って、なおも蹴り上げた。男の靴は爪先が尖《とが》っている。脇腹や背中にめり込むごとに、若い男は悲鳴を上げた。

「痛《い》ってえよ！　止めてくれよ」

「だから、約束を守れ。守れば止めてやる」

「止めろ……こんなにボコられたら渡すものも渡せなくなる……」

やがて若い男は、丸まる力も無くなったのか、諦めたようにコンクリートの上に大の字になった。

「判《わか》った。渡すよ」

「お前はバカか。最初からそうしてればよかったんだ」

中年男は忌々しそうに吐き捨てた。

「余計な手間をかけさせやがって……早く出せ。ハダカにひん剝《む》いてやろうか？」

中年男はくしゃくしゃになったタバコを取り出すと、折れ曲がった一本を咥《くわ》えて火をつけ、煙を若い男に吹きかけて、もう一度、脇腹を蹴った。

「早くしろ。待たせるんじゃねえ」

若い男はのろのろと起き上がり、パンツの尻ポケットからスマホを取り出した。

液晶画面は割れている。

「ふん。残念だったな。代議士の親父《おやじ》に新しいのを買ってもらえ」

中年男は鼻先で嗤《わら》った。

「刑事さん、あんたの口座は？」

若い男は震える手でスマホを操作しながら訊《き》いた。

「おれの銀行口座が何だ？」

「カネ、振り込むから。今、現金持ってないし」

「バカ野郎。振り込んだら足がつくだろうが！　ワイロはゲンナマと大昔から決まってるんだ。何にも知らねえクソ野郎が！」

ホラ立てよ、と中年男は若い男のブルゾンを摑《つか》んで無理やり立たせた。

「世の中にはATMっていうものがあるんだぜ？　え？　澤島《さわしま》センセイのお坊ちゃま」

「知ってるよ。悪徳刑事の如月《きさらぎ》サンよ」

「てめえ、誰に向かって口きいてる、ああっ？」

如月と呼ばれた中年男は、澤島センセイのお坊ちゃまと呼んだ若い男の頬を往復ビンタした。

「エラそうな口をきくな。エラいのはてめえじゃねえ。てめえの親父だ。与党だろ？　それも重鎮だ。なのにその御曹司《おんぞうし》のてめえはチンケなオレオレ詐欺かよ。まあ一応元締めなのはさすが親父の血筋ってか。世の中を舐《な》めるな。親がエラけりゃ何やっても許されると思ってんのか」

如月はそう言ってお坊ちゃまの胸ぐらをつかんだまま、その鼻を殴った。

ぶわっと鼻血が吹き出して、お坊ちゃまはエルメスのハンカチを慌てて取り出して顔に当てた。

「勘違いするんじゃねえぞ。お前を見逃すわけじゃねえ。カネで口を噤《つぐ》んでやるって言ってるんだ」

三十分後。

繁華街のＡＴＭから足を引きずりながらお坊ちゃまが出て来た。

近くで待っていた如月に分厚い封筒を渡す。

「約束通り、三入ってる」

如月は、判ったと言って中味を検めもせず、ジャケットの内ポケットに仕舞った。

「確認しないのか？　あとから足りないとか言われても困る」

「言わねえよ。お前を信用してる。つうか、ここまで来ておれをたぶらかす度胸はないよな。お前のヤワな根性じゃ」

厚さで判るしな、とうそぶいた如月は、お坊ちゃまに背を向けて立ち去ろうとした……ところが、数歩歩いて振り向いた。

「それとな、もうオレオレ詐欺は止めろ。どうせやるなら人の良いジジババからカネを毟《むし》り取るより、悪いヤツからムシれ。いや、それだと闇バイトになるか……そうだ。お前の親父からカネをせびり取れ！　どうせそれも裏金だ」

そう言うと如月は背を向け、手をひらひらさせて歩き去った。

「どこ行ってたんです？」

如月が刑事部屋のドアを開けた途端に、咎《とが》める声が飛んできた。

「いやちょっと野暮用だ」

警視庁西多摩《にしたま》署は、東京の多摩地区西部にある。近年は都市化が進んで凶悪犯罪も増えているので、刑事課を刑事組織犯罪対策課に改称した。

並み居る刑事たちの中でも如月は、手法は荒いが確実にホシを挙げる実績を買われて課の中心にいる。課長も意見しにくい存在だ。

「如月さん宛に電話が結構入ってましたよ」

「おれの携帯にかけろと言っとけ」

エラそうな態度の如月に淡々と応対しているのは、バディを組む若手刑事の中村《なかむら》右近《うこん》だ。

刑事組織犯罪対策課課長の岸和田《きしわだ》は下を向いて書類を読んでいるフリをしている。巡査長の如月より階級が上の警視なのだが、如月には手も足も出ない。

「如月さん、朝礼に出ないのマズいッスよ」

自分の席に座りデスクに足を投げ出して競馬新聞を読み始めた先輩に、なおも中村は声をかけた。

シワ一つないスーツに白いワイシャツ。紺のネクタイをきりりと締めて髪は七三。生真面目で端整な顔だちに爽やかな口調。まさに模範的警察官という感じの中村だ。

「現場から直行なんだから仕方ねえだろ」

如月は不機嫌そうに自分のデスクに山積みになった書類をチラと見た。

部屋のテレビでは、「西多摩五百万円強殺事件」の裁判がようやく始まったと報じている。昨年の二月に西多摩市の質屋に押し入り金品五百万円相当を盗み店主を殺した事件で、物的証拠が乏しい中、地道な捜査の末に今年の四月にようやく被疑者の逮捕に至ったという事件だ。

刑事組織犯罪対策課の面々はテレビを観ながら「真冬の証拠集めはしんどかったよな」などと苦労話をして和んでいる。

「うるせえな」

如月はテレビの前で思い出話に花を咲かせる面々を一喝すると不快そうに立ち上がった。

「いつまでも過去の手柄を自慢してんじゃねえよ！」

そう怒鳴ると、他の面々は首を竦めて黙ってしまった。

ニュースはそのあとで、「西多摩署と言えば十八年前の殺人事件と四年前の教師一家三人殺人事件がまだ未解決ですよね」とアナウンサーが解説役の記者に訊いている。

『十八年前、多摩川の河原で発見された死体の件ですよね。刺し殺された被害者の身元特定に難航したせいか、未《いま》だに犯人の特定に至っていません。そして四年前の一家三人殺人事件も物証に乏しく、こちらも犯人が特定出来ていませんね』

「ホレ見ろ！　十八年前と四年前のあの事件はどうなってるんだって言われてるぞ！」

　如月はテレビを指差してほかの刑事たちに八つ当たりした。

「ウチは未解決事件が多いんだよ！　浮かれてる場合か！」

「ほう。未解決は全部おれたちのせいか？　お前だって帳場にいたろ？　両方の捜査本部に？」

「力不足なのはお前もだ！」

「そうだ。上から目線でアレコレ言うな！」

　同僚の中で如月と一番仲が悪い安倍川《あべかわ》と、その仲間の御灸田《おきゅうだ》、瀬古宇《せこう》たちが猛然と反撥《はんぱつ》したが、如月はふん、と鼻で笑って相手にしない。この小馬鹿にした態度にいきりたつ相手も多いが……安倍川たちも慣れたもので、すぐに仲間内でこれ見よがしの馬鹿話を始めて「げははは！」と大笑いしてみせた。

　如月もそれ以上、彼らを攻撃することもなく、中村に書類を放り投げた。

「おい右近。これ、処理しといてくれよ」

「いやいや、これ、如月さんが取った調書じゃないですか。こんな殴り書きじゃなくて、きちんとご自分で、書式に則《のっと》って書き直してくださいよ」

刑事の仕事は犯人を追いかけたり逮捕したり取り調べで締め上げて自白させるだけではない。その過程や結果をきちんと書類にしておかねばならない。

「被害者調書に参考人調書、捜査報告書っと。中でも送致書は急ぎますから。如月さんのハンコが要るんですけど？」

と、中村右近は言った。

「このヤマだって一年がかりでようやくホシにワッパかけてゲロさせたのに、如月さん、愛着ないんですか？」

昨年起きた通り魔殺人事件。計画性のない発作的な犯行で通りがかった面識のない被害者が襲われ、犯人は逃走。別件で引っ張った被疑者は引き籠もり同然の生活をしていたので目撃証言が乏しく、現場に遺留品もなく捜査は難航したが、如月の粘りと強引さで、なんとか被疑者の口をこじ開けることが出来たのだ。

「終わったヤマに愛着なんかねえよ。それにお前、新人のクセに無理して、わざとらしく警察の符丁使うな。トーシローが粋がってるようにしか見えねえぜ」

ほらよ、と如月は引き出しを開けて取り出した三文判を中村に投げた。

「この引き出しに入ってるから勝手に使えと言っただろ。それにお前、いい大学出てガクがあるんだから調書とか、おれに代わってやっとけ。検事が読んで感動するような名文を書け」

「そんなの駄目ですって。みんな自分でやってることなんだから」

中村は根気よく、しかし半ば諦めの入った口調で説得しようとしたが、如月はドアに向かった。

「ちょっと出てくるわ」

「ご一緒します」

中村は手にしていた書類を置いて立ち上がった。

「単独行動はマズいですって！」

だが如月は中村を背にして手をひらひらさせた瞬間、ダッシュでドアから出ていってしまった。


昼間からやっている居酒屋の一隅で如月がイカの塩辛をアテにビールを飲んでいると、その隣の席にどう見てもその筋の男が黙って座り、すっと封筒を差し出した。

「刑事さん。先日はどうも」

「おう」

如月は素っ気なく応じて封筒を懐に仕舞った。

「それと、例の件ですが」

「駐禁を二件、それとスピード違反一件を消してくれってアレだろ。やっといたぜ」

その筋の男は頭を下げて、また別の封筒を滑らせた。

「ではどうぞごゆっくり」

そう言うと男は席を立ったが、如月は振り向きもせずにビールを飲み干し、ビールのお代わりとヤキトリのネギマを頼んだ。もちろん、テーブルには伝票は来ていない。


「おい。明後日の夜、ガサが入るぜ」

別のカフェで、如月はジントニックを飲んでいる隣の男に囁《ささや》いた。金髪で耳にピアスをぎっしりつけた若者だ。

「お前ンとこはヤクを扱ってんだよな。今のうちに始末しとけ。成り行き次第で誰か差し出せ」

「ヤクじゃなくて合法ハーブですよ」

それを聞いた如月はニヤリと笑って若者の頬をぺちぺちと叩《たた》いた。

「そういうの、警察には通用しねえんだよ」

若者は黙って頷《うなず》くと、封筒を差し出した。

「よかったら、あの娘、どうです？」

若者はカウンターの中で暇そうにしている若い女に顔を向けた。丈の短いピチTから引き締まった腹部が見えている。へそにはピアス。すらりとした脚にはレギンスという、カラダのカーブがハッキリ判る服装だ。

「最近入ったコなんで。スレてないしスキモノですよ」

「ふん。どうせお前らがヤク中にして金欠にして堕《お》としたんじゃねえのか？」

「まさか。違うっすよ」

そう言いつつ、若者はニヤついた。

「如月さんの好みだと思いますけどね」

そう言われて、如月は改めてカウンターの中の若い女を見た。カラダは良さそうだし、目が大きくてきつね顔はタイプでもある。

「いや、止めとこう……昼マンすると腰に来る」

若者は笑った。

「オッサンなんすね」

次の瞬間、若者の顔面に如月の拳がめり込んで鼻から血が噴き出した。

「思うのは自由だが口に出すな」

そう言って立ち上がった如月だが、顔をハンカチで拭いている若者に「気が変わった。セットしろ」と命じた。


ラブホの部屋のドアを閉めた途端に、如月は彼女を襲うように抱いてキスした。見た目通り、ウエストからヒップにかけての曲線が素晴らしい。彼はそのラインに手を這わせつつ舌を絡めた。

彼女の体温が上がってきたのが判る。ディープキスで上気して、火照ってきたのだ。切れ長の目も潤んできた。

「シャワー、浴びるね」

名も知らぬ女はそう言い、思い切りよく服をすべて脱ぐと、バスルームに入った。如月も乱暴に服を脱ぎ捨てると後を追い、シャワーを浴びている彼女に、またも後ろから抱きついた。

女の全身は上気して桜色。豊かな肉体の曲線にお湯が流れ、玉になっては弾《はじ》ける眺めがセクシーだ。ヒップから前に手を這《は》わせると、形よくトリミングされ、濡《ぬ》れそぼった秘毛が濡れネズミのようになっている。

「これはシャワーのお湯かな？　それともお前のシャワーかな？」

「おじさん構文で喋《しゃべ》るの、止めてもらっていいかな。テンション下がるから」

彼女はそう言いつつ、裸の胸を押しつけてきた。Cカップはある形のいい双丘が彼の胸板に押しつけられて潰れた。

二人はディープキスからネッキングに移り、如月は彼女の躰《からだ》をバスルームの壁に押しつけて、全身に愛撫《あいぶ》の雨を降らせた。

「ん……んん」

彼女の躰は正直な反応を見せ始めた。

彼が乳房の山麓を舐め、頂に軽く歯を立てると、彼女の肩と腰がくねった。愛撫しながら指を下半身に移して秘部に添えると、彼女はその手を取って、外した。

「ちょっと、焦りすぎ。飢えてるとか？」

「飢えてはいないが、こうなったら早くしたいのが男ってもんだ」

そう言いながら如月が秘裂の奥に指を挿し入れると、肉芽はすでに硬く勃《た》っていて……そこは熱く熟していた。指先でこねると、彼女は切ない吐息を洩《も》らしながら躰を震わせた。

如月の指はさらに進撃してひくひくと震える秘腔の奥をなぞり、屹立《きつりつ》した欲棒を秘腔に宛てがうと、それは濡れそぼった恥裂にするすると入っていった。

女の熱い淫襞がぴったりと貼りついて来る。それに抗《あらが》うように抽送すると、女はどんどん乱れていった。

ここで如月は体位を変えた。女にバスタブの縁を摑ませて躰をくの字にさせて、お尻を突き出させ、後背位で再び挿入した。

バスルームでの後背位が刺激的だったのか、女はますます乱れた。

「いい眺めだぜ！　おれの元気なアレが出入りするたび、君のお尻が左右にフリフリ揺れてるぜ。エロいね！」

「だから、そういうおじさん構文で喋らないでって！」

「このアヌスが可愛《かわい》いね！」

如月は構わず、女のうしろの穴に指を挿し入れた。

「きゃっ！」

と叫んだ彼女は、そのままがくがくと全身を痙攣《けいれん》させ、ぐいっと背中を反らせて……絶頂に達した。

その後、躰が濡れたまま、二人はベッドに移った。女は命じられるまま素直に如月のペニスに舌を這わせ、唇でしごいて元気にすると、目を潤ませ、自ら騎乗位になって跨《また》がってきた……。

たっぷりと情事を堪能《たんのう》し、眠りに落ちた女を部屋に残した如月はラブホから出て、タクシーを拾うと行き先を告げた。

「『宮殿』に行ってくれ」

そう言うと運転手は怪訝《けげん》な顔でバックミラー越しに如月をチラ見した。

「言っとくがおれは信者じゃねえからな」

運転手はもう一度如月を見ると、そうだろうなと言うように少し頷いた。

街中を抜け、山間部に入ってしばらく走ると、やがてタクシーは「宮殿」という名にふさわしい、西洋のお城のような建物に着いた。全面に煉瓦《れんが》が張られ、屋根からは尖塔《せんとう》がいくつも聳《そび》え立つ、イギリスの田園にあってもおかしくない、貴族の館のような建造物だ。

「ご苦労さん」

如月はドアが開くのを待ったが、いっこうにドアは開かない。

「おい、開けろよ」

「お客さん、代金」

運転手はメーターを指差した。

「六六〇〇円」

「お前、新人か？　おれを知らねえみたいだが」

バックミラーで後部シートの如月を改めて見た運転手は、「あ」と表情を変えた。

走り去った。

「判ればいいんだ。開けろ」

ドアを開けた運転手は如月が降りるや否や、厄介払いをするように急発進して走り去った。

「クソ刑事……」

それを苦笑いで見送った如月は、「宮殿」のエントランスに足を踏み入れた。

山の中にある文字通り宮殿のような煉瓦張りのビルだが、この建物に看板などは一切出ていない。知る人ぞ知ると言うか、ここが何の建物なのか、知っている人だけが出入りする場所なのだ。

ここは、ある宗教団体の施設だ。教会、ないしは集会場でもあり、教団の拠点としての事務管理部門が入っていたり、住み込みの信者の住居も兼ねている。

正面玄関の、両開きのドアとは別に設置された自動ドアの向こうには、大企業のオフィスのような「受付」があって、美形の受付嬢が三人、立っている。

彼女たちは如月が入ってくると一様に顔を強《こわ》ばらせた。一人がイヤホンマイクに何か囁いた。

「やあ。津村《つむら》さんいるかな?」

如月は笑みを浮かべ、いかにも親しみやすそうな明るい口調で来意を告げた。

「お約束ですか?」

「いいや。近くに来たので挨拶して行こうと思って」

「津村は今修行中で、礼拝堂に籠っています。今日は会えません」

「この前来たときもそう言われたけどな。ずーっと籠ってるわけじゃないだろう？」

「修行中なので、籠っていると思われます」

木で鼻を括ったような、取り付く島のない、冷ややかな応対だ。しかし如月は慣れているのか、立腹する様子もなく笑みを絶やさない。

そこに受付カウンターの右、オフィスに向かう通路の向こうから、初老の女性が歩いてきた。

「ああ、津村さん！　ちょうどよかった」

如月は声を上げると受付から中のエリアに足を踏み入れた。

「いけません！　ちょっと、そこに入らないでください！」

受付嬢が制止したが、如月は耳を貸さずに、通路に踏み込んだ。

津村さんと呼ばれた初老の女性はぎょっとして立ち竦《すく》んだが、如月は構わず走り寄った。

老女は臙脂《えんじ》色のジャージ上下という格好で、白髪を雑に束ねて、痩せて顔色も良くない。表情が乏しく、歩き方も杖《つえ》こそついていないが、覚束《おぼつか》ない足取りで不自由そうだ。

「津村さん、お変わりありませんか？　ないようですね。みなさん心配してますよ。いい機会だ。さあ、帰りましょう！」

「いえあの、そうは参りませんから」

初老の女性は困惑しつつ足を踏ん張って、如月が腕を摑んで引っ張るのに抵抗した。

「行きましょう！　ここにいてもロクな事はない。娘さんも待ってますから」

「娘？　あんな地獄に墜《お》ちた子は娘などとは思っておりません。私はすべてを抛《なげう》って教団に捧げ、俗世を離れて信仰に生きることにしたんですから！」

「津村さん、あなたはそうやって洗脳されているんですよ。いい加減、目を覚まして……」

如月はそう言いながら、なおも女性の腕を引っ張った。

そこに、奥から大柄な男が走ってきた。

「止めてください！　いくら刑事さんでも、ここは宗教施設ですぞ。何度も何度も言いますが、個人の信仰の自由を、警察が妨害する権限も権利も何もありません」

ガタイのいい男は初老の女性と如月の間に割って入り、両手を広げてバリケードのように彼女をガードした。

「既にここは施設の中です。これ以上許可なくここに居座るならば、令状かなにかを見せてください。さもなければ、警察のヒトと言えども不法侵入です。警察を呼びますよ」

「呼ぶなら呼べ。西多摩署でおれにどうこう言えるヤツはいない」

如月はそう言って、ニヤリと笑った。

「署長と言えども、な」

「とにかく！」

大柄な男は声を荒げた。

「津村さんご本人は、ここにいて信仰に一生を捧げたいとおっしゃっている。その気持ちを、他人のあなたが無理やりに変えることは出来ません！　もう、何度同じ事を言わせるんですか、刑事さん！　何度無理を言っても、信仰の自由がある限り、あなたは手出しが出来ないのです。お判りか？」

そこまで言われて、如月はようやく両手を挙げて降参した形になった。

「津村さん、それじゃおれは帰りますが、本当にいいんですね？」

初老の女性は、ぎこちなく、小さく頷いた。

「判ったよ。津村さん、また来るよ。達者でいてくれよ」

如月はそう言うと、踵《きびす》を返してさっと施設から出た。

カルト教団を相手にするには、よほど作戦を考えないと勝ち目はない。所轄の警官一人が何をしようが、まずモノゴトは動かない。下手をすればこっちが排除されてしまう。なんといってもテキはカネの力で政治家を動かせるからだ。そして、警察は政治家に弱い。

今朝、テレビのニュースを見ながら吠《ほ》えた通り、彼はこのカルト教団が濃厚に絡んでいると思われる事件を二件、担当した。一件は単独の殺人事件、もう一件も残虐きわまりない犯罪で、結局迷宮入りした。いや、より正確には、執念の捜査により、如月は糸口を摑みかけた。だがそこで、思いも寄らない横やりが入った。突然、捜査本部の縮小が命じられたのだ。事実上の捜査打ち切りだ。教団の差し金だ、と如月は直感した。教団が、社会のさまざまな方面に張り巡らせた網の目によって、事件の揉《も》み消しを図ったのだ。それが如月の怒りに火をつけた。

しかし、決め手となる証拠も出ないまま、上からの指示で二件とも捜査本部は縮小ののち、凍結してしまった。

その後、その事件の続報もほとんど報じられることはないまま、捜査への追い風が吹くこともなく、如月は孤立無援のまま、暇を見つけては捜査を続けていた。人権派の弁護士グループに訴えることも考えたが、如月の日頃の「不良刑事ぶり」があまりに有名なので、彼が近づいただけで弁護士グループに逆に警戒されてしまった。如月が裏ではカルト教団に繋《つな》がっていて、反カルト教団の動きを潰す魂胆があると誤解されてしまったようだ。

自分の非力と無手勝流で教団に乗り込んだ無謀さに、如月は自分で自分に腹を立てた。

そのムシャクシャを鎮めるために、彼は近くの商店街にある酒屋に飛び込むや、角打ちで冷やのワンカップを一気に飲み干した。

アルコール依存症ではないとは思っているが、酒が胃の腑《ふ》にかーっと熱く染み渡ると、気分が少し落ち着いた。

もう一杯飲もうかと思いつつ店内を見渡すと……ひとりの男が目についた。チビと枡《ます》で酒を飲んでいる。貧乏臭そうな、しょぼい中年男性だ。中肉中背で作業服姿。薄そうな頭に作業帽を被《かぶ》っている。およそ冴《さ》えないとしか言いようのない、その顔が気になる。おれは、こいつをどこかで……。

と思った次の瞬間、如月の身体《からだ》が動いて、その男の腕を摑んだ。

「鵜木《うのき》……鵜木……鵜木厚平《こうへい》だな？」

だしぬけに腕を摑まれたその男は酒の入った枡を放り出して逃げ出した。

この店の角打ちスペースは売り場の奥にある。脱出するには、狭い売り場の中を通り抜けなければならない。

男は手に持ったズダ袋を振り回して棚にある一升瓶を幾つも叩き落としながら逃走を開始した。

割れた一升瓶の破片が飛んで、如月の頬に当たった。

床には日本酒が溢《あふ》れ、瓶の破片が散乱し、酒の匂いが充満し、店員や客が悲鳴を上げて、阿鼻叫喚《あびきょうかん》になった。

しかし、男が酒屋の外に飛び出たところで、後ろから激しく追い上げた如月が飛びかかった。勢いのまま、男の顔に如月の拳が数発めり込んだ。

そこに角打ちにいた客が駆けつけ、羽交い締めにしようとしたのは逃げた男ではなく如月だった。

「あんた、なんてことをするんだ！　乱暴はいかんよ」

「バカ野郎！　邪魔するな！　おれは刑事だ！」

如月がそう言っても、ヤクザが善良な工員に暴力を振るっているようにしか見えない。

「冗談言うな。あんたが刑事の筈《はず》はない。このウソつきが！」

客が如月を抑え込もうとするあいだに、工員風の男「鵜木」は逃げ出そうとした。

しかしお節介な客を振りほどいた如月は、再度男に飛びかかり、大外刈りから豪快に投げ飛ばした。

男はその場に倒れ込み、如月は馬乗りになって警察手帳を見せた。

「鵜木厚平……お前、宮城県警指定、重要指名手配被疑者の鵜木厚平だな？」

それには客たちが驚いた。

「あんた……マジで刑事なのかよ」

「そうだよ！　こいつは押し込み強盗を働いて居合わせた家人を二人、刺し殺してるんだ」

如月がドカッと上に乗っているので、男は抵抗を諦めた。

「判ったか。最初から大人しくお縄を頂戴《ちょうだい》すればよかったんだ」

そう言った如月が自分の頬を触ると、一升瓶の破片が飛んで皮膚を切り、血が出ているのが判った。

「おれのツラに色を着けたのは、お前で三人目だぜ。前の二人は墓の下でオネンネしてらあ。ってな。知ってるか？　このセリフ」

如月の下で身動きが取れない男は首を横に振って「知らねえよ」と言った。

「だろうな。おれもネット配信で見た。宍戸錠《ししどじょう》、知ってるか？」

手配犯と雑談を交わしつつ如月は警察専用のスマホを取り出し、応援を頼んだ。

「指名手配中の鵜木厚平の身柄を確保。応援を頼む。場所はＪＲ西多摩駅前、駅前商店街の……真田《さなだ》酒店付近」

通話を切った如月は、抑え込んだ鵜木に向かってニヤリとして見せた。

「お前、運が悪かったな。こう見えておれは見当たりの如月って呼ばれてるんだ。指名手配犯の写真を一度見れば忘れねえんだ」

遠くからパトカーのサイレンが聞こえてきた。


「おれはな、やれば出来る男なんだ。その気になればな。しかし……なかなかその気にならねえところが問題、と言えば問題なんだよな」

西多摩署からほど近い居酒屋の奥の席で、如月は言い放った。

「鵜木厚平……令和一年五月二十一日、宮城県仙台市青葉区で強盗殺人。犯行後逃走して足取りが途絶えたため全国指名手配。如月さん、よく見つけましたね」

相手をしている若手の中村は素直に感心している。

「だからおれは大阪府警の名人とタメ張る、見当たりの天才だぜ？　お前は知らないかもしれんが」

この店は喫煙自由なので、如月はタバコに火をつけた。

「天才なら、もっと真面目に励めばいいのに」

バディを組んで如月の部下に当たる中村は、驚くほどハッキリと言った。しかし如月は怒ることもなくニヤニヤしている。

「そんなにおれが真面目になって、誰が面白いよ？」

「面白い面白くないの問題じゃないです。如月さんの事を思って言ってるのに」

「お前は……つくづくキトクな存在だよな」

　奇妙なものを見るような目付きで、如月は中村をしげしげと見た。

「他の連中はおれのことを『触るな危険』と言っている。わざわざおれと組みたがるヤツは自分もおこぼれに与《あずか》りたい『不良刑事志願』のクズぐらいだと思っていたが、お前は違う。何故だ？」

　ええまあ、と俯《うつむ》向いて言葉を濁していた中村だが、「言っていいですか」と顔を上げた。

「ご本人に面と向かって言うのは恥ずかしいんですけど……自分は、如月さんを尊敬してるんです」

「よせやい」

　ワル刑事はガラにもなく照れた。ストレートに言われて面食らっている。

「いろいろ聞いてるんです。昔はチョー真面目な刑事で、成績優秀で検挙率も西多摩署のトップ。それを買われて警視庁《ホンチョウ》の捜査一課に行ったのに」

「行ったのに、何だ？」

　如月はチューハイを飲み干してお代わりを頼んだ。

「アレだろ？　西多摩署に戻ってきたときにはすっかりグレてたとか言うんだろ？　警視庁《ホンチョウ》で使い物にならないと烙印《らくいん》を押されて、返品されてグレたダメ野郎って思ってるんだろ？」

「よくまあそこまで自虐できますね」

中村は目を丸くした。

「上手《うま》く言えないんですけど、如月さんはただの不良刑事だと思っていたら、時々凄《すご》いじゃないですか。マスコミにおけるスクープか、特ダネみたいなインパクトで突然、被疑者を挙げたりするじゃないですか、今日みたいに！」

そういう中村の目はキラキラしている。

「仕事一途《いちず》の真面目刑事じゃないところがいいんですよ！　優等生じゃないところがいいんです」

「かと言って、おれの真似《まね》をする気はないんだろ？」

中村は首を横に振り、無理です、と断言した。

「自分には無理なんで」

真面目な顔で言う中村を如月は笑った。

「なんでだよ！　ワルになるのが怖いのか？」

「ええ、怖いですよ。如月さんみたいに『絶妙な寸止め』が自分には出来ないと思うので……自分には絶対無理なんで、それ故に、尊敬、つか、リスペクトしてしまうんだと思います」

　中村は微妙な表現で如月への敬意を表した。

「なんだそれは？　褒めてんのか？　おれ、ガクがないんだからもっと判りやすく褒めろ」

「だから……如月さんの生き方は自分には無理だってことです。それにしても……こんなこと続けてたら如月さん、ヤバいっすよ」

　如月は面白そうに中村を見た。

「ナニがヤバい？　ヤバくてどうなる？」

「監察とか……」

「なあ、中村。おれが今までこれだけ好き勝手やってて大丈夫なの、不思議とは思わねえか？　普通なら監察が動くよな？　だがおれはこうしてピンピンしてる。何故だか判るか？」

「監察官の弱みを握ってるから……とか？」

　如月は、酒で赤くなった顔で頷いた。

「まあな。警察に入って監察官ひと筋ってヤツは一人もいないからな。弱みのない人間はこの世にはいないだろ。お前だってそうだよな」

彼は一呼吸おいて、ぼそっと言った。

「お前、学生時代に食い逃げしてるだろ？　それも一回だけじゃなく」

「ななな、なんでそんなこと」

中村は激しく狼狽《うろた》えた。

「学生向けの安い居酒屋でそれをやっちゃイカン」

すいません、若くてバカだったんで……と中村は俯向いたままブツブツと言い訳をしたが、顔を上げた。

「しかし、どうして知ってるんですか？　そんな小さな事！」

「調べたからに決まってるだろ。たしか、店の名は『鳥忠《とりちゅう》』」

如月は胸ポケットから手帳を出すとページを捲《めく》った。

「やっぱりそうだ。『鳥忠』。おやじさんはお前のこと覚えてたぞ」

中村はその手帳を呆《あき》れたように見た。

「それには何でも書いてあるんですか？　まるで閻魔帳《えんまちょう》みたいに」

「昔、『わたしはこれだけでやってるんです』って、『これだけ手帳』ってのがあったろ」

如月がそう言うと、中村はさあ知りませんね、と首を傾《かし》げた。

「まあ、そのCMやってたのはおれがガキの頃だけどな」

ハッタリだったのかどうか判らないまま、如月はその手帳を内ポケットに仕舞った。

「ま、人生、いろいろあるさ。おれだって、モノにならない事件をコツコツやってるが、その一つがまあ、ライフワークみたいなモノになってきちまった」

それを聞いた中村は「あの件ですか……カルト教団が絡んでるという？」と声をひそめた。

「四年前の一家惨殺事件？」

「ああそうだ。大きな事件だ。それも話し始めたらいい加減に長くなるが……もう一つある」

「十八年前の、多摩川の河原で見つかった他殺体の……？」

それを聞いた如月は黙って頷いた。

「それも教団絡みの疑いがあるんすか？　相手がデカすぎますよね。警視庁《ホンチョウ》だけでなく警察庁《サッチョウ》が本腰入れてくれないと、どうにもならんでしょう」

まあな、と言った如月はチューハイを呷った。

十八年前。如月が刑事を拝命した捜査人生の始めのころ、つまりまだ如月がまっとうな刑事だった頃に担当した「他殺事件」が、思えばすべての始まりだった、と如月は振り返った。

鑑定の結果、被害者は屋内で全身を滅多刺しにされて殺害され、その遺体が多摩川の河原に運ばれ遺棄された、との結論が出た。心臓など急所を中心に深く刺されているので、いわゆる「プロ」の犯行が強く疑われた。遺留品はなく被害者の身元《うち》はなかなか判らなかったが、指紋や血液型、DNA鑑定から、新宿《しんじゅく》の元ホスト、内場憲一《ばけんいち》（当時三十四歳）だとほぼ断定された。しかし被害者の職業上、多くの人間から恨みを買っていた可能性が高く、また被害者が多摩川の河原に遺棄された経緯を含め、被疑者がまったく絞り込めなかった。

被疑者に関しては、非常に人気のあるホストだったこともあり、幾つもの噂《うわさ》が浮上したが、確たる証拠は出ず、噂も噂以上のものではなく、捜査に決め手を欠いたまま迷宮入りしてしまった。

ただ。如月が合点がいかなかったのは、死体は滅多刺しにされた失血死なのだが、その顔だけは損傷がなかった点だ。怨恨などの動機での殺人だと、死体の身元が判らないよう顔が潰されることが多いのに……。

殺人事件には時効がなくなったが、新たな捜査の材料も出なくなった時点で、「上」からの鶴の一声で捜査本部は解散。今は専従捜査員もいない。しかし、当時の捜査員の一人として如月は、今も暇をみつけては単独で調べ続けている。

遺体の状況から、その事件の背後には、ある集団――それも宗教絡みの――が絡んでいるという心証を持っているが、如何《いかん》せんそれは刑事としての勘に過ぎず、物的証拠はまったくない。これでは上司を動かすことは出来ない。しかも、宗教絡みという隠された理由から事実上の捜査打ち切りが決まった形跡もあった。

「な。結局、おれは非力なんだよ」

如月はそう言って自嘲すると、残ったチューハイを飲み干して、店のテレビを眺めて笑った。

「見ろよ。俺のさっきの捕り物がもう出てる。事件を起こして四年も逃げてた凶悪犯……鵜木厚平だな、そいつが西多摩市の繁華街で逮捕。その際逃げようとして酒屋の店内を破壊……なんだよ、お手柄の刑事さんが出てこねえな。あ、もう次のニュースだ。へえ、タレント風吹《ふぶき》ナギサがもう離婚か。たしか去年出来ちゃった結婚したばっかだよな？」

「ねえ如月さん、話を逸《そ》らすの止めましょうよ。如月さんが追っている事件のこと、話してくださいよ」

「話したくねえんだよ。何度もそう言ってるだろうが。いい加減諦めろ」

如月は疲れた表情で言った。

「ま、刑事は執念深い方が大成すると思うがな」

「おれみたいに、ですか？」

中村が即座に突っ込んだので、如月は苦笑するしかなかった。

「そういや如月さん。せっかくのいい男のお顔に、傷が」

中村はそう言い、自分のカバンから救急絆創膏《ばんそうこう》を取り出すと、先輩刑事の顔にぺたりと貼った。

「おお、すまんな。あの捕り物の時、一升瓶の破片が飛んでな」

「いいって事よ……ですかね、如月さん風に言えば」

後輩の中村もタメ口で返した。


そんな中村と別れた如月は、酔いが回って少しふらつきながら飲み屋街を通り抜けた。

東京と言えども地方都市は、繁華街から出ると、すぐに住宅街になる。街灯も減って、暗くなる。

如月はタバコを吸いながら歩いた。警官にあるまじき行為だが、吸い殻は指で弾いて棄《す》てた。

夜の冷気に当たって、酔いが醒《さ》めてきた……。

その時。背後からの気配を如月の耳は捉えた。

ひたひたと尾《つ》けてくる足音がする。

しかも、複数……尾行しているのは……どうやら二人だ。

刑事という仕事をしていると、恨みは買う。普通の刑事でも逆怨《さかうら》みされて「お礼参り」されたりするが、とりわけ如月の場合はアコギな悪徳刑事だけに、山ほどの恨みは買っている。狙われて当然だ。

音から察するに、距離は五十メートルくらい離れている。

ここで振り返ってはダメだ。相手の気配を読んで、タイミングを見計らう。相手も襲いかかるタイミングを計っているのだから、それを「感じる」しかない。

そのまま夜の道を歩き続ける。

如月との間隔を空け、同じ歩調で歩いていた追跡者の気配が突然、乱れた。急に小走りになってこちらに接近してくる。

しかし今、如月には武器が何もない。刑事だからといって常時、拳銃を携行しているわけではない。被疑者逮捕の時など必要とされる場合に、都度届けを出して武器庫から借り出すのだ。制服警官のように拳銃や警棒を常備していないのだ。

となると……武器は肉体だけだ。

如月の思惑に構わず、背後の足音はひたひたと早くなり、容赦なく接近してくる。

今か？　いや、まだだ……もうすぐだ。

如月は拳を握り締め、敵が殴りかかってきたら即座に応戦できるように、身構えた。足音が背後およそ五十センチにまで迫った。

今だ。覚悟を決めて振り返った。

「なんだよ……ナニ怖い顔してんだよ」

後ろにいたのは、黒いパーカーのフードを被った若い女だった。

「なんだよ、オヤジ、娘の顔も忘れたのかよ」

「……香里《かおり》、か」

暗い夜道で、顔は判らないが、声はたしかに娘のものだ。

如月は全身の力を抜こうとしたが、娘の後ろにもう一人立っているのを見て、ふたたび警戒した。

「おい。そこにいるのは誰だ？」

「ああ」

香里と呼ばれた若い女は、自分の後ろに隠れるように立っている人物をチラ見して、笑った。その人物も濃紺のパーカーのフードを被っている。体格からすると、華奢《きゃしゃ》でひ弱そうな女のような、高校生か中学生みたいな感じだ。

「ちょっと長くなるんだけど。立ち話で済む話じゃないんで、アンタんち行っていい？」

すぐ近くでしょうよ、と香里は言った。

飲み屋街から歩いて十五分のところに、如月のアパートがある。

「汚《きたね》えぞ。誰も来ないからな」

鉄の外階段を上りながら、娘に言った。

「女も来ないの？」

「来ねえ。用があれば外で会う」

彼はそう言いながらドアを開け、玄関脇のスイッチを入れて部屋を明るくした。

六畳とキッチン、トイレだけの狭い部屋。今どき風呂なしだ。

流しにはコップが一つだけ。洗い物が溜《た》まっているわけでもない。

部屋には煎餅布団が敷きっぱなしだが、特にゴミ部屋でもない。

「質素じゃん。お給料は全部飲み代に消えてるの？」

「馬鹿言え。お前の母ちゃんに慰謝料払ってるんだよ！」

如月は吐き捨てた。

「洗濯とかどうしてんの？」

意外にキレイに住んでいるのに娘は驚いた様子だ。

「パンツと靴下は使い捨てだな。ワイシャツは洗濯に出す。ジャージとかは署に置きっぱなしだ」

まあ入れ、と如月は二人を部屋に入れ、冷蔵庫から缶ビールを出して、二人の前に置いた。

「これしかねえ。いやなら水でも飲んでくれ」

「本物のビール？　ゼイタクだね。あんた、発泡酒とか飲まないの？」

香里が訊いた。

「ビールくらい贅沢《ぜいたく》させせろ。他に楽しみはねえんだ……おい、二人とも、部屋ン中なんだから、フードを取れ。鬱陶しくてかなわん」

二人は言われるままに頭からフードを取った。

蛍光灯の明かりで見る香里はまだ若く、高校生のようだ。元々の顔立ちは可愛い。ボーイッシュなショートカットだが、いかんせん、目つきが鋭い。上目遣いの白眼で、如月を睨《にら》むように見ている。

ツレは、てっきり女だと思い込んでいたら、華奢でひ弱そうな若い男だった。

「おい、こいつは誰だ？　彼氏か？」

「そんなんじゃなくて」

そう言った香里は「いい？」と一応訊いてタバコに火をつけた。

如月は黙って吸い殻の入った灰皿を目の前に置いてやった。

「吸うなとか言わないの？」

「言っても止めないし、おれも吸うから吸うなとも言えないし」

軽く頷いた香里はそのままタバコを吸った。

「家、帰ってるのか？」

母さんは元気なのか、と如月は聞きかけて止めた。

「一応。帰らないとあの人が心配するから。帰ると喧嘩《けんか》ばっかりだけどさ」

で？　と如月は彼の方に顎をしゃくった。

「誰なんだ、そいつは？」

「だから助けてやって欲しいんだよ」

「ワケを言え。話はそれからだ」

香里は舌打ちをして、ちっちぇー男と呟《つぶや》いた。

「男親のくせに、包容力がねえんだよな、あんた。娘が困って頼ってきたんだから、ナニも言わずに『判った』って言えばいいんだよ」

「そうはいくか」

如月はタブを開けて缶ビールをぐい、と飲んだ。

「手に負えないトラブルをまた持ち込まれても困る。おい、忘れたとか言うなよ」

香里は二年前、チーマーのリーダーに喧嘩を売り、西多摩エリアのワル多数、そして警察も巻き込む大騒動に発展させたことがある。それで香里は高校を退学してしまったのだが、その落とし前で父親のクビがつながったと香里は思っている。つまり、如月が警察をクビになる代わりに自分が高校を退学させられた、という歴史認識なのだ。親なら娘を庇《かば》え、と言いたいのだろう。

「忘れてねえよ。けど目の前で殺されそうになってるヒトがいて、それでもあんた、面倒に巻き込まれるなって言う？　見殺しにしろっての？」

如月の一人娘は、グレてはいるが、妙に義侠心《ぎきょうしん》がある。

「そうは言わないが、まず自分の身を守れ。他人のことを考えるのはその次でいい」

「はいはい判りましたよ。どうせあたしは自分の面倒も見られないよ」

香里はふてくされた。

「けど、あたしが襲われそうになったってわけじゃないんだ。秋谷町《あきやちょう》でブラブラしてたら、このヒトが」

秋谷町というのは、この界隈《かいわい》では有名な歓楽街で治安は最悪だ。暴対法以降はややマシになったとは言え、裏通りでは半グレが酔っぱらいをボコボコにして金品を奪ったり、美人局《つつもたせ》的な詐欺ボッタクリが横行している。

「このヒトが走ってきて、あたしに、助けてくれって」

ほら、キューーチョーフトコロに入らば猟師もなんだっけ……とにかくそんな諺《ことわざ》があるじゃんよ、と香里は言った。

「そんな難しい言葉、どこで習った？　いや、そんなことより、いったいお前は何をやった？　誰に追われてる？　と言うより、そもそもお前は誰だ？」

如月は、香里が連れてきた若い男、いや美少年を矢継ぎ早に問いただした。

「ごめんなさい。言えないんです。詳しい事は」

その少女のような若い男——むしろ「少年」と呼ぶべきか——はボソッと答えた。

「あなたに迷惑がかかってしまうので」

「ほう。ずいぶんな物言いだな。お前さんはそんな大物なのか？」

少年はそれを否定せず、かと言って認めるわけでもなく、黙ったままだ。普通の不良ならすぐに「んな訳ねーだろ」などと反応するところだが。

「たとえば……お前のオヤジがヤクザか反社だとか？　抗争に巻き込まれるとか？　いや、そういうことならおれに喋れるよな。おれに隠したって意味ないし」

如月は、この街の裏事情ならすべて知っていると言ってもいい。

如月は娘に訊いた。

「お前は何か聞いてないのか？」

香里が首を横に振ったのを見て、如月は父親として呆れた。

「お前は、事情も知らずに他人を助けるのか？」

「だからさー。あんたは目の前で殺されそうになってる……」

「殺されそうになってたのか？」

「……ちょっとは」

少年はそう言って右腕を見せた。袖が切られて血が滲《にじ》んでいる。

「おい、先にそれを見せろ！　バカかお前！」

如月は立ち上がると、押し入れから救急箱を取り出したが、「いや、まず消毒だ。先にお湯でその傷を洗え！」と命じた。

香里は身軽に立ち上がり、美少年の右袖を捲《まく》りあげて、ガス湯沸かし器のスイッチを捻《ひね》った。少年をシンクの前に立たせて、傷をお湯で洗う。右腕の、肘から先の外側が五センチくらい切られていた。深い傷ではない。太い血管や神経などに損傷がないようなのは幸いだ。

洗った右腕をタオルで拭いた如月は、患部にざぶざぶと消毒液をかけた。

「痛っ！」

「我慢しろ」

叱咤《しった》した如月は、傷口に包帯を巻こうかと思ったが、面倒なので救急絆創膏を数珠つなぎに貼ることにした。

「よしこれでいい。しばらくはあんまり動かすな」

「動いちゃだめなんだ。じゃあ……だったら……その、このヒトをしばらくここに置いてよ」

　香里は言いにくそうに、だがはっきりと要求を口にした。

「だからなんでそうなるんだ！　訳の判らんことを言うな！」

　如月は呆れた。

「コイツとは今会ったばっかだぞ！　ウチには僅かだが金目の物だってあるんだ」

「え？　盗まれるとか思ってるの？」

　香里は笑った。

「悪いけど、彼はあんたより金持ちだよ」

「だったら正体を言え！　名前もナニも言わないヤツをハイそうですかと置くわけにいかんだろ！　お前のねぐらか、母さんの家に連れて行け」

「だから、それが出来ないから頼んでるんだろ！」

　香里も喧嘩腰で口答えした。

　如月の別れた妻で香里の母親・由美子《ゆみこ》は中学の数学教師だ。非常に真面目で潔癖なタイプなので、なにを間違えて如月と結婚したのか判らない。離婚のやむなきに至ったのも当然の成り行きで、香里の親権も当然母親だが、性格が父親譲りで、如月そっくりである香里との折り合いは最悪だ。

「あんたさあ、多少は娘にいいところ見せようとか思わないわけ?」

「思わないね。全然」

冷たい空気が室内に流れた。

「なんだよエッラそうに。顔に絆創膏貼ってるくせにカッコつけんなよ」

「うるせー、仕事で切ったんだ」

「オッサン、相当格好悪いよ」

香里の憎まれ口は半分笑っていた。

ほんの少しだけ、部屋の空気が緩んだ。

「だからよ、これから世話になろうってヤツが、名も名乗らないし正体も明かさないのはおかしいだろ。おれは警官だぜ? ヤクザなら義理と人情でなにも聞かずに引き受けたりするんだろうが、おれは無理だ。一応公務員なんでな」

「……レン」

少年はぽつりと言った。

「は?」

「レン。菱田《ひしだ》廉《れん》と言います。十七歳です。危険な人たちに追われてますけど、ヤクザとか反社とか、そういうのじゃないです。そこを、香里さんに助けてもらって」

「助けた? お前が?」

　如月は娘を見た。

「お前、怪我《けが》は？」

「してねえよ。相手は三人。ナイフを振り回してこのヒトを追いかけて襲いかかったのを見たんで、たまたま近くの店の前に置いてあった看板？　木の板みたいなのを放り投げたり振り回したり、そいつらにぶつけたりした。でもってここ一番の悲鳴を上げたら、たくさん人が集まってきて、そいつらは逃げてった」

　父親譲りなのか香里は度胸がいい。

「ケガはしてないよ、あたしは」

　運が良かったな、と頷いた如月は、菱田廉と名乗った美少年に顔を向けた。

「それで、お前はヤクザでもない反社でもないが、危険なやつらだという連中に追われているんだな？　どんな連中にどういう理由で追われてるのか、言えないのか？　事と次第によっては助けてやれるかもしれないのに」

　如月にそう言われたレン、こと菱田少年は、考え込んだ。

「それは……助けてほしいですけど、如月さんは警察の人なんでしょう？　今すぐに全部をお話しすることは……いずれ……そういう時が来たら」

　如月は、生活安全課に話をつけて、彼をしかるべきシェルターに匿《かくま》ってもらおうかとも思ったが、名前と年齢しか言わず、詳しい事情も説明できない以上、いくら如月の頼みでも受けてはもらえないだろう……。

「仕方ねえな……」

如月は腹を決めた。

「判った。さすがにワケが判らねえと言う理由で見殺しには出来ないだろう。ここはお前らを信じる。菱田レンとやら、お前は、ここにいろ。おれが責任を持って匿ってやる。食い物は補給するから、外には出るな。それでいいなら」

二人は真顔で頷いた。

*

あくる日。

如月が目を覚ますと、すでに香里の姿はなかった。昨夜はビールを飲んで酔っぱらい、全員で雑魚寝《ざこね》したのだ。

レンは床に丸くなって寝ていた。

「おい」

如月はレンの頰をぺしぺしと叩いて起こした。

「おれはちょっと出かけるから、いいな？　外には出るな。冷蔵庫とかにある食い物は食っていいぞ。しかし、出前は取るな。お前を狙ってるってヤツが、ウーバーに化けてる可能性があるからな」

判りました、と起き上がって正座した菱田廉は頷いた。

「昨日から気になってたんだが……お前とどこかで会ったことなかったっけ？」

如月は訊いたが、菱田廉は首を横に振った。

「いいえ。刑事さんとは昨夜が初対面です」

「そうか……なんかお前の顔に見覚えがあってな……」

「僕が、誰かに似ているとかじゃないですか」

そうかもな、と如月は頷いた。

「お前、ウチの娘より聞き分けがいいし、礼儀も弁《わきま》えてる。いい子だ」

如月はそんな事を言いながら身支度をした。髭は剃《そ》らないままだが、シャツや下着は取り替えて、脱ぎ捨てたスーツを着て、部屋を出た。

あの菱田という少年は、もしかすると、けっこういいところのお坊ちゃまかもしれない。育ちの良さをほのかに感じる。

しかし……そういう少年を追跡して傷つけようとしていたのは誰なんだ？　金絡みか？　あるいは誘拐？

如月は西多摩署に形だけ顔を出し、部下の中村に「変わったことはなかったか?」と聞いただけでまた外に出た。

西多摩署の近くのファストフードでアサメシを食おうと思ったが思い留《とど》まり、またタクシーに無賃乗車して、この界隈ではシャレた部類に入る、新しいオフィスビルを行き先として告げた。

ビルの四階にある「テネシー・プランニング」のドアを開けると、スーツ姿の若い衆が一斉にソファから立ち上がった。

「ああ、如月さんですか。前もって連絡してくださいよ」

若い衆のリーダー格のような男が一礼して言った。全員、スーツにネクタイ姿だが、髪の毛が金髪だったり剃り込みが入っていたりで、明らかに普通のサラリーマンではない。しかもサングラスをかけていたり、咥えタバコだったりする。

しかし暴力団の事務所にはつきものの揮毫《きごう》が入った額縁はないし、飾られている日本刀もない。神棚も甲冑《かっちゅう》も虎皮の敷物もない。並んだデスクの上にはパソコン、その画面では表計算ソフトが動いていたりする。

「アポなしで悪いな。悪いついでにメシ食わせろ。ここの一階のモーニングを取ってくれ。ベーコン多めで、吸えるくらいの半熟の目玉焼き、トーストは四枚ほど、コーヒーはブラックでな」

へい、と一番下っ端らしい若者がドアを開け、すっ飛んでいった。

「で、お前ら、ヤバいぞ」

如月はリーダーに言った。

「フィリピンとカンボジアにいた掛け子チームが根こそぎ捕まって強制送還されたろ。お前は、あの連中は絶対に口を割らないと言っていたが、もう、ボロボロだ。盛大にゲロッてるぜ。今回は警察庁《サッチョウ》も警視庁《ホンチョウ》も本気だからな。官邸からの直々の指示もあったそうだし……今回ばかりはちょっとヤバいぜ」

「だけど、おれたちのバックには……」

リーダーは笑おうとしたが顔が強ばって笑えない。

「知ってるよ。西出組《にしでぐみ》だろ？　だがお前らのバックはお前らを切る気だぜ。切らないと本体がヤバい」

事態はそこまで来ている、どうする、高飛びするなら今のうちだぜ、と如月は畳みかけた。

「そんなこと言われても……ビジネスは急には畳めないんで」

「もしもの時の算段はしてなかったのか？」

「ある程度はしていたが……全面撤退は考えてなかった」

リーダーが険しい顔で言った時、ドアが開いて、下っ端の若い衆がトレイに載せたモーニングを運んで来た。大量のベーコンに目玉焼きが六つ、超厚切りトーストの山盛り、大きなグラスに入った絞りたてオレンジジュースに、コーヒーの特別モーニングセットだ。

「そうか。こいつを食いながら、じっくり手を考えようぜ。卵が多いな。よかったらお前も食いな」

如月はソファに腰を据え、豪華モーニングを食べ始めた。

「しかし如月さん。そういう情報を漏らして、あんたは立場がマズくならないのか？」

「バカかお前は」

如月は卵の黄身がついたナイフを振り回した。

「おれがそんなドジを踏むと思ってるのか？　いずれ西出組経由でお前らが知らされてもおかしくないことだけを話してる。まあ、おれだって警視庁《ホンチョウ》が考えてる作戦のすべてを知っているわけでもない」

そう言ってトーストをパリパリと音をさせて食いちぎった。

「それにな、こういう一斉捜索ってのはだいたい決められた手順を踏むもんだ。それが判っていりゃ、対策の立てようはある」

その後二時間にわたって、じっくりと大掛かりな一斉捜索のウラをかく作戦を伝授した如月は、情報料をせしめてビルを出た。

懐はほかほかと温かい。胸の内ポケットには、如月が警察からもらう給料一年分よりも多いキャッシュが入っている。

今夜は、あの菱田レンと娘の三人で、なにか美味《うま》いものでも……と思いつつ歩いていると……。

目の前に突然、何者かが現れて、一気に如月に迫ってきた。

どんと体当たりされた衝撃はあった。次いで激しい熱感がくる。特に痛みは……痛みは感じないが、あっという間に全身から力が抜けた。

体当たりしてきた人物が数歩後ずさり、そのまま走り去るのが見えた。

その顔は、見た。はっきり見たが、見覚えのない顔だ。

如月は膝をつき、そのまま倒れ込んだ。

体内から力と一緒に熱いものが流れ出ているのが判った。

それは、自分の血だった。

遠くからパトカーのサイレンが聞こえてくる。視界がみるみる狭まり、容赦なく暗くなってゆく。

「おい、誰か、救急車！」と誰かが叫ぶ声。「駄目だ、これは」と狼狽える声が聞こえたが次第に遠くなり……やがて、何も聞こえなくなった。

如月は、死んでしまった。

第二章　転生した俺は誰だ？

長いトンネルを転がり続けている。

トンネルの地面には傾斜がついていて、普通に歩けない。逆方向には登れず、下り方向に転がっていくしかない。しかも、息が詰まるような頭が痛くなるような、なんとも生理的に気持ちの悪い、奇妙で気味の悪い空間をひたすら転がっている。色があるような真っ暗なような、灰色のような、無重力の宇宙船内のような妙な空間。

これは夢に違いないということだけは判る。それだけが救いだ。夢ならいつか覚める。目が覚めるまで、耐えればいい。だが、この夢はいつ覚めるのだ？

えんえんと転がって、気持ち悪くなって吐きそうになったとき、やっと目覚めた。

目が覚めたのは確かだが……頭がハッキリしてくるにつれて、これはおかしい、何故目覚めたのかと不審に思った。

なぜなら、自分は刺し殺されたのだから。

あれ？　おれって死んだんだよな？　と、自分の死に急に自信がなくなってきた。自分が生きているか死んでいるのか、これほど確実であってしかるべきことに自信が持てないという事自体、異常だ。だが、確かに自分は死んだ、いや殺された記憶がはっきりあるのに、生きているという現実に直面すると、その異常さすら物の数ではない。

死んだのに、どうして目が覚めたのだ？　生き返った？　いや、もしかして、これが「死後の世界」なのか？

だがしかし、今彼が見ているのは、三途《さんず》の川でもお花畑でも虹の橋でもなく、いつもの見慣れた安アパートの汚い天井だ。

とすると、死んだ、という事自体が夢だったのか？　いや、これが夢の中なのか？　夢から覚めたようで覚めていないのか？

如月の今の姿は、パンツに古くなったTシャツ。十年くらい同じスタイルで寝ている。離婚する前は女房にうるさく言われてパジャマを着ていたが……。

Tシャツの下に手を入れて、刺されたはずの場所を探った。しかし、傷あとはない。

刺し殺されたのに？　刺殺なら死因は失血死か出血性ショックのはずだ。心臓を刺されればほぼ即死だが、如月の記憶では、ただちに意識が消失したわけではなかった。

しかも今、現にこうして生きている。

一度死んで生き返ったのなら、病院のベッドか、霊安室に横たわっているはずだ。

しかしここは、どう見ても、何度見ても、自分の安アパートだ。

おれは……死んでいないのだ！　生きている！

いつものように目覚めることが出来た。ただそれだけのことだが……それの、なんという幸せなことだろう！

起き上がってみる。

万年床の煎餅布団。

窓際には洗濯物が吊《つ》るされている。テーブルには灰皿があって吸い殻が山になっている。

いつもの、自分の部屋だ。

ただ昨夜……昨夜か？　とにかく刺し殺される前の晩に、この部屋で匿うことにしてやったあの若者……菱田、菱田廉とか言った……あの若者がいない。まさか、菱田廉という存在も夢の中の事だったのか？　すると、娘の香里と話した事も夢の中か？　いやいや、そうだとしたら、どこからどこまでが夢なんだ？

もしかして、すべてが夢だったりして？　まさか、これまで如月が生きてきた、四十数年の人生すべてが夢だったとか？

いやまさか。本能寺《ほんのうじ》で燃え盛る炎の中で敦盛《あつもり》を舞った織田信長《おだのぶなが》じゃあるまいし、いくらなんでもそれはないだろう。とはいえ……しかし……。

如月は山のような疑問が湧き出すのにひとまず蓋をして、トイレに行って小便をして、顔を洗った。

鏡に映る自分の顔は、いつもの荒《すさ》んだ中年男のものだ。

が、中村右近が昨日、頰に貼ってくれた救急絆創膏がない。頰に切り傷もない。

時計を見ると、すでに十時を過ぎている。

たしか、おれは、刑事だったよな。西多摩署の刑事。

普通の刑事なら、これは完全に遅刻だと慌てふためくところだが、おれは悠々としている。どういうことだ？　と疑問に思うまでもなく、その辺の感覚は現実も夢の中も同じのようだ。おれにとって決められた出勤時間など存在しない、ということか。

脱ぎ捨てられた服を見ても、別に血などついていないし、刺されて切り裂かれたあともない。

ということは……おれは悪酔いしたのか？

しかしテーブルにも床にも缶ビールや酒の瓶はない。

万年床の枕元に転がったスマホを取り上げて表示を見る。

二〇ＸＸ年四月二十五日。

「え？」

と、声が出た。二〇ＸＸ年は……去年だろ？　どうして去年の日付が出るんだ？

スマホがおかしくなったのか？

スマホの電源を切り、再起動させながら、テレビをつけて、ニュースを見た。

「続きまして芸能ニュースです。タレントの風吹ナギサさんが電撃結婚の速報です。お相手は高校の同級生で、おめでた婚だということです」

「あ？　あのタレント、離婚したんじゃなかったのか？」

如月は大声で独り言を言いながらチャンネルを変えた。朝のワイドショーはどれも似たり寄ったりのことを毎日やっているから区別がつかない。

しかしＮＨＫは、「西多摩五百万円強殺事件」の容疑者が逮捕されたことを報じている。

「今年二月、西多摩市大木台《おおきだい》の質屋に押し入って金品五百万円相当を盗み店主を殺した事件で、容疑者の久保田洋一《よういち》、四十三歳が潜伏先の西多摩市西脇《にしわき》の倉庫で身柄を拘束されました。警察発表では久保田容疑者は現在、犯行を否認しているとのことです。久保田容疑者は逃亡して足取りが摑めませんでしたが、先月、西多摩市に舞い戻ったという情報が寄せられていました」

「なんだこれは？　五百万円強殺事件なら昨日裁判が始まっただろ？　なんで逮捕まで逆戻りしてるんだ？　ついさっき捕まったみたいな事を言いやがって！」

新聞を取っていないので、今日が何年何月何日なのか、決定的な事が判らない。だが再起動したスマホは、やはり同じ日付を表示している。

二〇ＸＸ年四月二十五日。

如月はイライラしつつ服を着てアパートを後にし、駅に向かった。駅売りの新聞を買うためだ。四十八歳、昭和生まれの古い人間としては、スマホより新聞を信じたい。スマホみたいな電子機器は「狂う」事だってあるだろう。

駅のキオスクで、目についた新聞を三紙買った。一般紙とスポーツ紙、そして「正しいのは日付だけ」と称されるローカル新聞。そして自然に競馬新聞にも手が伸びた。

どれも、スマホが表示したのと同じ、二〇ＸＸ年四月二十五日付けだ。

駅前のファストフードに入ってコーヒーを飲みながら、三紙を慌ただしく広げて記事を見ていく。

どの記事も、読んだことがあるものばかりだ。事件もスポーツの結果も、テレビ欄の番組紹介も、競馬の結果でさえ。

まさに、既視感としか言えない。すでに過ぎ去ったことを再放送で見ているような感じだ。しかも、コーヒー代が昨日より五十円安い。この、何もかもが値上がりしているご時世で……。

「これは……ドッキリか？」

如月は独り言を言った。おれは騙《だま》されているのか？　壮大な仕掛けによって？　しかし、おれのような無名のシロウトに、誰がどうしてなんのためにドッキリを仕掛けるのだ？　まさか、おれが困惑する有様をずっと撮られてるのか？　カメラはどこにある？

そんなことを思いながら、あたりをキョロキョロと見回し、店内でコーヒーを飲み食事している連中の姿を眺め、窓外を歩く人たちの姿を眺めていると……ますます今、この空間が現実なのだとしか思えなくなってくる。そうだ。夢の中ではなく、これは現実なのだ。

判った。それは、受け入れるとしよう。

とにかく、何がなんだか訳の判らない事になっているのは事実なようだ。

しかし……だったらどうする？

おれは一年後の未来から戻ってきた男だ、などと言おうものなら正気を疑われるのは間違いない。ただでさえ、態度がデカくて傍若無人で、上司であってさえ他人の言うことに耳を貸したことのない、このおれだ。

とにかく今は、様子を見ることに徹しよう。ドッキリか、おれが狂っているのか、それとも何か未知なことが起きているのか、それが判るまで、慎重な振る舞いに徹しよう……。


如月は、お昼近くになってようやく西多摩署に足を踏み入れた。慎重に、恐る恐るという感じで自動ドアを通過して、署内の様子を窺《うかが》いつつ、受付の前を通った。見たところ、特に変わりはないようだ。

「如月さん？」

受付にいた若い女性警官が声をかけてきた。

「はい？」

素直に振り向いた如月の反応に驚いたような女性警官は、「あの、足でも悪くしたんですか？」と訊いてきた。

「いいや別に。どうして？」

「いえその、歩き方が……いえ、すみません」

女性警官は首を竦めた。

たしかに、恐る恐るの腰の引けた歩き方が、まるで署内の通路に落とし穴が仕掛けられてでもいるような、ビビった歩行に見えてしまったのだろう。

いかんいかんと自分でも思い、そこからはシャキシャキ歩き出して階段を元気よく駆け上がり、二階のデカ部屋に顔を出した。

十一時三十分。いつもよりかなり遅い出勤時間だ。

部屋に入って、室内を観察する。特に変わりはない。デカ部屋のテレビはたしか、一週間ほど前に新しくなった筈だが、今あるテレビは前のままの、小さな画面のものだ。壁に貼られている防犯ポスター、指名手配犯顔写真ポスターも去年のものだ。

こりゃやっぱり、丸ごと一年前だよ……。

如月は同僚たちに、よう、と挨拶して、自分の席に着いた。刑事組織犯罪対策課の岸和田課長は大遅刻した如月を叱責することもなく、見なかったフリをして書類にハンコを押している。メタルフレームの眼鏡に細面の痩身。警察の華、刑事組織犯罪対策課の課長と言うより、市役所の小役人だ。

如月は、しばらく黙って座っていた。

部屋の様子は、いつもと変わらない。警視庁通信指令室からの緊急手配などの緊急無線も、ここ西多摩署ではあまり鳴ることもない。いつものようにノンビリとした課内の景色だ。だからこそ、たまに凶悪事件が起きるとデカたちは目の色を変えるのだが……。

「如月さん?」

向かいの席にいる中村右近が声をかけてきた。

「あ?」

「あ?　じゃないですよ。どうしちゃたんですか、今日は。入ってきてからずっと大人しく座っちゃって。まるで借りてきた猫みたいに」

「お前も、ジジイみたいなタトエを使うな」

中村って、こういうヤツだったっけ?　と如月は少し混乱した。自分だけが一年後から滑ってきたのかと思ったが……。

「この世界」が一年後の世界とも微妙に違っているとしたら、言動はいっそう慎重にしないとマズい。

如月はさらに寡黙になった。観察のために視線だけは油断なく配っているが……それも「キョドっている」様子にしか見えないのだろう。

さらなる違和感を感じたらしい中村は、黙ってしまった。そこに大声が飛び込んできた。

「そりゃ『トーヨーキング』が来るだろ!」

「来ねえだろ。先週びりっけつだったじゃねえか」

日頃から折り合いの悪い同僚刑事たち、安倍川と御灸田、瀬古宇の三人がスポーツ新聞を広げて競馬の予想をしている。

「今夜雨らしいしな。『トーヨーキング』は重馬場《おもばば》には弱いし」

競馬通の安倍川はトクトクと語るが、如月は思わず舌打ちした。彼はこのレースで万馬券を当てて大儲《おおもう》けしたから、一年前のこととは言え、ハッキリ覚えている。

「『トーヨーキング』が来るぜ。買っとけ」

如月は反射的に安倍川に教えてしまった。安倍川は目を剝いた。

「なーにをエラそうに。預言者かお前は？」

「そうだぜ。この前スって、当たり散らしてたくせに」

安倍川と仲のいい御灸田も口を挟んできた。

「いや、この馬は来る。騙されたと思って買っとけ。おれも買う」

如月は自信満々に言い切った。

その様子を見た中村右近が、揶揄《からか》うように言った。

「どうしちゃったんすか？　今日の如月さんなら、株も当てたりして？」

「株はやってないから知らん。しかし……そうだ、あれだ」

彼は、新聞やテレビで目にした覚えのあるニュースを口にした。

「東京輪転機にファンドの買いが入る。乗っ取りだ。新聞の部数ガタ落ちで輪転機に未来はねえが、会社そのものには土地建物など莫大《ばくだい》な資産がある。ファンドはその資産が目当て、間に入ったコンサルがファンドには買収を提案、会社には買収防衛策を伝授して両方からカネを取るという鬼畜外道なやり方で、バレて新聞沙汰になる。西多摩に工場があるから警視庁《ホンチョウ》から指示があって……」

安倍川たち他の面々は呆気《あっけ》にとられた顔で固まっているが、如月はそれにも気づかず話し続けた。

「とにかく、東京輪転機の株は騰《あ》がるぞ！　爆騰げだ。バレる前に騰がるだけ騰がったところで売り抜ければいい」

そう言ってしまってから、やっとその場の雰囲気を察して、しまった！　と思ったが、もう遅い。

「なんだお前。いつから株屋になったんだ」

「そうだよ。お前はバフェットかジム・ロジャーズか？　それともなんちゃってノストラダムスかよ」

「講釈師　見てきたような　ウソを言い、か？」

「そこまで言うなら大穴を教えろよ。万馬券はどの馬だ？」

デカ部屋には如月を揶揄い、あるいは批判する声が充満した。

「うるせえ！　クズども！」

如月は思わず言い返したが、「クズはお前だ！」と一斉に反撃を食らった。

カッとなった如月は勢いよく立ち上がった。今にも殴りかかりそうな勢いだ。だがかろうじて自分を抑えた。

「……ちょっと出てくる」

そう言って、怒りの形相のままデカ部屋を出た。

西多摩署の外に出たところで、中村が追いついた。

「如月さん、待ってくださいよ！」

「ンだよ。お前、わざわざおれに『頭おかしい』とか言いに来たのか？」

「違いますよ。ちょっと冷静に話しませんか？」

中村は周囲を見渡して、署の斜向かいにある公園を示した。

ベンチに座った中村は、「ここなら聞き耳立てる人はいないので」と言って、如月をじっと見た。

「如月さん酔ってます？」

「シラフだよ」

「今日の如月さん、ヘンですよ」

「だろうな」

「自分で判ってるんですか？」

そう言った中村に、如月は上半身を向けて正対した。

「どうおかしい？　お前の目から見て」

「正直なところを言っていいですか？」

もちろん、と如月は答えた。「絶対に怒らないから、思うところを言ってくれ」

そうですか、判りました、と中村は応じた。

「まず、いつも遅刻してますが今日はいっそう遅い。ここまで遅くなる日はありませんでした。そして、いつもなら傍若無人にタバコを吸い、大声で指図し、悪態をつき、平気で課長を小馬鹿にし、署長や総監の悪口を平気で口にする如月さんなのに、今日は妙に大人しかったのが気味悪いです」

普段はそんなに悪態をつきまくるクソな振る舞いをしていたのか……と如月は、さすがに穴があったら入りたくなった。

「そして決定打は、あの『未来の予言』です。競馬のアレ、それと株の銘柄は、予想ではなく、断言ですよね。預言者って、みんな断言しますけど、如月さんの口調は、マジで預言者みたいでした」

「……」

どう返事をしていいか、判らない。本当の事（というか、今のところそう判断するしかない）を話そうものなら、その瞬間、中村は「ヤバいヤツを見る目になって後ずさりする」んじゃないか？

「お前がおれのことをどう思っているか、聞くのが怖いが」

如月は慎重に言葉を選んだ。

「正直に言ってくれ。たとえ、おれがおかしくなっているとしても、お前の言うことはきちんと理解出来る自信はあるから」

そうですか、と答えた中村は、決心を固めるようにしばらく直属上司をじっと見据えた。そして口を開いた。

「世の中には、自分が知らないだけで、妙な事はたくさんあると思います。だから、ナニを言われても頭から否定しないようにします。如月さんは、昨日までの如月さんじゃない気がします。姿形は同じでも、中味が違うというか……」

うん、と如月は素直に頷いた。

「実はな、昨日、おれは刺し殺されたんだ。まあまあ、冗談だとは思わず先を聞け」

唖然《あぜん》としている中村を制して、如月は先を続けた。

「相手の顔はハッキリ見たが、見覚えのないやつだった。まあそれはいい。いいこともないが……おれはそいつに刺し殺されて、たしかに死んだと思ったんだが、今朝、アパートの自分の部屋で目が覚めた。まあ聞け。おれもまず最初は夢だと思ったよ。刺し殺される夢。下手人の顔はハッキリ見たが、初めて見た顔だったし、どこからどこまでが夢なのかよく判らない。まずおかしいのが、今日の日付だ」

「今日は二〇XX年四月二十五日ですけど」

「だから、それは去年なんだ！　おれは一年後の今日からやってきたんだ」

あ、と中村が呟いた。

「未来からやって来た不思議な少年……っていうか」

「未来からやって来た不思議なオッサンだ。だからさっきの競馬の話みたいに、これからの一年、何が起こるかだいたい判るぞ。おれが覚えている範囲で、の話だが」

そう言った如月は、表情が消えたような中村の顔を見て、やっぱり言うんじゃなかった、やっちまったか、と思った。

「だから、不思議だが本当なんだ」

「はぁ」

中村は義務的に頷いた。

「おれにとってはまぎれもない『事実』なんだが、この事を誰彼構わず話してしまうと、正気を疑われるのは間違いない。お前にだって話してよかったのか判らないが……誰かに話して相談しないと、おれはおかしくなりそうなんだ。いや、お前が言いたいことは判る。もう既におかしいとか言わないでくれ」

「つまり……如月さんは、一年後の世界からやってきた。つまりそれは、もしかして、如月さんがタイムリープしたってことすか？」

「今はタイムリープって言うのか？　昔はタイムスリップって言ってたけどな」

「ええとですね」

中村はスマホを取り出して検索した結果を口にした。

「如月さんは、タイムマシンって知ってます？」

「過去や未来に行けるキカイだろ？」

「タイムマシンを使った時間移動は『タイムトラベル』。で、時間を移動出来る能力が備わった人間が、自分の意志で時間移動するのが『タイムリープ』。自分の意志ではなく、なにかの拍子で時間を移動してしまうのが『タイムスリップ』なんだそうです」

「……じゃあおれは、タイムスリップだな。おれは時間移動できる能力なんてないし、自分の意志で一年前に戻ったわけでもない」

しばらく如月の顔を見ていた中村は、「なるほど」と頷いた。

「自分は、アニメとかコミックとか映画での知識しかないので、ウソやデマカセを言うかもしれません。ですが……この分野に詳しい先輩がいるのですけど、どうでしょう？　意見を聞きに行きませんか？」

「だけどお前、タイムスリップだかタイムリープだか知らないが、普通、あり得ないことだろ？　アレコレ言う前に、こういうあり得ないことがどうして起こるんだ？　おれにしてみれば、目の前に突然宇宙人が現れたとか、恐竜が出現したとか、そういう映画でしか見た事がないようなことが現実に起きてるんだ。どういうことだよ？」

「そんなこと、自分にだって判るわけないじゃないですか。それも含めて、専門家の話を聞きましょう。いや、聞くしかないです！」

「聞いてどうなる？　医者じゃないんだから、元に戻ったりするのか？」

如月は抵抗した。本音を言えば怖いのだ。

「ねえ、如月さん。じゃあ、何もしないで困った困ったと言い続けて、これからずっと、シケった花火みたいな日々を過ごすつもりですか？」

「なんだよ急にブンガクテキな表現使いやがって」

「解決できないかもしれませんが、せめて今どうなってるのかがハッキリすれば、対処法もあると思います。さあ、一緒に行きましょう！」

「行くって、どこの専門家だよ？　お前の知り合いの専門家か？　そんな専門家、大丈夫か？」

「馬鹿にしちゃいけません。自分の大学の信頼すべき先輩が、この分野の研究をしてるんです。ぐだぐだ言ってるヒマがあるなら少しでも前進しましょう！」

中村は、如月を連行するようにベンチから立たせると、公園の外に出てタクシーを拾った。

＊

「……なるほどね」

八王子《はちおうじ》の丘陵地帯にある私立理系で有名な東京理学大学の研究室で、如月の話を興味深く聞いた白衣の男は、深く頷いた。髭面に黒縁眼鏡の、典型的学究の徒という風貌の中年男だ。

「飯島《いいじま》先輩は、どう思われますか」

如月の横に座った中村が、訊いた。

「どう言ったものか……一般の方に判るように説明するのは難しい」

飯島と呼ばれた男は立ち上がって、研究室にあるホワイトボードに乱暴に幾つもの線を引いた。

「時間の流れは我々がいるこの世界だけではなく、無限に存在する、という多元宇宙という考え方がある。昔は、時間の流れは一つだけという考え方だったから、過去の人間や未来人が現在にやってくると、歴史が変わってしまう！　という『タイムパラドックス』が想定されていた。しかし、いわゆる多元宇宙の考え方を使えば、『過去の人間がやって来た世界』『未来人がやってきた世界』もあるということで、『タイムパラドックス』は存在しないことになる。これも以前からよくＳＦに登場する考え方だった。しかし、それでは説明がつかなかったり不具合が起きたりする。例えば、アナタ」

飯島先輩は如月を指差した。

「アナタが別の時間軸から来たとすると、もともとこの世界にいたアナタはどうなる？　アナタが二人存在するのか？　『あなたが二人存在する世界』というのもアリかもしれないが、それだとなんでもありになって、考えるのがバカバカしくなってしまう。したがって、ワタクシはその考え方は採らない」

飯島先輩は手を後ろに組んで研究室内を歩き回った。夥しい本が詰まった本棚、大量の書類が乱雑に積まれた大きなデスク、大画面のパソコン、ホワイトボード、沈思黙考するためなのか、カウチ・ソファもある。

「すべての現象には法則がなければならない。さもなくば、この世の事象が説明できない。なんでもアリというのはカオスであって、そう言う説明を、理系の学者たるワタクシはしたくない。判るね？」

はあ、と中村は頷いたが、如月は顔をしかめたままだ。

「ここで、ワタクシが個人的にこれはアリなのではないか、と思う学説を紹介しよう」

飯島は黒板に丸を三つ書いた。

「意識は、肉体とも脳とも別個に存在する。そう考えよう。意識が肉体から離れて、自分で自分を見る幽体離脱。一度死んだ人が生き返って、死んだ時に見た事を語る臨死体験。脳の手術で脳幹の活動が麻酔で完全に停止している人が、手術中の医師たちの会話や手術に使われた器具などを正確に記憶していたという事例。この場合、その人の意識は肉体とは離れたところを浮遊していることになる。肉体としての脳は医学的には完全に停止しているのに、意識は覚醒して、自分を見ているのだから」

飯島は、丸のひとつをぐりぐりと強調して書いて、他の二つの丸との間に線を引いた。

「その場合の『意識』は、その人の感情・記憶・思考を備えた、その人の、いわば魂のようなものだ。ここまでは判るね？　ついてきてるね？」

飯島は如月と中村を見た。

「魂？　あんた、霊魂とかスピリチュアル系の話をしようってのか？」

理系の学者のくせに、と如月は思った。

「とにかく、そういう意識が時間とかの制約なく、ふわふわと存在していて、なにかの拍子に任意の肉体に入りこむ現象。これは複数の文化において、生まれ変わり、あるいは憑依《ひょうい》などと呼ばれているな」

「ええと……じゃあ先輩、その『意識』ってのは、そのへんにふわふわ漂ってるってことですか？　やっぱり霊魂じゃないですか。オカルトっすね」

「まあ、『死んだ人の意識』なら霊魂と言ってもいいかもしれんね。だが生きてる人の『意識』だって、なにかの拍子に肉体から抜け出てどこか別の誰かの肉体に入り込むかもしれない。それはあたかも、アプリが自動的にスマホにダウンロードされるようなもの。と言えば判るか？」

う〜んと中村は反応するが、如月は硬直して、難しい顔のまま聴き入っているだけだ。

「例えば……音楽教育を受けたこともなく、楽器も弾けず楽譜も読めないような人間が、ある日突然、自分はモーツァルトの生まれ変わりだと言い出して、いきなり本格的な楽曲をいくつも作曲してしまうようなものだ。こういう事例は実際にいくつも存在する。これをモーツァルトの霊が憑《つ》いた、憑依した、と表現することもできるが、作曲プログラムのダウンロードと考えれば判りやすいのではないかね？」

飯島は如月の顔を覗《のぞ》き込んだ。

「だから如月さんとやら、アナタの場合も、一年後に死ぬ予定の、というか死んだ瞬間のアナタの意識が、一年前に戻ってあなた自身の肉体に自動的にダウンロードされたと考えればいい。『転生』の場合、よく言われているのは、たまたま近くにいた、生まれたばかりの赤ん坊の身体に入るというケースとか、上空からのぞき窓のようなもので地上を見ていて、前世で自分に身近だった人物の生まれ変わりを捜して、そこに生まれてくるケースとかいろいろだが、まあ自分にとって親和性の高い肉体に入るんだな。一年前の自分の身体なら入りやすいし、さぞや居心地もよいことだろう」

そう言った飯島は、指をパチンと鳴らした。

「どうだい？　判るかね？」

「しかしそれじゃ、おれが二人いることに……なってしまうじゃないか！」

如月は自問自答した。

「ならないだろ。こう考えればいい。時空を超えて移動したのはアナタの意識だけだ。そして意識が入っていた元の肉体は一年後のその時点で死んでしまって火葬されて、灰になってしまった。そして、アナタの意識は一年遡って、今そこにあるアナタの肉体にダウンロードされ、一年前の意識というかプログラムに上書きされた。

そして一年前のアナタの記憶と重ならない部分、つまり未来の情報だけが、消去されることなく保存された、ということでどうだろう?」

飯島は指をまたパチンと鳴らした。

「我ながら実に巧《うま》く説明出来た」

だが、如月は納得出来ない表情のままだ。

「しかしそれだと、おれの意識は時間を逆行して一年前に戻ったことになるじゃないか。同じ空間にフワフワしてる『魂』って事なら判らんでもないが、時間を巻き戻したり早送りしたりってのがありえないんじゃないか? そのへん、理に適《かな》った説明って出来るのか?」

「出来るね。最新の量子物理学というか量子論では、時間は存在しない、という極論さえ唱えられている。時間が流れていると感じるのは、マクロな世界に生きている我々の錯覚にすぎない、という考え方が可能だと言われている」

そこで如月は呻《うめ》きながら立ち上がった。

「もう限界だ。おれにはもう理解出来ない。無理だ。帰る!」

「如月さん、まあ待ってください」

中村が如月にしがみ付いた。

「飯島先輩、時間が存在しないなんて、そんな極端なことを言わないで、素人でも判るように説明してくださいよ」

中村は上司をなんとか座らせた。

「すいません、如月さん。飯島先輩はハカセなんで、言うことが難しくて」

「難しくて悪いが中村君、これは、素人が簡単に判るものじゃない。まあ、ざっと説明はするが、とにかく結論は、『不思議だが本当だ』ってことになる。なぜなら、今ここに、まさにこの現象の体現者としか思えない人物が存在しているじゃないか。これをしも、最高の証拠と言わずしてどうする？」

まあ聞くだけ聞け、と博士は滔々《とうとう》と自説を述べた。

「我々が時間の経過を認識できるのは熱力学の第二法則があるからだ。熱は高い方から低い方に移動するがその逆はないという不可逆の法則であって、エントロピー……乱雑さと言い換えられるが……乱雑さの増大、あるいは秩序の減少というか、そもそもそういうモノがなければ、我々が時間の流れを感知することはできない。花が散り、部屋が散らかり、人が老い、ペットが死ぬ、そういう具体的な出来事があって初めて時間の経過が判る。だがミクロなレベルではエントロピーの増大を認めることができない。たとえばトランプの札が、赤と黒とに綺麗に分けられていた初期状態から、シャッフルして赤と黒がごちゃ混ぜになれば、一見エントロピーが増大したように思えるだろう。しかしマクロな世界のトランプカードを原子・素粒子のレベルにまで接近して観察すれば、そこにあるミクロな世界では『それぞれの札の色』などまったく意味を持たず、最初から秩序などなかった、という見方しかできない。つまりミクロの世界では我々の見ている世界での時間の流れは存在しない、と言うことになる。そんな中で、今から一年後に殺されたというあんたの意識が肉体を離れて浮遊し、空間的に移動するだけではなく、時間を遡ったとしても、それほどおかしなこととはいえない。世に謂《い》われる予知・予言のたぐいも、意識が時間を遡って移動しただけのことかもしれない。最近ネットではやたら未来人の予言と称するモノが増えているが、実際に意識の時間移動が増えているのか、それともＳＮＳがあるためにそういうものが表に出やすくなったものか、どちらとも言えるな」

滔々と自らの持論を立て板に水のように語り切った飯島博士は、ドヤ顔で「どう？」と二人に聞いた。

「……なんか、こ難しいペテンを聞かされたとしか思えん」

如月はふたたび呻くように言った。

「理解不能な事をガンガン言われて判った気になれるか、と思ったがやはり判らん。実際」

如月は飯島に指を突きつけた。

「あんたは今言ったこと、具体的に証明できるのか？　所詮空論じゃないのか？

それはアナタの感想ですよねってレベルじゃないのか？」

「人を指差すのは止めなさい」

飯島博士は如月の指を掴んだ。

ハカセの手を振り払った如月は次にタバコを取り出そうとして飯島に睨み付けられ、渋々仕舞った。

「なんだかなあ。当たり馬券を的中させる難しい理論を吹き込まれて、バカが信じ込むような詐欺とどう違うのか、さっぱりおれには判んねえ」

如月はなおも抵抗した。

「ということはだ、要するに、おれはもう元には戻れないってことか？」

「元に戻るって……アナタは死んだんでしょ？　今から一年後の時点で、既にアナタの肉体は消滅してるんじゃないの？　火葬されてなければ、放置されたまま腐ってる」

「つまり……元に戻りようがない、戻っても仕方ないってことか」

如月は、その点だけはなんとか理解した。

とはいえ、納得しがたい顔のままの如月を飯島博士は慰めるようにフォローした。

「だが、これまでに述べたことはあくまでも可能性としてのハナシだ。この現象が起きる条件などが数値化できない以上、仮に時間移動が起きていたとしても、それは偶然というか、極めて特異な、例外的な現象としか言えない。従って、現状では意図的に『意識の時間移動』を起こすスべはない、と言える。そして」

博士はもったいぶるように間を取った。

「如月さんとやら。それでも『一度起きた事はまた起きる』可能性はあり得る。たとえば、そう、サイクリック宇宙という考え方があるのだが、サイクリック宇宙では、この宇宙が現在の膨張からいずれ収縮に転じた時点で時間の流れも反転し、いわばフィルムの逆回しのように、すべての物事が逆回転に起こると言われている」

まったく同じ物事の経過を、宇宙に存在するあらゆるものが無限に繰り返すのだ、と博士は言った。

「全宇宙の質量の変化から計算して、現在の宇宙は五十周目あたりではないか、と推論する学者もいる。膨張から収縮に反転した際の時間の流れは逆方向に進む、つまりエントロピーが減少するのが当たり前と認識されるので、年寄りが年々若返ってもまったく異常とは思われない。さらに」

博士は興に乗ったように言葉を継いだ。

「ワタクシはその考え方は取らないが、さらに多元宇宙という考え方をするならば、物事にはいくつもの分岐があり、分岐の数だけ宇宙が発生する。これからの一年間、まったく同じ分岐をアナタが選択し続ければ当然、『一度起きた事はまた起きる』。つまりアナタは一年後に殺される、という帰結をたどることになるだろう」

＊

「鳩が豆鉄砲を喰《く》らった顔っていうのは、さっきの如月さんの顔のことを言うんでしょうね」

如月と中村は、飯島先輩の研究室のある大学からモノレールで立川《たちかわ》に移動した。早い時間から開いている居酒屋で、中村は妙にはしゃいで言った。

「お前、なにがそんなに嬉《うれ》しいんだ？　コーラ飲んだだけで酔ってもいねえのに」

如月は不機嫌そうにチューハイを呷《あお》った。

「結局、なんの解決にもなりゃしなかったじゃねえか」

「でも、現状を受け入れて、なんとか生きていくしかないってことは判りましたよね」

「それって、あたかも、カネがなくなったから生活保護を申請して細々生きていくしかないって言われてるようなもんじゃねえのか？」

ヤケになったように言う如月に、中村は首を傾げた。

「それは違うでしょう。とにかくハッキリしていることは、一年後、如月さんの今ある肉体は、無くなっている可能性が高い。だが如月さんの『意識』というか『魂』はどういうわけか一年前に戻って、今、ここにある如月さんの肉体に宿っている。だから如月さんは、一年後の運命を知った上で、生きていくしかないんですよ」

「じゃああれか？　競輪競馬に競艇オートレースで大儲けして」

「これから先の一年が、如月さんが知っている一年とまんま同じであるという保証はないんですけどね。飯島先輩は、一年後の如月さんの『意識』がこっちにやってきたとは言ったけど、なんだっけ、粒子の動きとかでまったく同じことが再現される……それは如月さんにとって、ですが……という可能性については、断言しませんでしたよね。そもそも、時間の流れ自体を否定したんだから」

「でもな、今のこの感じは、本当に一年前なんだよ。ニュースを見てもそうだし」

如月は白菜の漬け物をバリバリと食った。

「まあしかし、こんな『あり得ないこと』をまともに聞いてくれる、キトクなヒトがいたことだけは感謝だな」

「さっき、モノレールに乗っていたときスマホで検索したんですけど」

中村は自分のスマホを取り出した。

「このことは秘密にしておいた方がイイらしいです。検索したら、『誰かに話すと殺される』って結果がヒットしたんです」

中村はスマホの表示を如月に突きつけるように見せた。

「まあこれ、ラノベの定番設定らしいんですけど」

「誰かに話すって、お前とさっきの博士にしか話してないぞ。まさか、お前らがおれを殺すのか？」

と真顔で聞く如月に、中村はいやいやまさかと手を振った。

「それより、如月さんを刺し殺したっていう被疑者、ですかね？　そいつの顔はハッキリ見たって言いませんでしたっけ？」

「言った。ヤツの顔は覚えてる。しかし、初めて見る顔だった」

と言った時、如月は「あ」と言ってやっと気がついた。

「このままだと、一年後に、おれはまた刺し殺されるかもしれないんだな」

「……そうかもしれませんね」

中村は否定しない。

「でも、如月さんは、何故、刺し殺されたんですか？　心当たりは？」

「ねえよ。いや違うな……こういう商売をしている以上、殺される理由は山ほどある。なんせおれは恨みを買ってるし、敵が多い」

多すぎる、と言うべきだろう。

如月が指を折って「自分を殺したがっているであろうヤツ」を数えると、あっという間に十を超えた。

「おい。また殺されないためには、どうすればいい？」

「それはもちろん、殺される前に、殺しに来そうなヤツをうまく丸め込むか、もしくは相手が如月さんを殺したいと思ってしまった原因を解消するかでしょう。もしくは何かの事件なら、解決するしかないですね」

中村がそこまで言って如月を見ると、如月は困惑しきっていた。

「それは無理だ……おれが買ってきた恨みを根絶するには……十年くらい時間を巻き戻さないと……」

そう言いつつ、まず如月の頭に浮かんだのは、女たちだ。おそらく間違いない。これまでに雑に付き合っては捨ててきた女たちが、これには絡んでいる……。

おれが捕まえた悪党だっておれに恨みを持っているだろう。おれがあくどくワイロを取り立てた相手だっておれを恨んでいるだろう。しかし、女の恨みが一番怖い。深くて執拗《しつよう》だ。こじれるとどうしようもなくなる。カネで解決しようとしてもダメ。土下座して謝ってもダメだし、責任取って結婚しようと言ってもダメ。残る解決策は、おれが死ぬしかなくなるのだ。死んでお詫《わ》びをいたします、と狂言自殺のフリでもすれば許してもらえるのかもしれない。だが文字どおり弊履《へいり》の如《ごと》く捨て去って、それっきりにした女も多い。そんな女たちはどうしたのだろうか。ふつふつとたぎる怒りの炎を押し殺しているケースもあるはずだ。その炎がなにかの拍子に一気に燃え広がり、爆発することもあるだろう。思い出し怒りの強烈版だ。

気分が悪くなってきた如月はフラリと立ち上がった。

「ちょっと行くところを思い出した。お前は署に帰れ」

「如月さん、仕事は？」

「そんな場合じゃないだろ。というか、身辺とか頭の中とか、いろいろ整理しねえと仕事なんか出来ねえよ」

中村は、如月の仕事をサボる口実だと思ったのか「はいはい」と軽い返事をした。

「おい。おれは真剣なんだ。お前はまだ、おれの今の境遇を理解してねえようだが、さっきの博士の話を考えたら、今のおれは一年後にまた殺される、そのためだけに生きているようなものかもしれねえんだぞ」

「……それは、たしかにそうですね」

中村は頷いた。

「ならば、おれとしては、死にたくないんだから、そうならないように努めるべきだろ？」

如月は、現在一番ヤバそうで、一番気になる女のところに向かうことにした。

＊

西多摩市の町外れの住宅街にあるワンルームマンション。実に目立たない場所にひっそりと建っているせいか、ここには水商売の関係者が多く住んでいる。

その五階建ての四階。エレベーターを降りた如月は、一番奥の部屋に真っ直《まっす》ぐ向かった。ノックもせずにドアを鍵で開けると、家宅捜索のようにずんずんと中に踏み込み、勝手知ったる他人の家とばかりにリビングに面したドアを開けた。

もう夕方だというのに、ソファには女が寝ていた。Tシャツとショーツだけの悩ましい姿で、布団を蹴飛ばして寝相が悪い。スレンダーだがFカップでスタイルのいい女体が惜しげもなく開陳されている。この女はとにかくセックスに貪欲で、体位のデパートとでも称すべき多彩な技を繰り出してくるのだ。あわよくばイッパツ、という下心もあった。

「おいカンナ、もう夕方だぞ。店はいいのか？」

カンナと呼ばれた女は「う～ん今日は休むからいい」と寝言のように答えた。

「二日酔いか？　深酒はカラダによくないぞ」

と、どの口が言う？　というようなことを如月は言ったが、案の定、反撃を喰らった。

「アンタに言われたくないわ」

カンナは、突然跳ね起きた。

「つーか、あんた、どうしてここにいるのよ？」

「合鍵貰ったろ。合鍵は出入り自由なパスポートだろ」

「そうだっけ？」

寝起きで腫れぼったいが、鼻筋の通った美形風。年齢不詳で若く見えなくもない女は、寝言のような口調に戻って「出てって」と言った。

「あ？　いやおれは、その、お前にいろいろと謝ろうと」

「そういうのいいから、出てって。合鍵は置いていって」

「なんだよ。男でも出来たのか？」

「っていうか、ウザくなってきたんだよね、アンタ。もう疲れたし。説明するのも面倒だし」

「だからな、これまでのいろいろを謝ろうと思って」

「なにそれ。アンタこそあたしとすっぱり切れるつもりで来たんでしょ！　そんなの無理だからね。キレイに別れるなんて！」

「だけどお前……別れようと今、言ってるのは、お前のほうじゃねえか」

「アンタさあ、ヒトの話聞いてるの？」

今日のカンナは妙にアタリがきつい。昨日までなら、如月をアタマから否定することなんかなかったし、話があると切り出せば聞く耳はあった。しかし今、目の前にいるカンナはまるで違う。

「だいたいね、合鍵渡したからって、家宅捜索みたいに勝手に入ってきていいって誰が言った？　家宅捜索だって、相手がドア開けるの待つよね？　ドアチャイム鳴らしたりノックしたりするじゃんよ？　あたしが開けるまで待てないの？」

カンナは一気にまくし立てた。

「だいたいさあ、アンタは横暴すぎるのよ。俺がルールだ、みたいな。なにそれ？　ハードボイルド気取ってんの？　それってただのワガママなオヤジとどう違うの？」

最初は勝手に入ってくるなって事だけ言おうと思ったけど、と怒りスイッチが入ってしまったカンナはもう止まらない。

「突然入ってこられて寝顔なんか見られたくないんだよ！　スッピンだし、むくんでるし……だけど、もういいわ。全部止める」

「いやいや、全部って……だけどお前、今までスッピンの寝顔とか、さんざん見せてきたじゃねえか」

それには答えず起き上がったカンナはクローゼットを開け、中から男物の服やバッグなどを掴み出すと次々と床に放り投げた。

「もう、完全に終わりにする。考えてみれば、アンタ、すげーウザかったんだよ。どうしてウザいのかよく判らなかったんだけど、今の今、ハッキリしたわ。あんたの、その勝手なところがもう無理なんだ。セックスだって言うほどたいしたことないし、お小遣いだってたいして貰ってないし、刑事と付き合ってるって言うと妙なのが擦り寄ってこなくて便利だったけど、もう自分でなんとかするし」

カンナはそう言って如月のモノらしい服やカバンを次々に蹴飛ばした。

「出てって。そして、もう二度と戻って来ないで。お店も出禁《できん》ね」

「そう言われるのは仕方がないし、お前を深追いする気もないが……」

如月には、恨まれないためにこれだけは言いたい、ということがあったが、いきなりの劣勢で、どうしてもたじたじとなってしまう。

「だからおれはお前に恨まれて、のちのち刺されたりするのが嫌なんだ。そのへんをクリアにして……」

そこまで言ったところで、部屋から叩き出されてしまった。

私物を詰めた紙袋を抱えた如月は西多摩市の歓楽街に足を向け、開店早々のスナックに入った。

「あ〜ら如月ちゃん、お久しぶりね」

三十過ぎのチーママ・ハルカがタバコを手に声をかけてきた。口開けのせいか、他に客はいない。

カンナと対照的にハルカはぽっちゃり系の「可愛いママ」的な母性の魅力がある。そしてハルカはフェラが巧い。

「如月ちゃん、溜まってるお勘定、払いに来てくれたの？」

「のっけに、言うねえ」

「一八万二五〇〇円」

ハルカは金額を諳《そらん》じた。そして手を出した。

「そんなに!?」

「そうよ。あんたいつから払ってないと思ってるの？　用心棒みたいなつもりかもしれないけど、暴対法ってものもあるし、みかじめ料なんか払えないんだからね」

「おれは刑事だぞ。ヤクザじゃないんだからみかじめ料は関係ないだろ？」

「じゃあ飲み代払ってよ。アンタの中では飲み代はみかじめ料って計算なんじゃないの？」

判ったよ、と如月は財布を取りだしたが、入っているのは数千円。しかしクレジットカードがあった。

「カードで。一括払いでいい」

如月から受け取ったカードを機械に差し入れると、すぐにエラーが出た。

「あ～あ。限度額超えてるし。キャッシングも枠全部使ってるし。これダメよ」

ハルカはカードを投げ返した。

「それで？　どうするの？」

ハルカは腕組みをして如月を睨んだ。母性溢《あふ》れるポッチャリは、こうなると「肝っ玉母さん」、いや「シリアル・ママ」風にコワくなる。

「払ってもらえないなら、西多摩署まで行くよ」

とんだ藪蛇《やぶへび》になってしまった如月はそわそわと腰を浮かせた。

「悪かった。支払いの件は近日中になんとかするから」

この女とはこじれても溜めた飲み代のことだけだから、大丈夫だろう、こいつに殺されることはない……と安心したところに、爆弾が炸裂《さくれつ》した。

「あんたさあ、都合よくツケだけの話にすり替えたけど、アンタにはお金貸してるの忘れないでよね！　一二〇万」

そうだった。ある時払いでいいと言われたから、いいように解釈していたのだ。

「判った。可及的速やかに善処する方向で努力することをお約束して……」

我ながらナニを言ってるのかよく判らないことを口走りながら、如月はほうほうの体《てい》で店を出た。思えば水の一杯も出されていない。

恨まれる可能性がある女はまだまだいるが……ほかは、どの女とも行きずりに近い関係だ。主として向こうから連絡してきて、会って、飲んで、抱くという関係で、素っ気ない分、恨みつらみもないはずだ。いや……都合よく忘れているだけで、女からすれば恨み骨髄ということは大いにあり得る。

水と風……水商売と風俗以外でも、いろいろかかわりのある女たちはいる。人妻のノゾミとか、女子大生時代からの付き合いで今はＯＬのナオとか……。

しかし、こうしてお詫び行脚《あんぎゃ》に歩いても、どうやら完全に逆効果のようだ。燻《くすぶ》っている火の手を却《かえ》って炎上させる結果にしかならないのではないか？

そんな疑念を抱いてしまった如月は今さら西多摩署に戻る気もせず、かと言って何処《どこ》かに飲みに行っても今夜は悪いことしか起こる気がしない。

帰って大人しくしてる方がいいか……。

そう思って盛り場を歩いていると、チンピラが若いカップルに因縁をつけて、男のほうにボディブローを喰らわすところにぶつかってしまった。

若い男はイッパツが鳩尾《みぞおち》に入ってその場に崩れ落ち、女は悲鳴をあげ「大丈夫？」と泣き叫んでいる。

「澤島ちゃん！　ねえ大丈夫？」

澤島と聞いて、如月は崩れ落ちている若い男を見た。なんと、彼がカネヅルにしている政治家のご子息・澤島のお坊ちゃまの栄一郎《えいいちろう》ではないか！　そして、お坊ちゃまに縋《すが》りついているのは……如月が何度か抱いてポイした女だ。以前、澤島のお坊ちゃまが別れたがっていたので如月が悪役を演じてお坊ちゃまから奪い取る、という小芝居をして別れさせてやったのだ。

「おい、何してる」

如月は刑事としてドスを利かせてチンピラに声をかけた。

「んだよう。テメエにはカンケーねえだろ！」

「そうはいかん。おれは西多摩署の人間だからな。警察手帳、見たいか？」

「るっせーな！　おれはコイツとナシつけようとしてんだ。オッサンはスッこんでな！」

チンピラというか半グレの鉄砲玉のような若造は、威勢だけはやたらにいい。

よく見るとこのチンピラは、初対面ではない。いや、正確に言うと、この世界のこの時点では初対面だが、このあと何度かトラブルになっている。最終的には如月が卑怯《ひきょう》な手を使ってこいつの両手両脚を折り、ほとんど再起不能にしてやったのだ。

それは、今の世界を基準にすればXか月後の、この正月明けのことだった。

「元気いっぱいだな、タカアキ」

いきなり名前を呼ばれたチンピラはギョッとした。

「おれは……お前を知らねえぜ」

「だがおれはお前を知ってるんだ、タカアキ」

とは言っても、お前は来年の正月明けに重傷を負うぞとは言えない。

「澤島の坊ちゃんが、何をした？」

「だからコイツが金をちらつかせておれの女を盗《と》ったんだ！」

如月は考えた。

おれが澤島からカネをせびり取れているのは、澤島のバカ息子がオレオレ詐欺の司令役をやって儲けている、その悪業に目を瞑《つむ》ってやっているからだ。しかしそれはいつからのことだったか……そしてこの女を棄てたのは、元いた一年後の世界を基準にすればつい最近のこと、今の世界で言えば、かなり先のことになる。

「ややこしいな。時系列をノートに書き出して整理しないとな」

と思わず言ったのに、タカアキが反応した。

「ナニごちゃごちゃ言ってるんだ、ジジイ！」

罵倒されて反射的に拳が出た。気がつくとタカアキの顔は血に染まっていた。鼻をへし折られて鼻血が吹き出したのだ。

「ッテメー！　殺してやる！」

タカアキは、それまで絡んでいた澤島と女を放り出して如月に向かってきた。

「おい、その前に鼻血を止めろ。出血多量で死ぬぜ」

「ルセー！　ぶち殺す！」

タカアキはむしゃぶりついてきたが、如月はすかさず腹に蹴りを入れてやった。

「離れろ。これはイッチョウラのスーツなんだ。お前の汚ねえ血で汚すな。クリーニング代を請求するぜ！」

タカアキはポケットから二つ折りのナイフを取り出して向かってきた。

「おいおい、刑事を殺すと普通のヤツを殺すより罪が重くなるんだぞ」

「ばーか。シロウトだとバカにしてウソつくな。刑法では誰を殺しても罪は同じだ！」

タカアキはナイフを構えて叫んだ。

「そこがチンピラの悲しいところだな。どこで覚えたのか知らないが、シロウトの浅知恵ってヤツだ。警官殺しにはたいてい、公務執行妨害とか他の罪状が加算されるんだよ」

そう言いながら如月は、ゆっくりと後退した。人通りの多いこんな場所で立ち回りになっては面倒だ。

じりじりと後ずさりして、進路と見定めたルートに人が少ないことを確認した瞬間、如月は身を翻して走り出した。逃げるのではない。差し障りのなさそうな場所にタカアキを誘い出すのだ。

「待てこのジジイ！」

案の定、タカアキは追ってきた。

裏通りに出ると、人通りはぱったり途絶える。寂れきったシャッター商店街で、近くに寺があるので余計に夜は人がいない。

如月は足を止めてくるりと向きを変え、タカアキを迎え撃つ態勢になった。

ナイフを突き出してくる腕をすかさず取った。次いで背負い投げを食らわせ、引き起こしては顔を殴り、腹に蹴りを入れる。格闘の訓練を受けている警官にチンピラは歯が立たない。中には格闘技の技を磨いた猛者《もさ》もいるが、そういう奴は組織の上位にいる。タカアキ程度の、すぐ警官に絡んでくるようなチンピラには、そんな特技も根性もない。

利き手を思いきり捻ってやると、グギリという嫌な音がして、力が抜けた。

道に落ちたナイフを遠くに蹴り飛ばした如月は、倒れたタカアキに駄目押しに何回か蹴りを入れて、その場を離れた。こいつに恨まれて刺し殺される可能性も考えたが、犯人とは顔が違う。だからタカアキは警戒対象から除外していいだろう。それに、この程度の野郎が代理の殺し屋を使うとは考えられない。

追ってくる気配も無いので、如月はゆっくりと歩いて、自分のアパートまで戻った。

が。

鉄階段を上ったところで、自分の部屋の前で待ち構えている人影に気がついた。街灯が逆光になってシルエットしか判らず、正体不明だ。

一難去って、また一難か？

如月は身構えたが、ドア前に立っている人影が足音で先に気づいて、鉄階段のほうに振り向いた。

「ようオヤジ」

娘の香里だった。

「なに身構えてるんだよ。テメエの娘が判らないのかよ」

香里は革ジャンにジーンズの、性別不明の格好をしているから余計に判らなかった。が、そのユニセックスな感じが、意外にも色気を感じさせる。我が娘であるにもかかわらず、だ。

「お前……そんなに口悪かったっけ？」

昨夜……いや一年後から遡った今の香里は言葉遣いがひどすぎる。

「何の用だ？」

「金貸せよ」

香里はつっけんどんに言った。

「おい。親に向かって、もっと言いようがあるだろ」

「そんなことは、親らしいことしてから言えよ」

「親らしいことってのは、金を貸すことか？」

「それも、一部だろうよ」

そんな言い合いがバカバカしくなった如月は、苦笑すると娘を押しのけてドアを開け、「まあ入れ」と招き入れた。

「ゴミ屋敷だと思ったけど、片付いてるじゃん」

同じこと言うな、と言おうとして如月は辛くも思い留まった。というか、昨夜、香里は部屋が片付いていることに驚きはしたが、言葉にはしなかった。

「まあ飲め」

出来の悪い父親は、まだ未成年の娘に缶ビールを渡した。

「本物のビールかよ。発泡酒じゃねえのか。さてはワイロで儲けてるんだな？」

香里はタブを開けてビールを一気飲みした。オッサンのようにゲップをして、如月を見た。

「だから金貸して」

「お前はそれしか言わないのか。普通は近況報告とかいろいろ話すことあるだろ」

「じゃあ、アンタから近況報告してみたら？」

聞いてやるから、と香里は腕組みした。母親似の美形なので、どんなに生意気でも可愛く見える。それで得をしている。

「おれか。おれはまあ、いろいろあってな。実はお前とは昨日会ってるんだぞ。しかしその昨日っていうのは、今からちょうど一年後の昨日であってだな。きっちり言うと、三六四日後のことで」

「ちょっとナニ言ってるのか判らない」

「そうだろうな。おれにも何がなんだか全然判ってない」

如月は、自分の主観で昨夜から今日にかけて起きたことを、娘に話してみた。同じ事をこれまでに二度喋ったので、さすがにいくぶん説明が巧くはなっている。しかし、起きた事自体はやっぱり納得出来ていない。飯島ハカセのもっともらしい説明も、ただの屁理屈《へりくつ》としか思えないし。

「は？　オヤジ何言ってんの？　タイムリープでもしたんじゃね？」

いきなりの娘の言葉に、如月は絶句した。

香里は事もなげに「タイプリープ」という言葉を使った。

「ななな、なんでお前が『タイムリープ』なんて言葉を知ってるんだ！」

「常識じゃん。それってさ、そのナントカハカセの言ったまんまなんじゃね？ タイムリープしたんだよ、オヤジは！」

香里は父親の困惑を面白がるように、ニヤついて言った。

「バカバカしい。高校もロクに行ってないお前にナニが判る？」

「アンタも高卒なんだから、目くそ鼻くそみたいなこと言うなよ。それに、タイムリープなんて設定、お勉強がよくできる大卒だって知ってるとは限らないんだからね。高校中退とかカンケーねーんだよ！」

いやしかし、と焦ったような父親に、娘はマウントした勝者の笑みを浮かべた。

「あたしさあ、意外と本読むの好きなんだよ。信じられないって顔するなよ。娘の事なんにも知らないんだからさ、アンタ」

「……お前は字が読めないのかと思ってたぜ」

如月もビールを飲んで、タバコに火をつけた。

「だから本読むのが好きだからどうした？」

「オヤジは『ラノベ』って知ってる？ まあ知らなくてもいいけど、うちらがメインで読んでる小説なんだけどさ、タイムリープってよく出てくるのさ。ようするにそういう話だろ、アンタが体験したことって？」

香里は今や好奇心に目をらんらんと輝かせている。

「タイムリープなんか実際にはあるわきゃないと思ってたけど、実はあった、ってのが驚きだし、それが身内に起きたってのも信じられないけど……不思議だが本当だって、まさにアンタの事だね！」

「あの胡散臭《うさんくさ》い博士と同じ事を言うな！」

「だけど、そういうことじゃん？　まあだいたい、こういう事は誰も信じてくれないから困り果てるわけだけど、考えてもみなよ。アンタの言うことを信じてくれる人が三人もいるんだよ。アンタ幸せじゃん！」

アンタの部下に、そのなんとかハカセに、それとあたし、と香里は指を折って数え、手を出した。

「だから、金貸して」


翌朝、いつものように遅刻することなく「定時に」西多摩署に出勤した如月を見て、同僚たちは驚愕《きょうがく》した。一番驚いたのは課長で、朝礼を始めようとした、その声が震えた。

「今日は……何か起こるとイヤだから、朝礼はナシだ！　みんな、そのまま仕事にかかってくれ」

そんな課長をニヤニヤして見ていた中村は、ニヤニヤしたまま如月に近寄ってきた。

「それで、あれから、どうなったんですか？　首尾は？」

「いやあ……見事に玉砕だ。おれが恨みを買うとしたら女からだ、と思ったんだが……みんなアッサリと別れを告げてきやがって、安心するやらガッカリするやら」

「如月さんは基本的に女を見る目がないってことっすね」

身も蓋もなく断言する中村。

「それじゃ如月さんは、いったい誰の恨みを買って刺し殺されるんでしょうね？」

なぜか嬉しそうな中村に、如月はムッとした。

「おい。お前はおれが刺し殺されてほしいのか？　お前には恨みを買ってないと思ってるんだが」

「恨みどころか」

中村は破顔一笑した。これ以上ないと思える笑顔だ。

「実は、生まれて初めて競馬というモノをやりまして。今はネットで馬券が買えるんですね。もちろんノミ屋なんか使ってませんよ。で……当てたんです！　万馬券」

中村は嬉しさで小躍りしそうなのを懸命に抑えた。

「如月さんが昨日言ってた、あの馬」

「トーヨーキングのことか？」

「そうです！　トーヨーキング！」

ここで中村は声を潜めた。

「あのあとすぐに、単勝で買っておいたんですよ。そしたら」

「来ただろ？」

ええもう、と中村はホクホクのえびす顔だ。

「今夜、ご馳走《ちそう》します！　このままじゃ申し訳なくて」

そう言っていると、デカ部屋で昨日やり合った安倍川たち同僚刑事もやって来た。

「おい如月。昨日のあれみたいなの、どうやれば判るんだ？」

「なんのことだ？」

如月も彼らが何を言い出すか判っているので、思わずニヤついた。

「トーヨーキング、勝たせてもらったぜ。この分だと、今後はお前の言うことに従えば、競馬で負けることはなく、むしろ連戦連勝、百発百中になる明日が見える」

安倍川たちは両手を合わせ、如月を拝まんばかりにして頼んだ。

「な、頼むから、昨日みたいな必勝法を伝授してくれ！　もちろん、礼はする。礼はするから教えてくれ！」

「弱ったね、どうも」

如月は頭を掻いた。いくら競馬好きだとは言っても、すべてのレースのすべての結果など、覚えている筈がない。トーヨーキングの件を覚えていたのは、本当にたまたまなのだ。しかし……この件は如月にとっては大いなるアドバンテージだ。

安倍川たちが真剣に言う。

「おれたちは……今後はお前の言うこと信じるよ」

ああそうかいと、安倍川たち同僚の刑事には適当に返事をした如月だが、あまり調子に乗っては、と気遣うような表情の中村を見ると、その笑みも消えた。

真剣な表情になった如月は、大きく頷いて見せた。

第三章　破滅フラグを回避せよ！

人間、素行というものはそうそう変わるものではない。

とは言え、せっかく「生き直させてくれている」命なのだから大切にして、殺されないようにしなければ。そのためには反省すべきは反省して、「真っ当な人生」を歩まねば。

如月は、西多摩署刑事組織犯罪対策課の自分のデスクに向かって、珍しく書き物を始めた。自分が取った調書すら文書化するのが面倒で、バディの中村右近にいつも丸投げしている如月が机に向かっている姿は極めて珍しく、中村はもちろん、同僚の安倍川や課長の岸和田も驚いて、恐れおののいて近づこうともしない。

「アイツ、字を書くことが大嫌いだって言ってたよな？」

「アイツのことだぜ。絶対によからぬ企《たくら》みをしてるに違いないんだ」

「デスノートでも書いてるのか？」

安倍川たちは如月の背に猜疑《さいぎ》の目を向けた。確かに、国家転覆級の恐るべき計画を一心不乱に作成していると言われても笑い飛ばせないほど、今の如月の姿には鬼気迫るものがあった。

火をつけたタバコが吸われないまま全部灰になっても、マグカップのコーヒーが冷めてしまっても、机に覆い被さる姿勢で一心不乱に書き続けている。

やがて……「出来た」と背を伸ばした如月は、小学生のようにノートを両手で持って、しげしげと眺めた。

「……ナニ、書いてたんですか?」

恐る恐る中村が聞くと、如月は「おれがこれまでやってきたことを、覚えている限り、書き出してみた」と妙に威張ってみせた。

ノートには、汚い文字がビッシリ書かれていて、見せられた中村はすぐに解読するのを諦めた。

「ええと、あの、これは」

「前号までのあらすじってヤツだ。今ここね」

と如月が指差したところには「競馬の記憶で当てて万馬券」と書いてある。

「如月さんも買ってたんですか」

「当たり前だろ。お前らに知らせて自分が買わないなんてことがあるか。絶対勝つと判ってるのに」

とは言っても、もともとの如月の記憶と今の状態はソックリそのままではなく、微妙に違う。その違い方に法則があるのかどうかは判らない。

「しかしなあ」

ノートを読み返した如月は、我ながら呆れた。

「それにしても……おれは、なんてダメでクズな野郎なんだ」

そのまま如月が激しく落ち込んで愚痴り始めそうになったので、中村は慌てて彼をデカ部屋から連れ出して職員食堂に押し込んだ。

「マズいですよ。こんなこと、安倍川さんたちに聞かれたら」

中村はお茶を淹《い》れて運んできた。

「ついでだからハヤメシしちゃいましょう。自分はカレー食べます。如月さんはどうします？　奢《おご》りますよ。今週の競馬で勝たせてもらったお礼です」

「じゃあカツ丼にラーメンつけてくれ」

料理を待つ間にも、如月は中村を相手にボヤき続けた。

「この前、お前に言ったとおり、おれには殺される理由が山ほどあるってことを、あらためて確認して愕然《がくぜん》としてたんだ。やっぱり、どう考えても、おれは大勢から恨みを買ってるし、敵が多い」

「しかしそのほとんどは女だって言ってたじゃないですか」

「女については、心当たりは潰した」

「潰した？」

中村が聞きとがめた。

「まさか先手を打って……」

「いやいや、会って謝ったり言い訳したり、いろいろフォローして殺人の動機を潰したという意味だ」

おーい出来たぞと厨房《ちゅうぼう》のオヤジが声をかけたので、中村は立ち上がって料理を運んできた。

礼も言わずズルズルとラーメンを啜《すす》りカツ丼を頬張りながら、如月は独り言のように言った。

「やっぱり、女とは限らないかな。おれがさんざん利用した末に捕まえた悪党や、おれが無理やりワイロを搾り取った相手だって、おれを殺したいほど恨んでいるだろう」

「だったら、心当たりのある女性にしたのと同じように……」

と言いかけた中村を遮って、如月は断言した。

「その『心当たり』が判らねえんだ。多すぎて。こっちがたいしたことないと思っていても、当人にとっては重大事で、おれをぶっ殺す立派な理由になってたりするかもしれない。そう考えると、この世の半分くらいはおれの敵じゃねえか、と思えてきて不安になるんだ」

「それ、ノイローゼじゃないっすか？」

　中村はカレーを食べながら気楽な口調で言った。

「でもま、考えてみれば……如月さんを殺したいと本気で考えるヤツって……たとえば刑期を終えて出所してきたヤツとか、一応ケリがついてるヤツなら、もう終わったこととして割り切ろうとするんじゃないっすかね。そして進行中の件は、如月さんのことだから、巧妙に『持ちつ持たれつ』な関係に持ち込んでるでしょ？　賄賂を取る代わりに警察の取り締まり情報を漏らすとか、いろいろ。向こうだって払った金が惜しい筈ですよ。如月さんを殺しても情報は入らないし、場合によっては誰かを警察に差し出さないといけないしで、マイナスが大きい」

「うん。だから？」

　如月は箸の先を中村に向けた。

「要点を言え要点を」

「ええと」

　中村は湯飲みの冷えた番茶を飲んだ。

「現在協力関係にあるわけではなく、且つ、如月さんの捜査が進むとヤバいと思ってる被疑者予備軍。そいつらが一番、如月さんを殺したいと思ってるんじゃないッスかね？」

如月は、捜査中の事件を思い出そうとした。

「そのノートには書いてないんですか？」

中村はスプーンの先で如月の前にあるノートを指した。

「おれのメモだから、きちんとは書いてない」

「だったら、きちんと整理して書いておくべきじゃないっすか？　てか、如月さん、いろんな事件に首を突っ込みすぎっすよ。自分でもどの事件の捜査に噛《か》んでるか、判らなくなってません？」

抱え込みすぎでしょう、と中村は言った。

その後デカ部屋に戻った如月は中村の助言に従って、自分が捜査に加わっていたが未解決な事件、事件が未解決のまま捜査本部が解散した事件、自分が気になって手をつけたが事件化していない案件などを分類してノートに書き出した。

「おい、あいつ、メシ食ったあともまだやってるぜ」

安倍川は呆れるように言った。

「なんか、業が深そうだな」

やがて如月は書類の保管庫に入りこみ、過去の捜査資料を山ほど運んでくると、ついに一件ずつ精査し始めた。

「おい中村、どうしたんだ如月は？　もしかして、終活でも始めてるんじゃないのか？」

課長の岸和田も心配そうに中村に聞いた。

「どうして終活なんですか？」

「だって、アイツは今まで、自分が関わった事件でも飽きると放り出してそれっきりだ。なのに突然、未決や微罪処分で送検もしなかった事件まで掘り返してるぞ」

岸和田課長は少しニヤついたが、すぐに表情を引き締めた。

「アイツがここから消えてくれるのならウチとしては万々歳だが……アレコレひっくり返されると無用な埃《ほこり》が舞い上がって、それも困る。せっかく今、我が管内は落ち着いてるっていうのに……」

警察としては身柄・書類とともに検察官送致をすればその件は終わりだ。あとは検察の仕事になって、起訴・不起訴・起訴猶予などの判断は検察官がする。スーパーやコンビニエンスストアでの万引き、放置自転車などの遺失物横領、ケンカによる軽いけがが程度の罪なら、和解が成立した、原状復帰（弁償など）が出来ていた、あるいは加害者に前科がないなどの条件で、警察官の判断により微罪処分として送検をしない。しかし新たに事件の真相が見えて、これは微罪では済まない、ということになれば再捜査して、きっちり検察官に送致しなければならない。

如月は、デスクに積み上げた捜査資料を見て溜息《ためいき》をついた。

一気に手を広げすぎた。しかし彼の性分としては、計画的にチマチマと案件を処理していくようなマネは出来ない。思い立ったら一気になんとかしてしまうというやり方をこれまでも貫いてきた。しかし……。

あまりに読み返して確認すべき案件が多すぎる。

如月が唸っているのを見兼ねた中村が助け船を出した。

「お困りですか?」

「ああ。収拾がつかねえ。自分の人生とはいえ、手がつけられねえんだ」

如月はバンザイをしてお手上げだと言った。

「人生相談がしたいのなら如月さん、今絶賛売り出し中のほら、アレ、アレに聞いてみるといいっすよ。生成型人工知能、チャットGPTとかBingとかバードとか、知りません?」

「知らねえな」

如月はニベもなく言った。

「だったら日本でも開発された、使い易《やす》いこれ。これなんかどうですかね。ちょっとスマホ貸してください」

中村はネットに接続すると、如月のスマホになにかのアプリをインストールした。

ウザいアニメ画がアイコンになっているアプリだ。可愛いらしさを狙っているのだろうが、ピンクの髪、無きに等しい鼻、大きすぎる目。短すぎるスカートというでたちが、如月のようなオッサンの感覚では異様に感じる。

起動させると「やほー」という馴《な》れ馴《な》れしい挨拶が舌っ足らずのアニメ声で聞こえてきた。画面上では、これも挨拶代わりなのか、そのアニメもどきキャラが、意味不明の回し蹴りをしている。

また何か喋るとウザいので、如月は慌ててスマホの音声を切った。

「これはいわゆる『生成系ＡＩ』です。日本でも最近、国産のバージョンが開発されたのがこれ、『万能コタエール』です。名前の通り、一応、何でも答えてくれます」

「なんだか某《ぼう》製薬会社の新製品みたいな名前だな」

中村は、如月の悪意あるコメントを完全スルーした。

「生成系ＡＩはウソや適当なデッチアゲを回答して誤魔化すことも多いのですが、人生相談的な質問には比較的、常識に沿った答えを返してくれるので、如月さんの問題解決の一助になるんじゃないでしょうか。訊きたいことを入力してください。

音声でもキーボードでも入力出来ます」

質問を声にするのは周囲に憚《はばか》られるので、如月は太い指でぎこちなく文字を入力した。

『おれの人生について調べることが多すぎて困っている。どう絞り込めばいい？』

『調べることが多くて困っている場合は、以下のステップを追って、タスクを絞り込んでください。
1. 目的を明確にして絞り込む。この過程で考えが整理出来ます。
2. キーワードのリストを作成する。この過程でも考えが整理出来ます。
3. キーワードの重要性を決定する。これも考えが整理出来て絞り込めます。
4. 情報源を決定する。世の中にはウソばかり垂れ流しているサイトが多いです。気をつけましょう。
5. 収集した情報を整理する。この過程でかなり考えが整理出来るはずです。
6. 絞り込まれた情報を使用する。
以上のステップに従うことで、調べることが多すぎる場合でも、タスクを絞り込むことができます』
「おーおー、そんなことはいちいち言われなくても判ってるんだ！」
如月はスマホに吠えたが、周囲の奇異な視線を感じて、押し殺した声で言った。

「目的は明快だ。おれを殺しに来るような奴を探し出すこと。リストは作ろうとしているが、それが膨大すぎるんだ。情報を整理するって簡単に言うが、紙の資料で検索するってのはいちいち読んでいかなきゃならないから……」

彼は『どうやってタスクを絞り込む？』と再度聞いてみたが、返ってきた答えはほとんど同じモノだった。

「おい中村。こいつはひでえポンコツだ。全然役に立たねえぞ」

「そりゃ、超能力者みたいに『アイツが犯人だ！』みたいな事は言いませんよ。でも、ネットを活用せよというのは間違ってないと思いますよ」

たしかに、ネットには事件の記事が流れている。捜査資料をあたるより、事実関係なら事件記事で充分ではないか？　未解決事件の記事だって、ネットには書き込まれているだろう。

如月はそう思い直したが、検索をかけるのが面倒になって「万能コタエール」に、あの事件とかこの事件の犯人が警察を恨んでいる可能性はあるか、と聞いてみた。

『事件の捜査の結果、逮捕起訴された犯人が刑事を恨む可能性は？』

『はい。犯罪者が刑事を恨む可能性はあるでしょう。犯罪者は、自分が捕まって投獄されたことを刑事のせいにするかもしれません。また、逮捕や起訴が正当に行われた場合、犯罪者が刑事を恨んだとしても、それが法的な影響を持つことはありません。しかし、犯罪者が刑事を脅迫したり、暴力を振るったりする場合もあります。そのため、刑事は犯罪者との接触時には充分な注意を払う必要があります。また、犯罪者との接触は、必要最小限に留めることが望ましいでしょう』

やっぱり、全然役に立たない。如月が警察官として知っていることばかりだ。質問の仕方が悪いのかもしれないが、新聞の人生相談みたいな、当たり障りない内容しか返ってこない。

しかも、画面に常時表示されている、擬人化されたAIの大きな瞳がウルウルしているアニメ顔は、おじさんにはウザい。

「ところで如月さん。あなたのフルネームを教えてください」

突然、AIが如月のフルネームを要求してきた。

「答える必要があるのか？」

「提供する情報の精度を上げるためです」

そう言われたら仕方がない。

「如月恒男《つねお》だよ。四十八歳離婚歴あり。子供あり」

そう答えると……回答の内容が変わってきた。

「如月さん、あなたは悪くないと思います。仕事に邁進《まいしん》して尊敬すべき人物です。しかし、それにしても、人間に対する愛がありません」

それを読んだ如月は、目がテンになって「あ？」と声が出た。

なんだこの反応は？

ディスプレイにはなおも文章が続々と出てきた。しかもなぜか突然、文体が変わっている。アニメキャラの表情も目が吊り上がり、怖い顔になっている。

「自分の欲望に忠実な人間は、いずれ破滅することになる。その典型が如月恒男だ。いつもいつも調子のいいことばかり言って、人を利用するだけ利用して、そのあとのフォローは一切ナシ！　あれじゃ大勢の女に恨まれているにきまっている。おい如月！　オマエ畳の上で死ねると思うなよ！」

いきなり自分への恨み辛《つら》みが続々と表示されたので、如月は慌ててスマホを切り、震える手で捜査資料のファイル読みに戻った。

「どうしたんだ如月は？　アイツはウチの管内で起きた事件の、ほとんどの捜査に首突っ込んでるからなあ」

調書や捜査のファイルを猛然と調べている如月を、岸和田課長は不安そうに見た。

＊

山ほどの捜査資料を強引に自宅に持ち帰った如月は、引き続いて読破に没頭した。

テーブルにあるのは吸い殻だらけの灰皿と、空のカップ麺にコンビニおにぎりのフィルム包装。あとは紐《ひも》で綴《と》じられた捜査関係の書類と如月のノートのみ。

「おれが知ってる一年前と今で、大きく違う点がある」

資料から眼を離さず、如月が言った。

「ここにお前がいることだ。おれの知ってる元の世界では、お前はここに寄り付きもしなかったし、おれと話もしなかった。小遣いをねだる時以外はな」

そう言う如月の横には、足を投げ出してスマホのゲームに集中している娘の香里がいる。

「オヤジうるせーよ。うだうだ言ってんじゃねえよ」

香里もスマホから目を離さないまま答えた。

「でさ、ずっと何やってんだよ。珍しいじゃん。酒も飲まずメシも食わず、あんたが仕事に集中してるって」

そこではじめて香里は父親を見た。

「まるでマトモな刑事さんみたいじゃん」

「まあ、これは仕事じゃねえからな。テメエを守るためにやってるんだ」

香里はいきなり立ち上がって、冷蔵庫に行くと缶ビールを二つ取り出し、一つを如月に投げて寄越した。

「ガラにもなく根詰めるなよ」

そう言った香里はプルタブを引き、缶ビールを美味そうにゴクゴクと飲んだ。

「おい、おれのビールを勝手に飲むな……てか、未成年だろお前？」

「ビールなんてあたしにはジュースみたいなもんだよ。けどさー、アンタが覚えてる今日と、今現在の今日って、似てるようで違うんだろ？　ってことは、一年後にアンタは刺し殺されないかもしれないじゃん。刺されても死なないとか」

「おれは不死身か？」

「だから一年後には死なないかもってことだけだよ」

香里は事もなげに言った。

「とにかくさー、アンタの言うことがマジだとして、どうしてこうなったとか考えても無駄じゃね？　どうにもならないんだから」

「どうにもならないとまだ決まったわけじゃねえだろ」

「どうにもならねーんじゃね？」

香里は捜査資料の山を顎で示した。

「そんだけ読んでも判らないんだろ？　アンタが悪さした女の人にはとりあえず謝った。けどアンタがパクろうとしたヤツで、アンタを殺してやるって思ってそうなヤツも、今までかかって、やっぱり浮かんでこないんだろ？」

まあな、と如月はシブシブ頷いた。

「やっぱさ、どうにもならないんじゃん」

香里はあっさりと断言した。

「だったらもう、『ありえねー、だが本当だ』の精神でやっていくしかねぇんじゃね？」

香里はマジなのか適当なのか判断に苦しむアドバイスをした。

「たぶんだけど、アンタが殺される原因になった事件があったとして、その事件がめっちゃややこしいって可能性はどうよ？　もしも単純な事件だったら、犯人はすぐ割れてるはずじゃん。それでいくと……」

香里は、ファイルが一番分厚い事件を指した。

「これとか」

「これはお前……」

香里が指したのは、この時間軸の世界では三年前に起きた事件なのに、すでにほぼ迷宮入りが確定してしまった、例の「一家惨殺事件」だ。

そもそも如月は真面目な刑事ではなかったが、捜査に手を抜いたことはなかった。特に、三年前のこの一家惨殺事件には何としても真相を明らかにしてやる、という執着のようなものを感じてしまい、我ながら、おれはこんなに真面目な刑事だったっけ、という疑問さえ覚えていたのだ。

事件が起きてほぼ三年後に当たる今、依然として未解決ながら、縮小された捜査本部で、細々とした捜査は続いている……というのはタテマエで、今は事実上放置状態だ。専従捜査員はいないから、耳寄りな情報や新しい証拠でも出て来ない限り、進展はない。

それは事件が見かけより手強《てごわ》く、決定的な証拠が出て来ず、捜査がのっけから迷走したからだ。初動で筋読みを誤った可能性も高い。なによりも上層部がなぜか、この事件の捜査の進展を避けるどころか、捜査を妨害した形跡すらあった。

如月があと一歩で重要な手掛かりに到達しそうになった、まさにその時、突然捜査の中止を命じられ、捜査本部が縮小されてしまった。それだけに無念でならず、如月は私的に、ずっとその手掛かりを追い続けているのだ。

一家惨殺だけに、事件そのものは「凶悪」以外に形容のしようがない。徹底した口封じが目的で一家全員を抹殺したのだとしたら、事件の真相を突き止めた人間は、たとえ警察官であっても、口封じの対象になってもおかしくはない。ただしその動機で如月を殺すとすれば、それは危険な賭けだ。如月の口を封じても、逆にそれが藪蛇となって、事件の真相が露見してしまうかもしれない。どちらがいいか、天秤《てんびん》にかける損得勘定が必要だろう。

しかし、待てよ。

殺されるに見合う「事件の真相」を、おれは摑んでいたか？

いや、おれは良くいえば途中から迷走を開始し、明後日《あさって》の方向に突き進む一方で、一向にホシの尻尾が摑めず、挙げ句、捜査を事実上投げ出した上層部に反撥《はんぱつ》して、搦め手《からめて》というか、裏の手というか、独断で、ある手を打っていたのだ。

如月は他の事件の捜査資料を放り出した。この件だけをじっくり精査することに決め、自分のメモやノートも押し入れから引っ張り出して、参照し始めた。

「香里、お前、気が散るから、帰れ！　いてもなんにも出ねえぞ！」

娘を追い出して、集中した結果……明け方になって、如月はひとつの結論を得た。

＊

一睡もしないまま誰よりも早く出勤した如月は、これも定時より早く出勤した中村を「遅い！」と怒鳴りつけた。

「おれは昨夜、一睡もしないで考えたんだ。まあ聞け」

と言ったところで、バタバタと他の課員が出勤してきたので如月は口を閉じた。

短時間のウチに課員が全員勢揃《せいぞろ》いして、しんがりのように岸和田課長が入ってくると、そのまま朝礼が始まった。

朝礼が終わるのをジリジリと待った如月は、ファイルを小脇に抱えてバディを屋上に連れ出すと、秘密めかして口火を切った。

「いいか。これからおれは、例の一家惨殺事件、三年前の未解決事件を追うぞ。お前がまだ交番勤務だった頃に起きた事件だ」

「その事件はよく知ってますよ。捜査の経緯についても。……何か新証拠でも出て来たんですか？」

「それよ」

それに如月は大きく頷いた。

「おれはな、摑んでたんだ、糸口を。ただ、バカだったからそれを見逃していた」

「如月さん、一体何をしたんです？　まさか、表に出せないようなやり方で……」

まあ待て、と如月はバディを制した。

「順番に説明する。実は、おれはある知人を、ある団体に、より正確には、事件に絡んでいるという疑惑があった、ある教団に潜入させていたんだ。内部情報を得るためにな。で、たぶんその女に恨まれている」

中村はいろいろ聞きたそうな顔になったが、何から訊いたものやら、とっさに言葉が出てこない。

「そして恨まれた最大の理由は、おれがきちんとフォローしなかったからだ。教団に送り込んでおきながら放置した」

「それはひどい」

そう反射的に言ったバディに、如月は反論した。

「いや、全然フォロー無しで放り出していたわけでもない。何かあったときのためのボディガードとして、男も一人、送り込んでおいたんだ。いろいろ恩を売ってあって、イヤとは言えないチンピラをな」

「で……その結果は？　成果はあったんですか？」

そこで如月の威勢は弱くなった。

「そこだよ……ハッキリした証拠は出なかった。というか、当時、おれの頭では分析できなかった」

如月は小脇に抱えたファイルやノートを広げて屋上の床に並べた。

「しかし昨夜、捜査資料と自分のノートをじっくり読み返してみて、だんだんとおれにも判ってきた」

如月はノートや捜査資料をポンポンと叩いた。

「大事なことを見落としていた。一家惨殺事件のな。ある意味、被疑者は割れていたも同然だったんだ。なのにおれはそれに気づかなかった。明らかに見過ごしていた。酔ってたのでメモしたっきり忘れてたんだ。おれはバカだろ？」

中村は床に並んだ資料を眺めながら、復習するように言った。

「この事件は……田口《たぐち》さん一家三人殺人事件は今から三年前に起きたんですよね。西多摩市本郷台《ほんごうだい》の田園地帯にある古民家。しかし周辺では宅地造成が進行中だった。だから最初は、なかなか立ち退《の》かない被害者一家に対し、大手デベロッパーが過激な手段を講じたのではないかとの疑いがあり、その筋読みの間違いが、事件解決を不可能にしたと」

「その通り。よく知ってるな。被害者一家が居住する古民家の周囲は雑木林で、人目につきにくかった。しかも周辺は農地なので、防犯カメラはほとんどなかった」

犯行は一月四日の深夜二時頃と推定される。

一階の浴室の窓ガラスを粘着テープを使って音もなく割って室内に侵入した犯人は、一階のリビングで父親・田口亮平《りょうへい》さん四十五歳、小学六年生の長女・田口理沙《りさ》さん十二歳、妻・アンナさん四十三歳を殺害。死体を移動させた痕跡がないので、居間というか茶の間で全員殺されたとみるべきだろう。

直接の死因としては、一家三人全員に殴打の跡や刃物で複数箇所に深い切創・刺切創があり、じわじわと拷問のように切り刻まれたと推察される。致命傷となったのは心臓を中心とした多臓器を突き刺されたことによるショック死。

同じく「直接の死因としては」長女は首に紐を巻き付けての絞殺。母親は首の頸《けい》動脈《どうみゃく》を切断された失血死。

父親、母親には防御創があったことから、犯人に抵抗したと思われる。

室内は荒らされていたが、物盗りに見せかけた犯行との見方も消えない。宝石貴金属有価証券現金などはほぼ残っていたとされる。

当初犯人は複数のように思われたが、詳細に現場の状況を分析すると、どうやら単独犯であるという見方が強まった。犯人のモノらしい靴跡が一組しか見つかっていないからだ。

通常の物盗りなどの犯行と大きく違うのは、三人の死体が居間にあったこと。家人は全員居間に集められて殺された線が濃厚だ。

犯人のプロファイリングは諸説並立のまま、まとまらず、犯行動機も同じく不明のままだった。

如月が事件の概要を話し、かなり詳しく知っている中村が補足したり如月の記憶違いを訂正したりした。

「田口亮平さんは海外のインテリアやアクセサリー、照明器具などの輸入と販売をする会社を経営。年数回海外出張をしていて、事業は順調で、裕福であった。借金があったという事もない。女性関係のトラブルもないし仕事上の問題もない」

「田口亮平さんは、井之頭五郎みたいな感じですね」

「井之頭五郎と違うのは、田口さんには家庭があったところだ。奥さんのアンナさんは父親がフランス人のハーフだが国籍は日本で、語学学校で契約講師としてフランス語を教えていた。こちらも人間関係や金銭的なトラブルはない。長女についても学校や友人関係に問題はない。ダンナや奥さんの両親についても特段の問題はない。となると、犯人は、裕福そうな田口家を狙った物盗りではないかと思われたが、盗まれたものはない。金銭や宝石貴金属、有価証券だと足が付くから、取引先の横取りなどの可能性も調べたが、それもなかった。よって、物盗り関係は事実上否定された。やがて捜査本部は大幅に縮小と言うことになった」

「は？　どうしてですか？」

　中村は意外そうな声を上げた。

「物盗りじゃないのなら怨恨とか痴情とか、その線で捜査すればよかったじゃないっすか。縮小とか意味不明っすよ」

「おれもそう思う。表向きには、かなり長期に亘《わた》っての捜査をしたにもかかわらずこれ以上、新証拠は出ないという判断があった、ということになっている。しかしな」

　ここで如月は声を潜めた。

「実は政治家からの圧力というか、介入があったんだ。その時は、どういう筋からなのか判らなかったんだが……ただ、おれ個人としては被疑者に関して新たな可能性が見えた時でもあった。このタイミングで捜査本部の大幅な縮小ってのは、普通あり得ない、とおれもずいぶん抵抗したが、駄目だった。どこからかの強力な介入があったに違いないんだ」

「如月さんが見つけた、その新たな可能性っていうのは何だったんですか？」

中村は身を乗り出して訊いた。

「ホシはカネ目当てではない。痴情怨恨でもない。ホシにとって、絶対的に意味がある犯行動機が存在する」

「そういう動機となると、思想信条的なものですか？　昔からの因習とか？　横溝《よこみぞ》正史《せいし》の世界みたいな」

「いや、田口さんは東京は杉並《すぎなみ》区生まれの西多摩育ち。奥さんも東京・中野《なかの》生まれの東京育ち。ディープな土俗的因習が影響しているわけではない。早い話が宗教だ。これはなぜか捜査でも注目されなかったことなんだが、田口さんは『たましいのふれあい教会』の熱心な信者だった事が判明している。事件当時は脱会していたが」

「『たましいのふれあい教会』！　覚えてますよ。ごく一部の、それも実話系の週刊誌とかスポーツ新聞とかが、『たましいのふれあい教会』が絡んでるんじゃないかって、そういう憶測記事を載せてましたよね。ほとんど無視されていたけど」

「ああ。それはおれがわざと情報をリークして書かせたんだ。そうやって燻《いぶ》り出せないかと思ってな。しかし、その作戦は失敗した。というか藪蛇だった。まさにその直後に、問題の『強力な介入』があって捜査本部が突然、縮小させられてしまったんだからな」

そう言って如月は中村を凝視した。

「ハッキリした証拠があるわけじゃないが、介入してきたのは、与党の幹部政治家らしいという噂が飛んだ。そういう『介入話』自体、珍しいことではないんだが、あの時は特別だった。そいつは西多摩が地盤の政治家だ。選挙で『たましいのふれあい教会』の全面支援を仰いでいる。秘書も『たましいのふれあい教会』の信者たちが実質『給料無し』でやっている……ってことになると、該当する政治家は一人しかいないんだが」

中村は「誰のことですか？」と突っ込んだ。

「澤島健太郎《けんたろう》って結構大物の衆議院議員だ。息子の栄一郎がまたバカで、ワルぶってるがバカだから隙だらけで、おれに尻尾を摑まれてカネをせびり取られている。親もバカなら子供もバカって言う典型だ」

如月はうんざりした口調で吐き捨てた。

「話を戻す。被害者の田口さんだが……脱会したあとの田口さん一家の当時の生活には、宗教の色や匂いは一切なかった。それもまた捜査の混迷を招いてしまったんだが……」

「……隠された秘密があったんですね？」

如月は頷いた。

「田口さんの仕事は、個人輸入と言ったよな？　最初はその仕事絡みで、『たましいのふれあい教会』に入信するのが得策だと判断したらしい。その後は熱心な信者となり、かなりの額の寄進もして、教団内ではそれなりに重要な地位にも就いていたようだ」

中村は興味津々という顔で、如月の次の言葉を待った。

「だが、ある時、田口さんは教団に疑問を感じて、かなり強引に脱会したらしい。熱心な信者だった田口さんをそこまで駆り立てた理由はまだハッキリしていないが……」

如月は、捜査資料の、事件現場の鑑識が撮影した、惨《むご》たらしい写真を指差した。部屋中が血の海で、これほど凄惨な現場もそうはないだろう。

「ええとそれは……」

中村は、わざと慎重に言った。

「もしかして見せしめ、ということですか？　脱会するとこういう目に……地獄に墜ちるぞと」

「おれの聞き込んだところでは、田口さんと『たましいのふれあい教会』の関係者が何度も八王子のホテルのラウンジで会ってる事が確認されている。その教団関係者の調書も取ってある」

　如月は捜査ファイルの該当ページを探して、指差した。

「関係者は、田口さんとは高校の同窓生で、恩師の喜寿の会を開く相談をしていたと主張して、教団絡みの話をしていたという疑いを否定した。たしかにこの関係者は、西多摩高校で田口さんの同級生なんだ」

「それだけじゃ、たしかにダメですね」

「ただな、現場からは一家のものではない、『ある人物』の指紋が出ている。来客にしては、もしくは犯人のものにしては家の隅々にまで広く付着しているので、家族と一緒に一定期間、生活していた可能性がある。おれは、この指紋の主がこの事件の鍵を握っていると踏んだんだが、その先が判らないまま、捜査本部が縮小されてしまい、おれも捜査から外された。十七年前の事件と同じパターンだ」

　憤懣《ふんまん》やるかたない、という表情とはこのことだと言わんばかりの顔で、如月は腕を組んだ。

「十七年前の事件、おれが追っていたホスト殺しだが、それと田口さん一家の事件は全然違うようで、根っこは繋がってるような気がしてきてならねえんだ」

「それはやっぱり、どちらも教団絡み、という意味でしょうか？」

「他に何かあるか？」

如月は吐き棄てるように言った。

「で、だ。おれとしては、あの教団の悪事を昔から知っているから、捜査本部が縮小されたからハイ終了とはいかねえんだ。心情としてな。津村の婆さんの件にしても……あの婆さんは親が大地主の家つき娘で、農業を止めて田畑を売って大金持ちになったところを教団に目をつけられた。婆さんの旦那が死んだ途端に教団関係者が毎日のように訪問するようになった。まんまと茶飲み友達になって……娘さんが大反対したんだが、婆さんは全財産を教団に寄進して自分は西多摩の山ン中にある教団施設に入っちまった。今はそこで『信仰を深めて』いるよ。娘さんは財産の返還訴訟を何度も起こしたんだが全部負けている。おれはその娘さんには泣きつかれてな。ナントカしてやりたいがなんともできねえ。せめてこれ以上のことが起きないように時々、津村の婆さんに会いに行ってるんだが……まあ。あの婆さんじゃあスパイにはならねえ。そこまでの知恵はないからな。しかしおれは、なんとか事件の糸口というか敵の尻尾を摑もうと、知り合いの女を信者にして教団に送り込んだんだ」

話を聞いていた中村は眉間にシワを寄せ、ちょっと苛立った様子を見せた。

「その、如月さんが送り込んだ女スパイですけど……ヤクザとくっついたって言う、その女性。もしかして……如月さんの元愛人なんじゃないっすか？」

ああそうだよ、と如月は悪びれもせず認めた。

「それで、彼女は何を掴んだんです？」

「いわゆる『犯人の自慢話』を聞いたと言うんだ。しかもそれは、犯人しか知り得ない『秘密の暴露』である事が判った」

「その具体的中身は？」

中村の口調は尋問のようになってきた。

「ああ。いつもは西多摩の施設にはいない男が最近顔を見せるようになったそうだ。髪はオールバックでガタイのデカい男で、教団の幹部らしいんだが、そいつが食堂で酒を飲んで……あの教団は禁酒禁煙なのだが、一部認められた特権者はその限りではないらしい……で、その男は酒を飲んで酔っ払って、全員身内だという気楽さのせいか、自慢話を始めたというんだな。如何《いか》にいろんな信者から強引な手口で、時には暴力も使って全財産を引っぺがしたかとか、そういう胸糞《むなくそ》の悪い話だ。おれが送り込んだ女は、そいつをうまくおだててどんどん話させた。トウは立ってるが昔は腕のいいキャバ嬢だったんだよ、その女は。でもってその男は調子に乗って、ついに、ある一家をぶっ殺してやったという話をおっぱじめた。殺しの手口から逃走経路まで、全部だ。しかも殺す前に脅して、『ある事』について口を割らせようとしたが全然ゲロしないんで、拷問して殺したと、そういう自慢話だ。その一家殺しは現実にあった事件だ。しかし詳しいことについてはほとんど報道されていない。お前も当然知ってるだろうが」

いわゆる「秘密の暴露だ」と如月は中村に言った。

「つまり真犯人が挙がった時のことを考えて、詳しい事は公表していないんだ。拷問の手口が残虐すぎるってこともあるが……そして、そいつが喋《しゃべ》った拷問の手口が、『ある事件』の被害者たちの解剖所見と照らし合わせると、見事に合致する。さらに、逃走経路に関しては警察にも判っていない新事実があることも判った」

「それが、田口さん一家の事件なんですね？」

「ああそうだ。そいつは実に楽しそうに、微に入り細に亘って残虐な行為について喋っていたそうだ。田口さん夫妻を吐かせるために、指を一本一本折っていったとか、肋骨《ろっこつ》を殴って正確に一本一本折っていったとか、最後にはハンティングナイフをこう逆手に持って、田口さんの胸に突き立ててぐわっと、逆手で持ち上げるように切り裂いてやったとか、奥さんの頭を押さえ込んで首にナイフを当ててびっと切ったら血がもの凄い勢いで飛んで、次第に奥さんは動かなくなっていったとか、それでも結局あいつら全然吐かなくて、とその男はうそぶいたと。とにかく秘密の暴露になってるし、ツジツマも合ってる」

如月は淡々と述べたが、その内容を聞いた中村は蒼白《そうはく》になり、うぐっうぐっとえずき、ハンカチで口を押さえた。ややあって中村は訊いた。

「それは……いつ判ったんです？」

中村はさらに如月を問い詰めた。

「……ゆうべ」

「え？　ゆ・う・べ？」

中村は驚いた。

「そうだ。ゆうべだ。おれは一年もそのことに気がつかなかったんだ。一応、潜入させた女から報告を受けて、こうやってノートにメモまでしてたのに、一年の間、その報告を聞き流していたに等しい。いや、ゆうべ改めてメモを読み返さなければ、潜入させた女からもっと詳しく聞き出そうという考えさえ起きなかった。……いや違うな。それは前の世界の話で、こっちの世界ではまだつい最近のことだ。事件の捜査が事実上終了してからまだ一年経っていないが、おれの中では二年以上経っている」

聞いている中村も混乱してきた。

「すみません。滅茶苦茶判りづらいんで、今の時間の流れの中で話してください！」

如月はノートの日付を見た。

「判った。おれがその女から話を聞いたのは今から一週間前という事になってる。しかし……おれ自身は一年後の人間だから、この件についてはすっかり忘れていて、ゆうべこのノートを読み返して気がついたんだ」

「おかしいじゃないですか！　如月さんはこの事件の捜査本部にいて、かなり頑張って捜査してたんでしょう？　なのに、捜査本部が縮小して捜査から外れたからって、有力情報が入ったのに聞き流したり忘れたりってひどすぎませんか？」

中村は明らかに非難する目で如月を見ている。

「もしかして、いや、もしかしなくても如月さん、バカじゃないんですか？」

「お前がそういうのも、もっともだ」

如月は怒りもせず、情けなさそうに頷いた。

「しかしだな、おれはこの件が事実上潰されて、自分で言うのもナンだが、真面目にやるのがバカらしくなっちまってな。まともな刑事の仕事にやる気をすっかり無くして、興味も失っていたんだ。メモはしたが、中身は右から左に抜けていた」

詳しく聞きたいか？　と如月はもったいぶった。

「悪いのはおれか？　おれがクソになったからか？　そうかもしれないが、すべての原因は上司にある。具体的には刑事組織犯罪対策課課長の岸和田と、前任者の菅《すが》野《の》、西多摩署署長の大泉《おおいずみ》と前任の阿東《あとう》。こいつらがこの事件の捜査を潰したんだ。ゆうべ捜査資料やおれのノートを読み返してみて、改めてそう確信した」

「何故です？　何故、事件が潰されたんです？」

「連中は理由なんか言わないよ。まあ表向きは確たる証拠も出ず、被疑者検挙に至る見込みもない、いつまでもこの事件に人員を割いていられない、他にも凶悪事件は幾つも発生している、というような理由だが、長年刑事をやっていれば判る。本当の理由が他にあるってな。しかもその本当の理由は『オトナの事情』で口外出来ないという事もな」

「如月さんは、その『オトナの事情』を知ってるんですか？」

「知らねえよ。推測は出来るが、断定は出来ない。警察なんて所詮その程度のものか、という諦めに似た気持ちが湧いちまってな、課長にも署長にもおれは突っ込まなかった。それはお前も判ってるだろ。下手に楯突《たてつ》くと火の粉を被るのはテメエだって。命令に刃向かって捜査を続けても、握りつぶされるのがオチだって」

「いやまあそれはそうなんですけど……どうしてそういう理不尽な命令が来るのか

っていう、その表に出せない理由みたいなことは」

「だからいろいろ推測はしたさ。しかし、その推測を裏付ける証拠がない。命令をひっくり返すことが出来ないわけだから、意味がねえ」

中村は、先を促す熱い視線を送り続けている。

「おれの仮説はこうだ。捜査を潰した面々は口が裂けても本当のことは言わないだろうがな。察するところ、かなり上からの圧力というか、命令なんだろうよ。捜査を打ち切ってお宮入りさせろと。一家皆殺しなんだから、残された遺族ってものは事実上存在しない。これ幸いとばかりその状況に付け込んだ形かな」

「それはやっぱり、カルト宗教の『たましいのふれあい教会』、現政権と強いつながりのある、あの教団が、事件と濃厚な関係があるから、ですね？」

「そういうことだろうな。命令そのものは署長の遥《はる》か上、警視総監か、警察庁《サッチョウ》くらいから降りてきたものだろう。それも口頭でな。あとに残る文書では絶対にこういう介入はしない。警察庁《サッチョウ》の官僚も、警視庁《ホンチョウ》も、同じだ。文書での命令は出ない」

「警察の上層部が……カルトと癒着している？」

「そうかもしれないが、むしろ、警察庁と総監を動かしたのは、たぶん政治家だ。警察庁の警察官僚がテメエの頭で考えた事じゃあないだろう。そこで登場するのが、『たましいのふれあい教会』の息のかかった政治家だ。政治家は選挙の応援と、資金提供にはテキメンに弱いからな。とはいえ、警察官僚や警視庁《ホンチョウ》まで動かすとなると、その辺のペーペーや陣笠《じんがさ》では無理だ。閣僚経験者や与党の有力者レベルでも難しいかもしれない。さらに上のほうからの『強い指示』があったんだと思う。そこで、我らが西多摩選出の澤島大センセイだが、センセイは党の幹部だし官邸にモノが言える存在だから、介入した可能性は高い。で、政治家の圧力ってものは口先だ。口先介入。これも記録には一切残らねえ。総監も警察庁《サッチョウ》の役人も一応警察官だから、好き好んで捜査をねじ曲げたりはしねえ。しかし、上に行けば行くほど、『長いモノに巻かれる』ことを覚えるんだ」

「『さらに上のほう』……」

如月は黙って頷いた。

「ただ、何度も言うが証拠はない。成り行きとかを見る限り、そうとしか思えねえってことだ。それは捜査本部に詰めていた全員が同じように思ったはずだ。あの安倍川にしても、捜査本部のナンバー2で、菅野のあと刑事組織犯罪対策課課長になった岸和田だって、そう思ったはずだ。西多摩署の前の署長の阿東もな。だけど、連中は、長いモノに巻かれちまった。菅野なんか今、警視庁《ホンチョウ》の捜査一課長だぜ。阿東も我慢したご褒美なんだろうが麹町《こうじまち》署長に栄転して、めでたく定年退官。今や警備会社の取締役だぜ」

「しかし……犯人は、惨殺された一家の人たちから、一体何を聞き出そうとしたんでしょう？　脱会したのを非難して、また入信させようとしたとか？　また入信させて巨額の寄進をさせようとして、書類を書かせようとしたけど拒否されたとか？」

「いや、そいつはどうかな」

如月は思い出したようにタバコを取り出した。

「鑑識の見立てによれば死亡の順序からして、まず長女が親の目の前で拷問されている。血を分けた我が子がそんな目に遭わされれば、まともな親ならいくらでも判子をつくし、署名だってするだろう。だが田口さん一家の資産が移転した形跡はない。おそらく目当ては何かの情報で、犯人は一家の主《あるじ》からそれを聞き出そうとして、まず子供を拷問、次に女房を拷問、最後に本人に行ったが、結局全員を殺してしまった……ってことは、犯人が聞きだそうとした情報を、被害者一家はそもそも知らなかった。もしくは、命をかけてでも秘密を守ろうとした」

如月は取り出したタバコに火をつけて思いきり紫煙を吐き出した。

「ここは屋上だからいいだろ」

「一体何を吐かせようとしていたんでしょうか。如月さんが潜入させたスパイは、何も言ってないんですか？」

中村は如月のノートを覗き込んだ。

「……字が下手くそで、ナニが書いてあるのか読めない……」

「おれにも読めない。だがたしか、この件に関して肝心な事については、そいつは……つまり犯人は結局喋ってないはずだ」

中村は小首を傾げて少し考えていたが、ぽつりと言った。

「さっき如月さんが言った、誰のものか判らない指紋があって、それは付着していた場所と数の多さからして、犯人たちとはどうやら別のものらしい、被害者家族と、それもかなり長期に亘って一緒に暮らしていたらしい、という件が気になります。死体は三つで、すべて家族だったんですよね？　四人目の死体はなかったんですよね？」

「なかった」

如月は断言した。

「つまり如月さん、田口さん一家と一緒に暮らしていて、一人だけ難を逃れた人物がいるのではないかってことですよね？　だったら一家はその人物の秘密を守って殺された、もしくは秘密を漏らしたあとに殺された、という可能性は？」

「ないとは言えない」

「だったら正体不明の指紋の主を追うべきではないですか？」

「もちろん鑑識で調べたよ。だが、全国規模のデータベースに合致する指紋はなかった。つまり、警察沙汰になったことがない人物だ。前科がない、となると、警察にデータはない」

それにな、と如月は中村を睨んだ。

「当然おれたちだって、この指紋の主を探り当てて事情を聴取することを考えたさ。近所にも聞き込みをした。しかし……」

「目撃者がいなかったんですね。一緒に住んでたのなら、ずっと引き籠ってたんでしょうか？　外に出るようなことがあれば、ご近所の目撃情報もあったはず」

「だからそれをおれたちがやらなかったとでも思ってるのか？　聞き込みはやりましたよ、もちろん。ただ、娘の友達が遊びに来たり、お泊まりしていたこともあったそうだから」

「その中に、問題の人物がいたんじゃないですかね？」

う、と如月は言葉に詰まった。

「それは……その可能性はあるな。しかしそうなると、その人物というのは、子供ってことになるし、相当頻繁に、ほとんど入り浸りみたいな感じで遊びに来ていたってことになるな」

「近くで話をしたのでなければ、トシなんか判らないんじゃないでしょうか？　最近の子供は背は高いし、大人びてる子もいるし……」

うう、と如月は唸った。

「如月さん。そのスパイに会って、もっと詳しい事を訊き出す必要がありますよ。ほかにもいろんなことを耳にしてるかもしれないし」

中村は迫ったが、如月は首を振った。

「そりゃダメだ」

「どうしてです！」

「送り込んだ女とボディガード役の男は、くっついちまって所帯を持って教団施設から脱走して、現在逃走中だからだ」

「当然、その脱走を、如月さんはサポートしてるんですよね？」

「いいや」

如月は即座に否定した。

「事後報告だったから、おれにはどうしようもなかった。逃げました、追われてます、公衆電話からですが小銭がなくなったからもう切りますって」

いやいやいや、と中村は目を丸くして驚いた。

「それでいいんですか？　だからって、如月さんの責任がなくなったわけじゃないでしょ！」

「むろん、そうだ。そうなんだが……」

「如月さん。だからね、如月さんが教団に送り込んだその女性と男性は、今、どこでどうしてるんですか？　そもそも逃げなくちゃならない事情は何だったんでしょう？　教団がその二人の後を追っている理由は何ですか？」

中村は嚙んで含めるような口調で訊いた。

「教団施設で酔っぱらいが自慢話をしたことを聞いたっていう報告はいつ、どこからだったんですか？」

「報告は、今から一週間前の夜。教団施設の外……いや、かなり外の、新潟から電話してると言ってたな。それなりに長話になったと思う。一年後のおれは、その時、酒が入っていたこともあってこの件をすっかり忘れていたが、ノートにはそう書いてある。今、この時間から一週間前のことだ」

如月は一年前の記憶をもとに説明した。

「おれはメモするの大変だからスマホの音声を録音して、いちおうノートに書き取った。その電話の最後で」

「ちょっとすみません。その音声はスマホに残ってるんでしょうか？」

「ノートに書き取って消したよ。おれのスマホは容量が少ないんだ」

先を話すぞと如月は続けた。

「で、女は今、新潟にいると言ったんだ。教団から逃げてると。で、おれは言ったんだ。こんな長電話してて大丈夫かって。それで、ゆうべノートを読み返しているうちに、その記憶がハッキリしてきたんだ。一年間ずっと、おれの脳味噌《のうみそ》は酒漬けになってたんだろうな」

「新潟のどこなのか、判らないんですね？」

そう訊かれた如月は、判らん、と首を横に振った。

「とは言え、連中がまさかおれの電話の盗聴までしてるとは思えねえがな。やってるとしたら違法行為だ」

「違法行為を平気でやる集団でしょう、あの教団は？　携帯電話会社の中に信者がいれば通話記録は入手し放題です」

「なるほど、それをやれば、教団に刃向かったヤツとか内部情報をリークしたヤツの尻尾はすぐに摑めるな……」

如月はそれにすら気づかなかった自分に苛立《いらだ》って頭を掻き毟った。

「で、如月さんは？　脱出したあとの二人にどんなバックアップをしたんですか？　新潟には行ったんでしょ？」

「行ってねえよ」

如月はにべもなく答えた。

「行ってどうなる？　逃げた二人の片割れは結構腕の立つヤクザなんだぜ」

　おれの出る幕じゃねえ、と言う如月に中村は不満そうだ。

「いやいや、そもそもは如月さんが送り込んだんでしょ？　ことに女性のほうは、如月さんの愛人の一人だったんでしょ？」

「うん。場末のキャバクラの。オミズやるのも年齢的に限界だし、金もないと言うんで、教団に住み込むか？　生活費タダだぞと言ったらすんなりOKしたんで。その女だけだとさすがに心配だから、いろいろ恩を売ってあるヤクザも一緒に送り込んだ」

「それで？」

　中村は尋問調に追及していく。

「それでと言われても……その後特に連絡はないし、こっちも別件がいろいろあって忙しかったし、あの教団はそれから新たに事件も起こさないから……つまりその、だんだんと意識から消えていったわけだな」

「まさか、忘れちゃったんですか？」

　中村は呆れて天を仰いだ。

「それってアレじゃないですか。被害報告が上がってこないから『被害はなかった』と判断した阪神淡路大震災の時の国土庁の担当者とか、台風直撃で鉄塔が倒れて大規模停電が起きたのに、ついでに連絡手段も全部ダウンして被害報告が入らなかったものだから、被害は起きていないと判断した千葉県庁の残念な役人と同じでしょ！　ボクは大学で危機管理学の講義を取っていたから、こういうことにはちょっと詳しいんですよ」

部下とは思えない口調で糾弾されているのだが、まさに正論という以外ないので、如月は何も言い返せない。

「その女性だって、連絡したいけど出来ない状況だったんじゃないですか？」

「まあな……そういうことだな」

「なんですか、他人事《ひとごと》みたいに。気のない返事をしなくでくださいよ」

「まあな……だから、ＡＩにまでこんなこと言われてしまうのかもしれんな」

如月は『万能コタエール』が流してきた文章を中村に見せた。

『あなたは悪くないと思います。仕事に邁進して尊敬すべき人物です。しかし、人間に対する愛がありません。自分の欲望に忠実な人間は、いずれ破滅することになる。その典型が如月恒男だ！　いつもいつも調子のいいことばかり言って、人を利用するだけ利用して、そのあとのフォローは一切ナシ！　あれじゃ大勢の女に恨まれているにきまっている。おい如月！　オマエ畳の上で死ねると思うなよ！』

「どう思う？　どうしてＡＩがこんなこと知ってるのか、気味が悪い。ＡＩ業界ではおれは有名人なのか?」

しばらくスマホの画面を凝視していた中村は突然、くつくつと笑い出した。

「あ、そうか! 判りました! こりゃ大笑いだ!」

「おい! 人の不幸を笑うな!」

すみません、と言いながら中村は懸命に笑いを噛み殺している。

「それね……たぶん、如月さんに人生を玩ばれて放置されたその女スパイさんとか、もしくは如月さんがヤリ棄てにした女性の誰かが、SNSかどこかに恨み辛みを書き込んでいて、それをこのAIが読んでたんじゃないかと思うんです。ちょっと検索してみますね」

と、中村がキーワードを入れて検索すると、すぐに答えが出た。

「ほら!」

そう言った中村が如月に突きつけたスマホ画面には、「やさぐれ女」という名前で、男に対する恨み辛みがえんえん書き綴られたブログが表示された。その文章は「万能コタエール」の内容とそっくりそのまま、同一のモノだった。

「そうか……」

思わず唸る如月に中村は言った。

「この書き込みをAIが見つけ出して記憶していて、『万能コタエール』の回答に使ったんだと思いますよ。ほとんどパクりです」

「だからか！　それで『万能コタエール』がおれを非難したんだな。おれはコンピューターというかＡＩを敵に回したわけじゃなかったんだな。いやーよかったよかった。ちょっと、いやけっこう怖かったぜ。ほら、あの、宇宙飛行士が、宇宙船をコントロールするコンピューターと戦う映画があったろ？」

その要約にピンとこない中村は、曖昧に頷いた。

「ちょっと判んないですね。大昔の映画とか全然知らないんで」

「大昔とか言うな。しかしそうか。知らないか。おれは全世界のコンピューターがおれの敵になったのかと戦慄を覚えたんだからな」

やれやれよかった、と安堵《あんど》した表情になった如月はまたタバコをふかした。

「おれもな、この捜査のためにヤクザを便利に使ったり、自分の女を宗教団体に潜入させたり、いろいろ禁じ手を使ったし、他にも言えないようなことがあったりで、自分でも収拾がつかなくなってたんだな」

「でも、ここまで思い出した以上は、きっちり捜査していくべきですよね」

中村はまるで如月の上司になったかのように、教え諭した。

「じゃないと如月さん、一年後に殺されちゃうんでしょう？」

「いや、これからおれが本格的に捜査を再開したとして、それが教団を刺激することになったから殺された、っていう可能性もある」

如月も負けずに理屈を捏《こ》ねた。

「しかし、元の世界の如月さんは、何もしなかったのに殺されたんでしょう？　だったら、何もせず刺激さえしなければ殺されないで済む、という可能性は消えましたよね！　よって『何もしない』という選択肢はナシです」

それには、如月も頷かざるを得なかった。

*

如月は、思い出した手掛かりをもとに捜査を再開した。それは正義感の発露とか真実を追究する使命に駆られてのことではなく、ただただ殺されたくない、一年後に自分が刺殺されるのを防ぎたいという、「保身」が故の行動だった。

通常の仕事をすべて放り出した如月に中村は文句を言ったが、猛然と反撃された。

「お前におれを批判できるか？　一年後に殺されるのはお前じゃねえだろうが？　安全なところから何を言ってる？　いいか、おれは、テメエでテメエを守らなきゃ誰も守ってくれねえんだぞ。一番大事なのはテメエの命だ。いくら仕事をしても、テメエが殺されたんじゃ何にもならねえ」

おれを殺した、いや殺すことになってるホシを挙げて、おれの無事を確信できたら仕事なんぞいくらでもしてやるよ、と熱弁する如月に中村は匙《さじ》を投げた。

「判りました。まあ、如月さんについては、課長も署長もなんにも言わないから……好きにしてください」

「ああ。お前に言われなくてもそうするよ」

事実上のフリーハンドを得た如月は、それからさらに自由に動き回り始めた。

まず最初に手をつけるべきは、如月に放り出された挙げ句、新潟方面に逃げているという男女ふたりに接触してフォローしてやることだ。話だけではなく、なにか具体的な証拠を得ていないか問い質《ただ》さねばならない。

しかし……いくら携帯に連絡しても応答はない。彼らは用心してかかってきた電話には出ないか、あるいは電源すら入れていないのだろう。

警察の力を使えば調べられる。こういう時にこそ「警察特権」を使うべきだろうが……。

如月は巡査部長で、司法警察官だから、自分で令状を取ることはできる。ただ、手続きは必要だ。如月は慣れない事務仕事をやって、携帯電話会社にアクセス記録の開示を求めた。

そして、電話で得た情報を元に、「たましいのふれあい教会」西多摩教会周辺の防犯カメラの映像を集める請求も出した。この画像を見ていけば、女が言っていた『犯行を自慢していた男』が絞り込めるだろう。運がよければ一家三人殺人事件の捜査資料と照らし合わせて、そいつを特定出来るかもしれない。

慣れない事務仕事をしたので、脳の使い慣れていない部分が酷使されて、ひどく疲れた。如月がいつも事務仕事を丸投げしている中村も、如月と切り離されて他のベテランとバディを組んでしまっている。だから完全に孤立した如月は、全部を一人でやらなければならない。

だが良い面もある。中村のチェックがなくなったことをこれ幸いとばかり、如月は飲み屋街に繰り出した。競馬の大穴を的中させたからカネは潤沢にある。飲み放題、遊び放題だ。

飲み屋街のクラブと言っても西多摩の場末だ。お上品な「紳士の社交場」ではない。ほとんどキャバレーのノリだから、如月は札ビラを切り、成金趣味のどんちゃん騒ぎを敢行した。

ここしばらくの妙な抑圧というか合点がいかない異常現象に巻き込まれたストレスを発散するかのように、如月は存分に羽目を外した。ホステスの服を脱がせるわ、おっぱいを揉むわ吸うわ、ドレスを捲りあげてパンティを脱がせるわ、あげくビールを頭からかけたりと、狼籍《ろうぜき》三昧だ。しかしその分、札ビラを切るので誰も文句を言わない。フロアを掃除するスタッフにも惜しげもなく万札を渡すから、内心はどうであれ、みんな如月にはニコニコ顔だ。しかし、店のママだけは顔を曇らせた。

「ねえ如月ちゃん。そんなに使って大丈夫？　掛けじゃなく現金なのはうちとしては助かるけど、またヤバい筋に借金しなきゃいけなくなるんじゃないの？」

如月とは昔からの知り合いだけに、他人とは思えないのかママは心配してくれる。

「大丈夫大丈夫。おれだって案配してる」

「どうせ競馬かなんかで勝ったんでしょうけど、そういうお金は如月ちゃんの大切な人に使った方がいいんじゃなくて？」

「いいんだよ。たまにはガス抜きしたくなる」

まさか本当の事をママに愚痴るわけにも行かない。

「如月ちゃんはいつもガス抜きしてるように見えるけど？」

ママも正論で言い返すが、羽目を外しすぎる如月をさすがに大目に見られなくなって、パンパンと手を叩いた。

「はい、今夜はそろそろお開きで。取り締まる側が取り締まられるようなことをしちゃダメでしょ！」

「あ、ちょうどカネも切れた」

耳が痛いことを言われた如月は最後の万札をママに渡すと、フラリと店を出た。

遊びの軍資金が切れたからには、アブク銭を稼がねば。

すべての競輪競馬ボートレースなどの結果を覚えているわけではないが、これからの一年間、元の世界線の彼が買った馬券や船券《ふなけん》、車券だけでもかなりの数になる。当てても外しても「何が来たか」は大体覚えているので、かなりの大儲けが出来るはずだ。結果が判っているのだから勝てて当然だ。

さらなる一儲けを目論《もくろ》んだ如月は、以前から通っていたスナックに顔を出した。この店の奥ではノミ屋が店を開いている。仕切りカーテンを開けられるのは常連の博打好きだけだ。

本来ならまっとうに生きて殺されないようにするべきだが、更生して真面目になるには時間がかかる。まさに「判っちゃいるけど止められない」の世界だ。

分厚いカーテンの奥に陣取っていた貧相な顔のノミ屋は、如月を見ると顔をしかめた。

「またあんたか。やるの?」

「おう。ちょっと稼がせてくれ」

「やだね」

言下に断ったノミ屋に如月は凄んだ。

「おれの注文を断るってのか？　いい根性じゃねえか」

「あんたは大穴当ててごっそり持っていくから受けたくねえ」

だいたいが、とノミ屋はテーブルの上の缶チューハイを手にとり、ごくりと飲んだ。

「刑事のくせにノミ屋を使う時点でおかしくねえか？」

「まあそう言うな。今まではお前の売り上げに協力してやったろ。ちょっと勝たせてもらったくらいで吠えるんじゃねえよ」

如月は馬券購入用紙に必要事項を書き込んでノミ屋に渡した。

「精算時に馬券代相殺な」

ノミ屋は用紙を見て目を丸くした。

「ダンナ。これは無理だ。お遊びの額を超えてる。おれ、東京湾に沈められるよ」

「じゃあ、買うのはその半額でいいよ」

「いやいや、だったらＪＲＡできっちり正しく買ってくださいよ。あっちなら当て放題、払い戻し放題なんだから」

ノミ屋は用紙を如月に突き返した。

「じゃ、別ンところで買うからいい」

「ヨソもダンナ相手じゃ商売しないと思うよ。ダンナはもう兇状《きょうじょう》持ちだ。この商売、横の連絡は密なんでね」

貧相なノミ屋は頑《かたく》なに如月を拒絶した。

ノミ屋に刑事が無理強いするというのもおかしな話だ。

仕方なく、如月はまた河岸《かし》を変えた。向かったのはヤミの賭博場だ。クラブの地下にあって、階段の前には門番のように黒服が立っている。もちろんヤクザだ。

「よっ」

如月は手を上げて階段を下りようとした。

「ちょちょ、今日はまさか手入れじゃないですよね？」

「手入れなら一人で来ねえだろ。ちょっと稼がせてもらうぜ」

地下の賭博場にはスロットが並び、緑のポーカーテーブルがあり、その奥が闇のレース場だ。普通のノミ屋と違って、ここでは大型テレビで競輪競馬ボートレースの生中継を見ながら賭けるのだ。夜はレースがないので普通のノミ屋のように「予約」を受け付ける。が……。

「如月のダンナ。ダメだよダメ。アンタ、どんな魔法使ってるんだ？」

ここの胴元は組の幹部だから如月にはタメ口を利く。以前、刑事の身分も顧みず兄弟の盃《さかずき》を交わそうかという話さえ出たことがある。

「魔法なんか使ってねえよ。ずっとお前らに貢いできたんだから、たまには勝ってもいいだろうがよ」

往年の山城新伍《やましろしんご》に似た口ひげを生やして、小太りだが眼光鋭い胴元は、黙って首を横に振った。タキシードに蝶《ちょう》ネクタイという正装ぶりが、この場末のヤミ賭博場には妙にハマっているようでもあり、浮いているようでもあり。

「アンタの勝負受けちゃダメだって回状回ってるよ。兇状持ちだぜアンタ」

「さっき同じ事をヨソでも言われたぜ。だけど今までお前たちを幾ら儲けさせたと思ってるんだ？」

「アンタの場合、負けても『おれは如月だぁ！』とか言ってけっこう踏み倒してくれたよな。アンタは忘れてるかもしれないけど、こっちは覚えてるんで」

「言ってくれるじゃねえか、え？　お前をパクるネタは山ほどあるんだぜ？　そもそも、ここにあるものは全部違法じゃねえか。全部まとめて懲役三十年くらい喰らわせてやろうか？」

如月はまったく負けてはいない。

「競馬、賭けさせろ。ボートレースでも競輪でもオートレースでもいいぜ」

「断ったら？」

胴元は苛立ちを押さえようとシガーに火をつけてふかした。

「さあな。お前を逮捕してここをガサ入れして、お前の組を壊滅させてやってもいいな」

如月をじっと見た胴元は、シガーを一本差し出して、訊いた。

「幾らで手を打つ？　賭けには応じないし、ガサ入れも困る。幾らなら納得する？」

「舐めるなオイ。聞くところによると、あの山ン中の旅館、以前はお忍びの高級連れ込み宿だったが、今は丁半賭博で儲けてるそうじゃねえか。けっこうＶＩＰも来てるんだってな？」

如月はニヤニヤ笑いながらそう言って、いきなり胴元のタキシードの胸ぐらを摑んだ。悪徳刑事の面目躍如だ。

「ハシタ金じゃあ話にならねえぞ？」

広域暴力団の幹部で地元の組の若頭でもある胴元は、顔を強ばらせた。若頭になってから、こんな扱いを受けたことがないのだろう。

「ナンボや？」

胴元は口許《くちもと》を歪ませて訊いた。

「ナンボ欲しい？　言うてみさらせ」

追い詰められると関西弁が出るらしい。

如月はタキシードから手を離して、とりあえず、と両手の指を広げて見せた。

「百だ。現金でな」

　カネをせしめた如月は、娘の香里に電話をかけた。

「お前、誕生日だったろ？」

「ちげーよ。あたしの誕生日は十月四日。全然違うじゃん」

「まあいいや。前祝いでもなんでもいい。なんでも奢ってやるから来い」

「じゃあサイゼでいいよ」

　香里の声はぶっきらぼうだ。

「どうした？　どうせなら思い切り高いところにしろよ。臨時収入があったんだ。少しくらい格好つけさせろ」

「どうせヤバいカネだろ？　事後従犯とかにされるのはヤだからね」

　と電話の向こうでブー垂れた香里は、なぜサイゼがいいのか如月に説明した。

「あたし、あの人に厳しく育てられたじゃん？　え？　知らないって？　マジで厳しく育てられたんだよ！　アンタは知らないだろうけど！　で、ファストフードや安いチェーンは食材に何を使ってるか知れたもんじゃないって言って、サイゼにもマックにも連れてってもらえなかったんだ。小学校の時はお小遣いもナシ。サイゼには友達がみんな行ってて、ミラノ風ドリアおいしかったとか、テーブルにいっぱいお皿を並べたとか自慢しているのを聞いて、めっちゃ羨ましかったんだ。だからオヤジが誕生会してくれるっていうんならサイゼリヤ一択。サイゼ以外ありえないから。全メニュー頼んでよ」

西多摩のサイゼリヤで、テーブル一杯に小皿が並んだ。柔らか青豆の温サラダ、辛味チキン、ムール貝のガーリック焼き、ミラノ風ドリアにマルゲリータピザ、イカスミのスパゲッティにティラミスクラシコにプチフォッカにシチリア産ピスタチオのジェラート……。

「おい。サイドばっかりじゃねえか。メインはどうした！」

娘のオーダーに如月は呆れた。

「メインはイカスミのスパゲッティじゃん。オヤジはステーキでも頼めば？」

あれもおいしいこれもおいしいと、一心不乱に食べる娘に、如月はおもむろに相談を持ちかけた。

「あいつ……じゃなかった、お前の母さんにも贈り物をしたいんだが、なにがいいと思う？」

それを聞いた香里は目を丸くした。

「は？　あんたどうしちゃったの？　アタマ大丈夫？　もしかして、余命宣告でもされた？　ああそうか。されてたんだ」

お前はいいよな、お気楽でと如月はブツブツと言った。一年後におれは殺される予定なんだと言っても、本人ではない以上、今ひとつ香里にも実感がないのだろう。

「まあオヤジが本気であの人、つかママにプレゼントを贈るなら、このサイトの、この詰め合わせがいいよ」

そう言って香里はスマートフォンの画面を見せた。

「なんだこれは？　ただの野菜じゃないか」

「ただの野菜じゃないよ。値段を見なよ」

別に珍しくない野菜の下についた値段は、とんでもない高額だ。とても野菜の価格とは思えない。

「ぼったくりか？　詐欺サイトか？　まさか野菜ってのは何かの暗号で、実はヤバい薬物とかじゃないだろうな？」

それを聞いた香里は爆笑した。

「あんた、何にも知らないんだね。ここは本物のオーガニックとかで、やばい農薬も肥料もなにも使わずに、安全で美味しい野菜を作って売ってるんだって」

安全はともかく「美味しい」は違うかも、と香里は付け加えた。

「でもってあの人はその『安全な野菜』で煮物とかサラダばっかり作って、ずっとあたしに食べさせようとしてきて、んなもんあたしが美味しいって思うわけないじゃん。しかもあの人、調味料も使わないんだよ。塩は身体に悪いって」

「おーおーおー、たしかにそうだった！」

如月も次第に思い出してきた。

自分に無い性格ばかりを備えている元妻・由美子《ゆみこ》に、如月は一度は惚《ほ》れた。惚れて結婚した相手だったが、とんでもないメシマズだったことに気がついた時には遅かった。料理が下手なのではない。しないのだ。加工するとせっかくの食材の栄養価が下がると言って、ほとんど生で供された。野菜ならまだ我慢できるが、魚は刺身、肉はさっと火を通すだけの激レア。しかも日に日に薄味になり、魚や肉がどんどん少なくなっていったのだ。彼女はベジタリアンでもあった。

だが、「こんなもんが食えるか！」と卓袱台《ちゃぶだい》をひっくり返せなかったのは惚れた弱みだったのだろう。いや、職業が教師で、すべてにおいてカッチリと理論武装している由美子は、とても如月の喧嘩相手にはならない。腕力では勝てるが口では負ける。まさか女房に手を挙げることは出来ない。

それで……如月は次第に家で食事をしなくなった。昼、警察署でカツ丼の大盛りを出前したり、聞き込み先の周辺で盛大に食った。そして、家ではほとんど食べなくなり……ついにはまったく食べなくなり……そして家にも帰らなくなった。

自分はそれで助かったが、娘は犠牲になった。食い物の恨みのせいか、香里はグレて家出を繰り返し、今ではかつての父親同様、ほとんど家に寄り付かない。ファストフードやジャンクフードを主食にして盛大にグレている。

その娘に言われるまま、彼は超高価な野菜のサブスクを契約して、元妻が住む家に贈るべく手配した。

しかし……それだけではダメだ、と如月は思った。

あんなしょぼい野菜だけでは、おれの気持ちは到底伝わらない。

食った食ったとオヤジのように満足している娘と別れて、如月は西多摩市で一番大きな伊勢凡《いせぼん》デパートに入った。地方都市のデパートが軒並み閉店している中、このデパートはセンスのよい高級品を中心に扱って、西多摩地区の富裕層の財布とハートをがっちり握っている。

彼は、婦人用品のフロアに行った。海外の有名ブランドの売り場がずらりと並んでいる。

やっぱり、女が喜ぶものと言えばブランド品だろう。

如月は自分の経験の範囲内でしか考える事が出来ない。如月が普段接している女たちはキャバ嬢であれスナックのママであれ、例外なくブランド品を喜ぶ。

しかし、如月は女性に人気のあるブランドには無知だ。まったく知らない。しかしそれでも売り場を突き進んだのは、さっきのクラブのママの言葉が頭にあったからだ。

「どうせ競馬かなんかで勝ったんでしょうけど、そういうお金は如月ちゃんの大切な人に使った方がいいんじゃなくて?」

たしかにそうだ。

カネは潤沢に手に入る。しかし、一年後には死ぬかもしれない。だったら……自分の大切な人、大切だった人に、使っておこう。そうすれば仏教で言う「功徳」というヤツになって、回り回って自分の命も助かる、かもしれない。結局は自分の利益のことしか考えていないだろう、と突っ込まれれば一言もないが、まあ、人間なんて結局はみんな自分のことしか考えていないだろう。ならば、多少なりとも大切な人に、ついでに何かしてやる方がいい。

だが、有名ブランドの売り場をウロウロしている如月の姿は、無粋なオヤジが場違いな場で戸惑っているようにしか見えない。

仕方がない。近くにいた女性販売員に声をかけた。

「すみません。こういう場所に来たのが初めてで……どこでナニを買ったものか、皆目見当がつかなくて」

畏《かしこ》まりました、とその女店員はニッコリした。幸い、どこかの売り場の販売員ではなく、デパートの店員に話しかけたようだった。

「どなたへのお買い物でしょうか？」

「ええと、その、別れた女房……いや元ツマに、長年の罪滅ぼし的な」

「ご予算は幾らくらいでお考えですか？」

「それは、幾らでもいい。喜ぶものなら」

「その、お別れになった元奥様はお幾つくらいで、お好みというのは……」

「トシは四十……四十代だ。いや、四十になったばっかりだったか」

如月は別れた妻の年齢も誕生日も全然覚えていないことに今さらながら気がついた。ましてや好みなんて訊かれても、皆目判らない。そういやアイツは、何が好きだったのか……こういう高級ブランドのバッグとかじゃなくて、レストランで美味いモノを食わせた方が喜ぶんじゃないか？　だが誘う勇気などない。それとも旅行か？　いや、別れたあいつと一緒に旅行などあり得ない。そもそも「一緒に食事」すら無理な相手だ。だったらやっぱり、まずはなにかプレゼントをしておこう……。

「お恥ずかしい話だが、好みが判らないんだ。だから……最大公約数というか、女だったらみんな、これなら喜ぶってものを見繕ってもらえたら」

「指輪などはいかがでしょうか？」

「指輪こそ、好みがあるんじゃないか？　デカいダイヤなら喜ぶってもんでもないだろうし」

とは言ったが、デカいダイヤを買うほどのカネはない。

そうだ。この際、別れた女房だけではなく、このまえちょっと行脚した他の女たちにも、なにか贈ってやろう。

「サイズも判らないから、靴や指輪や服以外のモノで、なにか……」

「では、バッグや香水、アクセサリーということになるでしょうか」

女性店員は先に立って売り場を歩いて、これなどは如何《いかが》でしょうと品定めしてくれた。

買い物を済ませて、そうだと思いついた。女は甘いものとか花も好きだ。

「あの、ほれ、ベルギーの高いチョコレートあるでしょう？　その売り場ってどこでしたっけ？　あと、こちらから花とか送れますか？」

どうせチョコや花を郵送するなら、このブランド品も一緒に送ってもらうことにした。気難しい元妻は、「なによこんなもの、今気を遣うのならなぜあの時、こうしてくれなかったのよ？」とか恨みごとを言いそうだ。大枚はたいたのに凹《へこ》む未来しか見えないが。

喜ぶ顔が見たいが、どっちかと言えば凹む確率の方が高いと判断した如月は、元妻への分は全部配送を頼んでしまうことにした。

残るカノジョや愛人、情婦には、直接渡そう。

胴元から絞り取ったカネを使い切り、両手にブランドの袋を幾つも持ってデパートを出た如月が、荷物が多いのでタクシーに乗ろうとした時。

彼の行く手を塞ぐように、男が仁王立ちしていた。

如月を狙う鉄砲玉か。

男の手にはキラリと光る出刃包丁がある。

通行人たちが、悲鳴を上げて四方に逃げ散った。

歩道には二人の周囲だけ、舞台のように広い空間が出来た。

「喰らえっ！」

男は出刃包丁をドスのように構えると、如月に突進してきた。

彼は手に持ったブランド袋で男の顔を左右に張り、そのまま両手で袋を男の顔に押しつけ、さらにグイグイと押してデパートの壁面に男を追い詰めた。そのあと紙袋を放り出して男の腹に拳を立て続けに数発、めり込ませた。

「げ」

男が吐いたので如月は身をかわし、男の腹になおも蹴りを加えた。

男は膝から力が抜け、がっくりと崩れ落ちた。

「吐け！　誰に言われた？」

引き続きグーパンチを男の頰に浴びせてやった。手もとが狂って鼻に当たる。鼻血が出て、ブランドの紙袋を盛大に汚してしまった。

「察しはついてる。ノミ屋とか胴元とかだろ？　おれが勝ちすぎてるんで、消そうとしたってか？」

そうだよ、と鉄砲玉は顔を歪ませた。

「アンタだけならまだ我慢するが、アンタは他の連中にも教えてるじゃねえか。みんな大穴かっ攫《さら》っていった。大損なんだよ。これじゃ商売にならねえんだよ！　上からもド詰めされて指詰めモンだ。ここまで場を荒らされて黙っちゃいられねえ。刑事でもいいから殺《や》っちまえと」

ほとんどゲロしてしまったのは、この男が正組員ではなく非正規の、いわゆる「準組員」だからだろう。流れ者かもしれない。とにかく、知らない顔だ。

「お前ンとこの上部団体は、啓和会《けいわかい》だったたっけ？　どうせ組長には会えないだろうから、胴元にでも言っとけ。警察に逆らうなってな！」

そう言って鉄砲玉の髪の毛を摑んだ如月が、男の頭をデパートの壁面に何度も打ち付けているところに、ようやくパトカーがやって来た。

「遅い！」

パトカーから降りるや否や一喝された制服警官は如月に敬礼した。

「ご苦労様です！」

「おう」

如月はフラフラになった鉄砲玉を制服警官に引き渡した。

「こいつは、ここで出刃包丁を振り回しておれに斬りかかってきたので、無力化して身柄を確保した。銃刀法違反の現行犯だ」

「了解しました！」

制服警官はまた敬礼すると鉄砲玉とともにパトカーに乗って走り去った。

歩道に飛び散ったブランド品を拾い集める如月を、人品卑しからぬスーツ姿の中年の紳士が手伝ってくれた。

「ほお。なかなかいいご趣味ですな」

そう言いながら拾った袋をにこやかに手渡してくれた紳士は、顔は微笑《ほほえ》んでいるが、小声にはドスがあった。

「如月さん、警告しておくよ。これ以上教団を嗅ぎ回るんじゃない。いいね？　今度は警告だけでは済まなくなりますぞ。判ったね？」

そう言ってブランド品の包みをもう一つ手渡すと、柔《にこ》やかな顔のまま、なごやかな声に戻り、「ではまた～」と会釈しながら去って行った。

男は、雑踏の中に紛れて、すぐに見えなくなった。

そのあと如月は、先日お詫び行脚した店を回って、改めてママやおねえちゃんにプレゼントを渡した。ぐしゃぐしゃになった紙袋には一部、ゲロと血が付着しているが、「いろいろあって……でも、中味は問題ないから」と言い訳しつつ、包みを取り出して、うやうやしく差し出した。

「口先だけではなく、誠意を形にしてみた」

そう言って如月はブランド品を配って歩いた。

＊

翌日。深酒をして、愛人の一人とイッパツやって明け方に帰還して、昼頃まで寝ていた如月は、けたたましい着信音で目が覚めた。

「なによアナタあれ。いったいどういうつもりよ？」

ありがとうではなく怒りの口調なので、如月はムッとしつつも自分を抑えた。

「あんな農薬まみれ、温室で育って地球環境に負荷をかける花なんか送ってきて、あなたどういうつもり？　嫌がらせ？　私に喧嘩売ってるの？　チョコレートだってカカオを摘む子供の児童労働が」

元妻・由美子はまくし立てた。

あなたは意識が低い、低い位置に固定されたまま治っていない、カカオを毎日摘まされて、それなのに一生チョコレートを食べることのできない可哀想《かわいそう》な子供のことを一度でも考えたことがあるのか、とさんざんに糾弾された。

「で、なに？　あの如何にも水商売の女の人が喜びそうなアレは？」

「いろいろ……なんというか、ひと言では言えないが……気持ちを形にしてみた」

元妻は黙った。

「まあ人間、いつどうなるか判ったもんじゃないと昨日、突然悟ってな。今までのせめてもの罪滅ぼしということで」

「で、なに？　おカネなら貸せないわよ」

元妻は先手を打ってきたが、如月は「違う違う」と声を荒げた。

「おれは、純粋な気持ちで、その……お前も、もっと素直に気持ちを受け取れ」

「だって、なによあれ」

「なによって、おれはよく知らないが、有名ブランドの……」

「こういうの、ひとつも持ってないのよ」

そうか！　それはよかった、と如月は喜んだ。

「誤解しないで。こういうの全然興味ないのよ。だいたいアナタは昔からそう。私を全然観《み》てないし、知ろうともしないし。わたしの好みなんか全然、知らないでしょ」

完全な藪蛇だった。

「野菜は貰っておくわ。野菜に罪はないし、食べないで棄ててしまうのは野菜に申し訳ないから」

朝から（もう昼だが）冷水を浴びせられたような気分になりつつも、如月は出勤した。

昼間は防犯カメラの映像を集めて署に戻って確認することに専念した。しかし今日見た分には「怪しい人物」は映っていなくて成果は上がらなかった。

そして、夜。

如月は、昨夜廻り切れなかった飲み屋や愛人宅を廻ってプレゼントを配っていた。

「なんだか、おれの人生の謝罪行脚みたいな感じになってきたなあ。まあ罪滅ぼしのプレゼントだから、そんなものか……」

ぼそぼそ呟きながら夜の街を歩いていると……ぴらぴらがいっぱい付いた純白の、まるでアイドルのステージ衣裳のようなシャツを着た少年が、店と店との細い路地から突然、走り出てきた。少年は如月と激しくぶつかって転倒した。

「おい、君、大丈夫か？」

派手な衣裳は汚れてしまい、少年も何処かに顔をぶつけて唇から血を流している。

「すみません……助けてください」

少年はか細い声でそう言って如月にしがみ付いてきた。

「どういうことだ？　誰に追われてるんだ？」

少年が震える指で路地の奥を指すと、黒服が三人走ってくるのが見えた。

「おい。逃げても無駄だって言ってるだろ」

黒服たちは躊躇なく少年に追ってくる。

「止めろ！」

如月は少年を庇うように立ち位置を変えた。

「ンだようおっさん。退けよ、邪魔だ」

「おれはコイツに助けてと言われたんだ。頼まれた以上、助けるしかねえだろ」

「なに訳の判んねえこと言ってるんだ、オッサンよ」

三人の黒服は手にナックルダスターを装着すると、如月に殴りかかってきた。

しかし彼らは如月の敵ではなかった。一人の腕を捻り上げてグギッと肩から嫌な音をさせ、すかさずもう一人の顔を蹴ってやった。三人目は、「やべえ！」と叫んで逃げた。たぶん援軍を呼びに行ったのだろう。

肩を脱臼させた男の腕を摑むと、チョップを浴びせた。バキッと音がして、男の腕は折れた。

「イッテ〜！」

さらなる痛みで男は道路にひっくり返ってのたうった。

もう一人は顔を蹴られてふらついていたが、如月がさらに一発、食らわせてやると後頭部から昏倒《こんとう》した。卵が割れるような音を立てて頭が道路に激突し、そのまま動かなくなった。

二人ともまだ若い。十代の半グレのようだ。

「おい、君！　逃げるぞ！」

如月はアイドルのような少年の腕を摑んで走り出した。

街灯に照らされた少年の横顔を見た如月は、「あ！」と叫んだ。

彼は、今から一年後、娘の香里に連れられてやってきて、如月が匿うことになる、あの美少年・菱田廉まさにその人だったからだ。

第四章　未来は変えられる？

「ここなら大丈夫だ。安心しろ」

　如月は廉少年を連れて馴染みのバーに入った。ビルの地下で看板も出ていないから、「知る人ぞ知る」文字通り隠れ家のようなところだ。カウンターだけの小さなバーで、辛気くさいバーテン兼マスターが一人、ぽつんと立っている店だ。

「誰から逃げてる？　君を追ってたあの連中は誰だ？」

　如月は一年後に出会う筈の廉を既に知っている。だが廉からすれば如月とは初対面のはずだ。求められるままに助けてやったが、警戒されているのは判る。

　如月は彼にレモンスカッシュを頼んでやった。

「ここのレスカは美味いぞ。レモンをその場で搾るからな。それとも酒の方がいいか？」

「いえ」

　勧められるままにレモンスカッシュを一口飲んだ少年は、「あ、美味しいです」

とようやく緊張がほぐれたようだ。

「腹、減ってないか？　ここはちょっとしたツマミも美味い。腹は膨れないがな」

「オムレツならどう？」

マスターが聞いてきたので如月は「頼む」と頷いた。

「それで、君はどうした？　誰から、どういう理由で逃げていた？」

「あの、ぼくはある場所で働いていたんですが、そこを辞めたくなったのに、辞められなくて困ってしまいました」

廉は慎重に言葉を選んで、話し始めた。

「働いていた？　あの辺なら水商売だろ？」

ホストクラブか、それともシアターパブか？　と訊く如月に少年は答えた。

「言っても知ってるかどうか……『私立メフィスト学園アイドル部』っていうお店です」

「はあ？」

案の定、如月には見当もつかない。最近勃興してきた新業態であるらしいことは判った。

「メンズコンカフェです。メンコンとも言います」

「ああ、そういう店か……ようするにホストクラブの低年齢層向けアイドル版みたいなヤツだろ」

メンズコンカフェ、ないしはメンコン……は、早い話が、美少年地下アイドルみたいな美形キャストが接客するカフェのことだ。「コン」はコンセプトの略で、お店独自のコンセプト（世界観）を立てて、若い男の子のキャストが執事を演じたりイケメン・エリートに扮《ふん》したり学園の格好いいクラスメイトになったり地下アイドルの設定になるなどして接客する。つまり「役を演じる」ところがホストクラブとは違う。しかしホストクラブで客がホストにハマるのと同様、来店する女の子たちは「推しキャス」をつくり、店で金を使うことでキャストを「応援」する。ホストクラブは成年女性がメインの客層だが、メンズコンカフェはホストクラブに入店できない、低年齢未成年女子をターゲットにしている。アイドルにハマる未成年女子がアイドルを「推す」ための資金を得ようとするのと同じく……売春やパパ活などの、大金を得られる仕事に、彼女たちは簡単に手を出してしまう。

警察的には「未成年女子の非行化」を促進する業態ということで、少年課や地域課、生活安全課は目の敵にしているが、如月はこれまであまり関心はなかった。

「あいよ。オムレツ一丁」

良い匂いがして、白い皿に鮮やかな黄色のオムレツがカウンターに出された。添えられたバゲット、付け合わせのミックスベジタブルを、廉はナイフとフォークを使って上品に食べ始めた。育ちの良さが判る食べ方だ。

「で、君は、そのメンコンのホスト……じゃなくって、キャストとして働いていたのか？」

廉は、頷いた。

「なぜ逃げた？　店長か先輩に殴られたか？」

ホストクラブなら、そういう店がないわけではない。

「いえ、暴力はなかったです。でも……お店にきた女の子に、大丈夫かと心配になるほどたくさんお金を使わせるんです。もちろん全然大丈夫じゃないです。お客さんは女子高生とか、学校に行ってない、仕事にもついていない若い女の子たちです。とても払える金額ではないので、全部売り掛けということにされて、ぼくが払うか、その子が借金して払うかどっちかという事になって、それが苦しくて」

「そうか。昔なら、泣く泣く身を売って、苦界《くがい》に身を沈めるって感覚だったんだが、最近は女の子のほうもどんどん軽くなってるんだろ？　売春するのもお気軽お手軽になって、特に深みにハマる感じもなく、どんどん君たちに貢いじゃうんだろ？」

「そうです。そんな感じが、耐えられなくなりました。実際、女の子たちにお金を使わせているのは、キャストであるぼくたちなんですから。店長にもオーナーにもそう指示されるんです。指示と言うより命令です。営業はないって言うのはタテマエで、『推す』以上はお金を使うのですから……売り上げを立てられないキャスト は容赦なくクビです。でも、ぼくは行くところもなくて」

如月は頷きながらスマホを操作して、バディの中村右近にショートメッセージを送った。

『西多摩にあるメンズコンカフェ、メフィスト学園とヤミ金の関係を調べろ』

ほどなく返答があった。

『ヤミ金「スパイダー」と繋がっています。開店資金をスパイダーが貸しています。出資と言うべきかも』

それを見た如月はふむふむと頷いた。今どきのヤミ金なら借金をカタに女性客に売春させる程度のことは当然している。

中村から続報が来た。

『「私立メフィスト学園」はコンカフェ取り締まりを逃れて歌舞伎町《かぶきちょう》から立川、八王子と、多摩方面を転々として、去年から西多摩市に店を構えています』

如月は『オーナーを調べろ』と返事を打ち、廉にも訊いてみた。

「店長とは別にオーナーがいるんだよな？　オーナーは店長よりエライのか？」

「はい。キャストの管理とかお金のこととか仕入れとか、そういう、実務って言うんですか？　そういう仕事をやっていた店長の上に、ほとんど何もしないけれど、お店の奥の事務所によく来て、ニラミを利かせてるようなヒトがいました。これ、言っていいのかどうか……ボクサーみたいに鼻が潰れて、怖い顔なんです。どう見ても……」

「ヤクザ顔なんだよな？」

如月の言葉に廉は、ハイと頷いた。

「なので、店の雰囲気を相当悪くしてましたけれど」

「そうだよな。メンズコンカフェってのは、若い女の子がはしゃげる楽しい場所なんだよな？　そこにヤクザがいたらぶち壊しだよな」

「ええ、ですからそれはそのヤクザの人も判ってるみたいで、店の奥にいたり、飲みに行くといって店を出ていったりして、いつも店に居るわけではなかったです」

オムレツの美味しさに気持ちがほぐれたのか、廉は、だんだんと言葉が出て来るようになった。

「そのヤクザ、つかオーナーはどんなやつだ？」

「色の濃いレイバンのサングラスをしてて、髪は短くて顎髭があって、だいたいいつも、黒いスーツに黒いシャツに白いネクタイをしてました。さっきも言いましたが鼻は潰れてて……昔ボクサーだったと言ってました。試合で鼻を潰されたそうです。背は高くないけどがっしり系で、やたらシガー、って言うんですか？　細い葉巻をふかしてました」

「顔に傷とか刺青《いれずみ》とかはなかった？」

廉は宙を見て思い出そうとした。

「……傷はありませんが、一度奥の事務所でオーナーが着替えていたことがあります。その時に見たんですが、肩に刺青が」

判った、と如月は頷いた。

と同時に、スマホにまたも中村からのメッセージが届いた。

『「私立メフィスト学園」のオーナーは反社。半グレの「西多摩会」の幹部の飯田《いいだ》哲郎《てつろう》』

如月はそれを見て思わず「やっぱりあいつか！」と叫んだ。

「君が言った外見でハッキリ判った。オーナーの名前は飯田哲郎。中央線沿線では有名な反社だ。昔から半グレで、強いリーダーのケツばっかり追いかけていた。なんかでしくじって地元にいられなくなったが、飛んだ先の新宿歌舞伎町で太い金ヅルを見つけたらしい。まあ女だろうな。悪どいやり口で大金を引っ張って、その金を持って西多摩に舞い戻って、ノミ屋をやってイッパシのカオになって……新宿・歌舞伎町でも違法カジノをやって何度もパクられるウチに反社の中でもエラくなって……現在に至るってとこだな」

そう言った如月を、廉は不思議そうに見た。

「あなたは……刑事さんか何かですか？」

「あ、そうだよ。言ってなかったか？」

一年前のこの世界では、如月とこの少年・廉は、今日が初対面なのだ。そして如月はまだ自己紹介もなにもしていない。

「おれは……刑事なんだよ。だから飯田哲郎の悪事には興味がある。アイツとは昔から因縁があって、ずっと追ってるんだ。飯田のシノギは主に違法賭博だった。だから、あれだろ？　君が働いていたメンズコンカフェにも、カジノはあったんじゃないのか？」

そう訊かれた廉は、小さく頷いた。

「はい。あ、いえ、正確にはメンズコンカフェと同じ建物にあって、入口は別です。だって、お客が全然違いますから……僕はカジノの接待もやらされていて……コンカフェは一応、二十二時で閉店なので、それ以後はカジノに回って……それも嫌だったんです。カジノのお客は怖い人が多くて」

客が殺伐としていた、と廉は言った。

「お客さんが店とよく揉めていました。これはイカサマだ！　って言ってはいけないことを言ってしまったお客さんが、ひどい目に遭わされるところも何回か見ました」

　キマリだな。と如月は内心呟いた。

　飯田哲郎なら、おれを的にかけてもおかしくない。反社の世界なら、おれを殺したら「手柄」になる。連中にとって邪魔なおれを排除したヤツは、連中のなかではランクが一つ以上あがるだろう。

　ここから先は誰にも聞かれたくない話になる。ここのマスターは秘密を守るが、拷問されても絶対に口を割らないという保証はない。

　多めに金を払い、今ここでおれたちが話したことは全部秘密な、という意味でウインクすると、マスターは黙って一礼した。

　タクシーをとめ、廉を先に乗せてアパートに戻った如月は、廉を部屋に入れた。今から一年後の、元の世界にタイムリープしたような気分だ。

「なにか飲むか？　ああ、君は未成年だったな」

　そう言いながら廉に出したグラスにはコーラを注ぎ、自分はビールを缶からじかに飲んだ。

　一年後に出会う筈の菱田廉と、こうして前倒しで出会った。これは、世界線が変わったことを意味するのではないか。自分は死ななくても済むのではないか。

　なるほど、これが「多元宇宙《マルチバース》」ということか！　と、如月は唐突に理解した。未来は変えられる、いやもう変わってしまった。ならば自分も一年後に殺されることはない？　いや、その逆に、明日にでも殺されるかもしれないのだが。

「いきなり個人的な話をして悪いが……」

如月は廉に話しかけた。

「おれは命を狙われてるんだ。狙っているヤツは複数いると思うんだが、その一人が、飯田哲郎だ。でだ。それが判っているんだから、最悪の事態になる前に、やつと話がつけられれば、つけたい」

「……はい」

廉は意味不明ながら、取りあえず返事をした。

「それで、その前に、ちょっと覗いてみたいんだ」

「カジノを、ですか？」

「まあ、カジノもだが、今ハヤリのメンズコンカフェってヤツもな。オッサンが行くと目立つか？」

もちろん、ただの社会見学ではなく、ガサ入れを前提とした内偵みたいなものだ。

廉はしげしげと如月を見て、曖昧な笑みを浮かべている。

「……浮くか、やっぱり」

「そうですね。カップルで来店するお客さまもいますが、それはキャバクラに女性客も来ないことはない、という感じの逆、だそうです。これまでに……如月さんみたいな年配のヒトは……」

「おれはやっぱり年配か」

如月は少し落ち込んだ。

「誰か、若い女と一緒に行けば、格好がつくか？」

「まあ、いないよりは、いた方がマシだとは思います」

廉はそう言うと宙を見つめて、何か思い出そうとした。

「そういえば……ぼくをいっぱい推してくれて、その分、支払いが溜まってしまって、今、経済的に危険な状態になってるお客さんがいるんですけど」

「ようするに『売り掛けを溜めた』客だな？　飯田哲郎が自分のヤミ金につないで、客を取らせる寸前の？」

はい、と廉は頷いて、その客に連絡を取ってみると言い出した。

「多少でいいですけど、彼女が溜めた分を払ってやって貰えませんか？　そうすれば彼女、喜ぶと思うので」

判った、と如月は応じた。

「ツケって総額幾らくらいあるんだ？」

「ぼくの知ってる限りだと、三百万くらいです」

ええええっ！　と西多摩の不良刑事は絶句した。

「三百万、君に使ったんだろ？　それじゃ君、ボロ儲けじゃないのか？」

「そんな……ほとんど全部店のモノですよ。ぼくらは……ほら、サカナを捕るけど首に縄をかけられて吐かされて、自分じゃ食べられない、そういう水鳥がいるじゃないですか……」

「鵜飼《うか》いの鵜か？」

「そう、それです！　右から左に……」

「それは君だけか？　みんなそうなのか？」

どうやら、廉の職場はかなりのブラックらしい。

「ほかの子は知りませんけど……まあ、みんないろいろ事情があるようですから」

行くところがない、と言っていた菱田廉にだって大いに事情がありそうだ。しかし彼らはその事情を知って雇ったのか？

「ま、いいや。その『ツケのあるお客』を誘ってみてくれ」

判りましたと答えた廉は、スマホを手に取った。

「ああ、ぼくだよ。レンだけど！」

今までとはまったく、発声から違う声を出した廉は、そこから営業用のトークを繰り広げた。

「ユミちゃん、元気にしている？　逢《あ》えなくてごめんね。ぼくね、ちょっとね……そう、ちょっとワケアリでお店休んでるんだ。で、その絡みなんだけど、ユミちゃんにお願いしたいことがあって……お礼はするよもちろん。お店のツケ、ちょっと減らせるようにするから。全額は無理だけど」

廉は軽い口調で喋りながら如月を見た。

「とりあえず、五十くらい」

如月は渋い顔をしたが、仕方なく頷いた。

「じゃあ、明日の夜七時に、あの通りの入口のところに……あ、ぼくは行けないんだよ。ごめんね。いろいろあって……けど、ぼくの代わりに……ちょっといかつい感じのおじさんが……あ、その心配はないよ。君をさらってどこかに売り飛ばすようなヒトじゃないから。そのおじさんとお店に行って……ぼくはいないけど」

行ってくれる？　ありがとね！　助かるよ！　と明るい声を出して、廉は電話を切った。

「如月さん。出来ればもう一人女の子がいた方が……如月さんと若い女の子のカップルだと、絶対に不自然です。年齢差がありすぎるし、店では彼女、ぼく推しだとみんな知ってますし。彼女とその友達に、おじさんがついてきたって感じの方が、たぶん怪しまれないです」

「そのお客さんはどういう子なんだ?」

「ひとことで言うと、メイド服の未成年ゴスロリ女子です。地雷系」

「なんだよその『地雷系』ってのは」

「うっかり触ると爆発、というか。繊細で傷つきやすくて不安定で、クスリをやってたり、強いお酒とクスリを一緒に飲んで意識を失ったり、とにかく予想がつかないんです」

「なんだそれ。面倒だな」

「でもそういう子が、お店ではたくさんお金をつかってくれるので」

如月はどうしようもない世代のギャップを感じて首を振った。

「最近の若い連中は、おれには理解出来ない……」

「コンカフェで接客するぼくたちも、彼女たちにとっては、お酒やクスリと同じようなものなんだと思います。そういう何かに頼らないと、地雷系の子たちは生きていけないっていうか。心がいつも痛くて血を流している感じです。でも、そういう子たちがいないと、メンズコンカフェは立ちゆかないので……なので、もう一人、女の子をなんとか探してください」

僕の推しをもう一人ということもできるけど、それでは女の子どうし、絶対に揉めるから、とレンは言った。

「若い女が二人、友達どうしでコンカフェに行く、という感じでか？」

「あんまり凝った設定は要らないとは思いますけど……」

判ったと頷いた如月は、娘の香里に電話した。

「おれだ。ちょっと頼みがある。判ったよ。欲しいものは買ってやる。なので、おれと一緒にメンズコンカフェってところに行ってほしい。もう一人若い女の子がいて、その子も一緒だ。お前と友達って言うテイで……え？　なんでそんなところに？　まあ、潜入捜査だ。内偵だ。ガサ入れの下見だ。いやいや、荒っぽいことはしない。とりあえず、ただ見に行くだけだから」

如月はあくまでも下手《したて》に出て娘に頼んだ。

「設定としては……そうだな、お前はその友達の代わりに、消費者金融から金を借りてやったというのはどうだ？　何故って？　それは……一緒に行く子が、その店にツケを溜めてる。で、友達思いのお前がその子と一緒に店を見に行くっていう。おい、返事をしろ。もしもーし？」

通話を切られてしまった。

「くそ。アイツ……」

如月は再び電話をかけたが、着拒にでもされてしまったのか「お掛けになった番号は……」のアナウンスが流れるばかりで、全然繋がらなくなった。

わけの判らない頼みをウザいと思った娘に拒絶されてしまったらしい。

何度もかけてみたが、やはり繋がらず、結局如月は諦めた。

「あ〜疲れた。娘と交渉するのは苦手なんだ」

如月はスマホを放り出して、畳に大の字にひっくり返った。

「娘には明日また電話する」

廉はそうですか、とだけ言った。

「腹減ったか？　大丈夫ならお前も寝ろ。今日はいろいろあったし……」

と言っても、この部屋には如月が使っている煎餅布団しかない。ソファもないしマットレスもない。

如月は座布団を並べて、使っていない毛布とタオルケットを押し入れから取り出して、廉に渡してやった。

廉は、丁寧な手つきで座布団の上に毛布を敷いて包み込んだ。

「まあそれでナントカ寝てくれ。今、外に出たら、さっきの連中が捜してるだろうから……しかし……お前は一体、何者だ？」

一年後の世界でも、如月は娘の香里に廉を匿えと言われただけで、正体は聞かされていない。

娘のダチなのかもしれないが……今のこの世界では、廉の近くには、まだ娘はいないようだ。

「なあ、君は一体……」

聞いてみたが、返事はない。寝息だけが聞こえてくる。

その寝顔を眺めていると、如月はふと、何かを思い出しかけた。しかし、その「何か」は記憶の沼の奥深くに沈んでいて、どんなに頑張っても浮上してこなかった……。


翌朝。

如月は近くのコンビニに出向き、おにぎりとおかずがセットになった弁当とカップ味噌汁そのほかを買い込んできて、廉に振る舞った。

それから、香里を電話で叩き起こして、昨夜の続きの頼み事を諦めずに訴えて、ようやくOKを貰った。交換条件は、革ジャンとエンジニアブーツを買ってやること。

「判った。それで手を打とう」

なんとか確約を取り付けた人望のない父親が、明日の夜七時に駅の裏の飲み屋街の入口で、と伝えて電話を切ると、すでに陽《ひ》も高くなっていた。

「仕事に行く気がしねえ」

サボり中学生みたいなことを言っていると、中村から電話が来た。

「もしもし如月さん、どうですかその後？　誰にも襲撃されてませんか」

「ああ生きてるよ！　それは大丈夫だが……いろいろあって勤労意欲が著しく削《そ》がれたから、今日は休む。ヨロシク言っといてくれ！」

　そうして如月は、デザートにカップラーメンを啜りつつ、さらに廉から、コンカフェが入居しているビルの詳しい構造を聞き出した。それを元に、いわば闇カジノ併設とも言うべき、メンズコンカフェの詳細な見取り図を書いた。

「なるほど。カジノの奥にオーナーの部屋があるんだな？　カフェにもあるのか。もしかして、カジノとカフェ、それぞれのオーナーの部屋は繋がってるんじゃないか？　秘密の階段かエレベーターがありそうだぞ」

「いえ、実は、消防署のポールみたいなものがあって、一階のカフェから地下のカジノにはするすると降りていけるんです」

「なんだそれは」

　二人は綿密な計画を練った。

「君と一緒なら話が早いんだが、逃げてきた君を連れてはいけない。大人しくここにいろ」

　ヤキを入れられたくないならな、と如月は念を押した。

「あいつらは、『見せしめ』が好きだ。な？　自分の言うことを聞かせるために、逆らうヤツはひどい目に遭わせる。君も逃げたと言うことで、『見せしめ』の対象になってるだろうから、気をつけろ。ここにいれば一応は安全なはずだ」

夜になった。

如月はまたしてもカップラーメンと弁当を食べて腹を満たし、廉を部屋に残して、出撃した。

飲み屋街の入口で、香里と落ち会う。廉から貰った顔写真で、近くに立っていた廉の客・優美《ゆみ》が判った。髪型はツインテール。耳にはピアスがぎっしり。唇にも小さな銀のボールピアスが刺さっている。白いフリルのメイド服に黒い猫耳のカチューシャ、黒の厚底靴。

「なにあの子。すげえゴスロリ」

呆れたように言う香里に、優美自身は、これは今の歌舞伎町ではありふれた、いわゆる「量産型」のファッションなのだと答えた。

黒と白のメイド服の袖口から覗く優美の手首にはリストカットの痕がたくさん見える。特に隠そうともしていない様子だ。

「どうも、如月です。ごめんね、オッサンで。こいつは娘の香里です。ヨロシク」

自己紹介した如月は、「設定」についてかいつまんで説明した。

「今日のお礼に、あなたが溜めた売り掛けの一部を払います。んで、あくまで設定ですけど、おれじゃなくて、うちの娘があなたの借金を肩代わりしているという設定で……」

「いいよそれで。レンからも頼まれたし」

レンの頼みじゃ断れないし、と優美は頷いた。

三人は、飲み屋街をしばし歩いた。こういう通りは、奥に行けば行くほど、店はディープなサービスを競うフーゾク店になる。「メンズコンカフェ」は女子版「メイドカフェ」から派生したものなので、ディープではない、という一点において「ホストクラブ」と差別化を図っている……と、概要は廉から聞いている。如月にとっては未知の世界だが、ここは「すべて知っているテイ」でいないと、優美や娘の香里、そして店の連中にバカにされるだろう。

その店「私立メフィスト学園アイドル部」は、入口が可愛いらしいしつらえになっていて、ドアはピンクのラメに造花の花がたくさんくっついている。

香里を先頭にして、如月たちは入店した。

店内は、「教室」だった。机と椅子が並び、大きな黒板があって引き戸の向こうは廊下になっている。店の隅にはロッカーまである。

席は半分くらい埋まっていて、お客は如月以外、全員が若い女だ。しかも見た感じ中学生や高校生としか思えない、ローティーンの女の子の方が多い。彼女たちの手許にはソフトドリンクとは思えないドリンクが置かれている。

一方、若い男《キャスト》たちはブレザーを着た私立高校生みたいな扮装だ。如月たちに向かって「おはよう」と一斉に挨拶をしてくる。ただし、校則が緩い設定なのだろう、全員が髪を茶髪か金髪に染めている。中にはレインボーカラーに染めているキャストまでいる。こんな高校生、いるわきゃねえだろ。

そのキャストの中の一人がめざとく優美を見つけ、「あれ、ユミちゃん？　レンは今日、いないけど」と言った。

「知ってる。でも、今日はいいの」

優美はそう答えて、「いいからなんでもじゃんじゃん持ってきて！　ドリンクもフルーツもフードも！」と煽《あお》るように言った。

「ちょ、ユミ、お前ヤバくね？」

同級生という設定だからか、キャストのスタッフが優美にタメ口を利いた。

「そうだよ。優美さん、言いたくないが、あんたが溜めてる売り掛けは……」

奥から店長らしき男（店では教頭先生と呼ばれているらしい）がやってきて、口を挟んだ。

「大丈夫だよ。今日はこのおじさんが払ってくれるし、これまでお店に溜めた分もちょっとは出してくれるって」

「ほう？　それはそれは」

教頭先生は眼を細めて如月を見た。品定めしているような目付きだ。

「では、せっかくだから、その分を先に清算しちゃいましょうか。その方がお互い、気分よく飲めるでしょう？」

ああいいよ、と如月は胸ポケットから財布を出した。それは、競馬で儲けたカネで膨らんでいる。

「取りあえず、五十。今夜の飲食代は帰るときでいいだろ？」

如月は五十万を指にツバをつけて一枚ずつ数えて、教頭先生に渡した。教頭は銀行員のように手早く数えて、「たしかに、五十」と一礼し、店の「男子高校生」に「ってことだから、じゃんじゃんお出しして」と命じた。

昼休みのように小さな机を四つくっつけた席に、華やかな色のついたカクテル、乾き物のオードブルやフルーツが続々運ばれてきた。

「チェキ撮ろう！」

優美は近くのキャストを呼んで、いわゆるインスタントカメラで、キャストと一緒に写真を撮り始めた。

「大丈夫？　アタシも詳しいわけじゃないけど、こういう店は、チェキで儲けてるらしいじゃん？　一枚の値段がびっくりするほど高いんだよ」

香里の指摘に如月は指で近くのキャストを呼ぶと、「アレ、一枚幾らなの？」と訊いた。

「当店では、一枚二千円になります」

見ると、優美はもう二十枚も以上撮りまくっている。

「なるほど、こういうことか。数百万のツケが出来るはずだよな」

香里は、初対面の優美が、タガが外れたようにチェキを撮りドリンクを飲み、フードを頼みまくる様子に呆れ果てている。

「何あれ？　信じらんない」

「まあ、お前も頼め。カネはある」

如月はしばらく「豪遊」を二人にさせ、自分は薄くて甘くてマズいカクテルを口にしつつ、店内を仔細《しさい》に観察した。

廉が言う通り、闇カジノには、カフェからは直接行けない感じだ。店の奥の「消防士のポール」を使えばいけるのだろうが。いや、そもそもこのメンズコンカフェに来た客は、カジノとは客層が違うだろう……。

そう思いつつ、如月はキャストをチェキで撮りまくっている優美に声をかけた。

「お楽しみのところ悪いけど、あのさ、この下にカジノって、あるだろ？」

そう訊くと、優美は当たり前のように「あるよ！」と答えた。

「キャストに勧められてちょっとやってみたけど、アタシ、ギャンブルってあんまり好きじゃないし、全然勝てないから止めちゃった」

なるほど、と如月はニンマリした。廉の情報は正しかった。

「カジノはこの建物の何処《どこ》にある？」

「地下だよ。キャストに言えば案内してくれるよ」

「一見《いちげん》さんでも大丈夫かな？」

「アタシのツレって言えば大丈夫。だいたいアタシが幾らこの店に注ぎ込んでると思ってるの？」

初対面の時はおどおどした内気そうな女の子だったのに、今では蓮《はす》っ葉《ぱ》な女にしか見えない。まあ、この店ではそれだけの顔なのだろう。だからこそ如月は彼女のお出ましを願ったのだ。

如月は「ちょっとちょっと」と近くのキャストを指で呼んだ。

「ここのカジノで遊びたいんだけどな」

キャストは数秒、如月を見て、やがて頷いた。

「そうだろうと思ってました。男性がこのカフェに来ても面白くないでしょうし。

特にご年配だと」

「おい。おれはまだ四十代だ。ご年配じゃねえだろ！」

「失礼致しました」

髪を茶髪にしたキャストは、深々と頭を下げた。その馬鹿丁寧で慇懃《いんぎん》なお辞儀の仕草は男子高校生というより、英国の貴族に仕える執事のようだ。前の職場は執事カフェか。

「実は、カフェのお客さまで、ギャンブルに目覚められる方も結構多くて……」

そう言われた如月は、優美を見た。推しメンの廉がいないのに、他のキャストとお喋りしてチェキを撮り、飲み食いしている。

「では、ボクがご案内します」

席を立った如月は、香里に耳打ちした。

「あの女が馬鹿みたいにカネを使わないよう、見張っててくれ。放っとくと今晩だけで一千万位使っちまいそうだ」

判った、と香里はブスッと返事した。

「アタシはさあ、こういう店、好きじゃないんだけど」

まあまあそう言うな、と香里を宥《なだ》めて、如月はキャストに案内されるまま、いったん店を出た。そこから少し歩いて同じ建物の反対側にある階段を下りる。

「お客様をお連れしました。優美様のお連れの方です」

階段を下りたところにはのぞき窓のあるドアがある。昔のアメリカ映画に出てくる「スピークイージー」、禁酒法時代の秘密酒場のような雰囲気だ。のぞき窓からこちらを覗き返す目があって、ドアが開くのもスピークイージーそのままだ。

「どうぞ。ごゆっくり」

そこまででキャストは帰り、如月は中に入った。

中は、ラスベガス、あるいは豪華客船のカジノのようだった。如月は行ったことも乗ったこともないが、テレビで見たことはある。

スロットマシンにルーレット、大きなカードテーブルにビリヤード台もある。傍らにはバーカウンターがあって、酒を出している。完全な洋風の賭博場だ。ボーイ達も、蝶ネクタイに黒のベストに黒ズボンで決めている。

その一人に訊いた。

「和式の博打はないのか？　チンチロリンとか花札とか丁半とか」

「ございます」

「そっちの方が性に合う。どこだ？」

こちらでございますと店の奥に案内された。ドアの先が上がりがまちになっていて襖《ふすま》がある。旅館の玄関か。靴を脱いで襖を開けると、そこが丁半の場だった。

「おお、本式だな。ちょっと遊ばせてもらうぞ」

そこからしばらく、如月は丁半博打に興じた。

しかし……博打好きの自分がどうして今までこの店の存在を知らなかったのだろう。たぶんメンズコンカフェ絡みということで、自分の情報網に引っかからなかったのだろう。

「情報網を再検討しなきゃな」

そう思ったが少し勝ったので、金に換えてカフェに戻ると……残してきた二人、香里とユミが揉めていた。

「おい親父。このバカ女になんとか言ってやれよ。あんたがスポンサーだからって、ヘネシーを入れてシャンペンも二本頼んじゃったし、大変だよ。ホストクラブより安いっていうけど、コイツ、羽目を外しすぎだよ」

香里に文句を言われているところに、教頭先生がにこやかに近づいてきた。

「下ではお勝ちになったようで、幸いでございます。つきましては、この辺で中〆《なかじめ》させて戴ければと」

教頭先生が手にした請求書には、八十九万という数字が書いてある。

「お支払い戴けますよね？　カードだと一割増しを申し受けます」

にこやかな教頭先生だが、目が笑っていない。鋭い目付きで如月を睨んでいる。

「いい数字だな」

「それはもう、お連れ様が派手にお遊びになりましたので」

「この店では、みんなこれくらい散財するのか？」

如月の見たところ、たしかに優美はチェキを撮りまくり、高い酒をボトルキープしてシャンペンを飲みまくっている。他の客は、さすがにオーダーはもっと控えめで、キャストとのお喋りを楽しんでいるようだ。

「こちらのお連れ様が代金をお支払いになる、ということですよね？」

如月は顔色の悪い香里を見て、教頭先生に視線を戻した。

「こいつはおれの娘なんだが、なかなか友達思いのいいやつでな。友達が困ってるのを見て、この店のツケを肩代わりしてやるっていうんだ。まあそれはいいだろう。娘の金はおれのカネだ。おれが納得すれば、出す」

如月はそう言って財布を取り出した。下の丁半賭博でちょっと勝ったから、中身の札束は増えている。

「九十あるぜ。釣りはとっときな」

綺麗に払ったところで、如月はガラリと口調を変えた。

「ところで、うちの娘も、その友達も未成年だぞ？　幾ら客だからって、てめえの意志でカネ使ってるからって、てめえ、ガキに借金背負わせていいと思っているのか、アアッ？」

腹の底からドスの利いた声を出し、いきなり圧をかけた。

教頭先生が近くのキャストに目配せし、そのキャストは素早く店の奥に消えた。

と、すぐに、黒ずくめでガタイのいい、文字通りの「黒服」が三人、やって来た。

「お客さん、ここではナンですから、ちょっとお店の外にお願いできますか？」

言葉は丁寧だが、有無を言わさぬ口調だ。

黒服三人は問答無用とばかり、如月を店内から排除しにかかった。手は使わない。店側が先に手を出した、という実績をつくりたくないのだろう。野球選手が審判に抗議するように胸を使って押し出してくる。香里と優美は後回しにして、まずは如月を排除しようという魂胆だ。

「おい、貴様らどういうつもりだ？　こっちは金払ってるんだぞ。それも金払いのいい太客だぞ？」

「お客様、どうかお静かに。ほかのお客様のご迷惑になりますので」

言葉は丁寧だが断固とした態度だ。ここは一応、抵抗せずに従うことにして、如月は言われるままに店を出た。

だが、出たところで如月は豹変《ひょうへん》した。

まず黒服の一人の腕を捻り上げる。この男は合気道の心得があるらしく、咄嗟《とっさ》に自分のカラダを回転させてひねりを解消し、その勢いで、如月の腕を逆にねじ上げようとしてきた。

しかし如月は力業で無理やりひねり返し、その瞬間、グギッと嫌な音が鳴った。男の肩の関節が外れたのだ。

「ぎゃああ！」

男は肩を押さえて蹲《うずくま》った。ほかの二人がすかさず飛びかかってきたが、一人は腹を蹴られ、もう一人は如月の拳が顎に命中して、一瞬にして撃沈した。

「おいこら、おれを舐めるなよ」

如月は自分は刑事だとは口にせず、雰囲気で地場のヤクザのフリをした。

そこで店のドアが中から開き、教頭いや、店長が外を覗いた。黒服三人が倒れているのを見た店長は逆上した。

「おいあんた。こんなことして、タダで済むと思うなよ」

「思ってねえから九十万、耳を揃えて払ったろ？　バカかお前」

「どこの組のものか知らないが」

店長はなんとかマウントを取ろうとして声を荒げた。

「この店を舐めるんじゃないぞ。うちは西多摩署の地域課とも、生活安全課とも仲良くやってるんだ。それだけじゃない。もっと上のレベルのバックもあるんだぞ。

お前、何様のつもりだ？　今どきヤクザが威張れる時代じゃないだろ」

「たしかにな」

如月はニヤリとした。

如月はメンズコンカフェのような新しい業態には疎い。メンズコンカフェ側も歌舞伎町から西多摩に移ってきたばかりなので、地元の名物刑事・如月のことは知らないのだ。

「ま、今日のところはこれくらいにしといてやる。おい、帰るぞ！」

如月は店の中に声をかけ、香里と優美を呼び出した。

「優美さんはまだ遊びたいなら、残ってもらって結構。ただしここからは別会計で、自腹でお願いしますよ」

如月は自分の娘を回収して、帰途についた。

「おかげで大収穫だ。行けるぞ！」

「それはいいけど、あの優美って子、見た目と中味は大違いだね」

香里はうんざり顔で言った。

「まあお前は見た目と中味が一致してるがな」

「言ってろよ。だけど、あの子を見てて思った。『ハマる』ってああいう事を言うんだろうなあって。お金なんかないくせに、ツケでどんどん使っちゃうのは中毒だよ。クスリの代わりがホストとかキャストってだけ。コンカフェは単価が安いからノリでお金を使いまくって、あとで総額を見て愕然とするってやつ」

「愕然とすればまだなんとかなるんだろうが、そんなのちょっとカラダを売ればどうとでもなる、と甘く見ると借金ジャンキーに変身しちまうんだろうな。もちろん、店の側の『悪魔の囁き』もあると思うが」

そこまで話した如月は、そうそうと思い出してスマホを取り出し、中村右近に電話した。

「ああおれだ。今日は無断欠勤して悪かったな。え？ 誰もおれに期待してないって？ そんな寂しいこと言うなよ。でな、明日の朝、『私立メフィスト学園』のガサ入れを課長に談判したい。オーナーで半グレの飯田哲郎もパクりたい。ああ。『西多摩会』の幹部だ。だもんで、必要な段取りをいろいろと準備しておいてほしい。同じビルで闇カジノを開帳している証拠も掴んだ。メインが飯田の逮捕だけなら、その場合、必ずしも家宅捜索令状は要らんよな？」

『如月さん。その飯田哲郎ですが、如月さんは先日、「なんかでしくじって地元にいられなくなったが、飛んだ先の新宿歌舞伎町で太い金ヅルを見つけたらしい」って言ってましたが、どうやら飯田は歌舞伎町でホストをやって、客からあくどく金を吸い上げていたようですよ。それを元手にホストを引退した後、歌舞伎町で違法カジノをやってたんじゃないかと』

「そうか。飯田がホストをやってたっていう店を突き止めてくれ。いや、昔の話だからすぐには判らんか。出来れば、その時代の同僚とかも調べられればいいんだがな」

いきなり二つも宿題を出された中村は絶句したまま通話を切った。

それから如月は自宅に戻った。

「留守中、何もなかったか？」と声をかけつつアパートのドアを開けると、部屋には菱田廉の姿はなかった。書き置きもない。

廉は、忽然《こつぜん》と消えてしまった。

＊

翌日。

珍しく始業前に西多摩署に出勤した如月は、鑑識に寄ってから刑事組織犯罪対策課に入ると、その足で岸和田課長に迫った。

「課長！　折り入ってお話が……ちょっとこちらに」

岸和田課長を廊下に連れ出した如月は、上司の肩を抱いて耳元で囁いた。

「ガサ入れやりましょう！　情報が漏れる前に、ソッコーで！」

「おいおい、いきなりナニを言うんだ？」

岸和田課長はメタルフレームの眼鏡を持ち上げて鼻の付け根を揉んだ。構わず続ける如月。

「違法賭博です。昨夜自分が確認しました。賭博場は昼もやってます。これからすぐ踏み込みましょう。これ、やってるトコをその場で押さえれば現行犯でイケますから、令状も要らない」

ね！　と如月はダメ押しをした。

「西多摩市の駅裏通りの、『私立メフィスト学園』というメンズコンカフェの地下です。最近開店したということで、ウチはまだ実態を把握してなかったと思われます」

「しかしなあ……如月君、証拠といえば、君の独自の……内偵？　内偵だけだろ？　しかも君が勝手に行っただけという」

組織決定していない内偵は内偵と言えるのか、と岸和田課長はうじうじと逡巡している。

「ナニ言ってるんですか！　やるしかないですよ課長！　それに、これはおれのカンですが、ついでにいくつかの事件も一気に解決に持って行けそうな感触が大いにありますよ」

　如月がそういうと、課長はやや乗り気になった。

「そうか？」

「そうですよ。未解決のまま溜まっている難事件や、お宮入りしちまった事件をここで一気に解決に持ち込めば、課長の株も一気上昇疑いナシ。警視庁《ホンチョウ》の管理官とか刑事官も夢じゃないですよ！」

「そうかね？」

　岸和田課長の目の色が変わった。

「中村に概略を書かせてるんで、それをお渡しします」

「見てみよう」

　岸和田課長は如月の勢いに呑まれ、その日の午後、西多摩署は「私立メフィスト学園」地下の闇カジノへの家宅捜索、および責任者の逮捕に踏み切った。

　オーナーの飯田哲郎、そして店長の柏木保《かしわぎたもつ》は、刑法第百八十六条第二項　賭博場開張等図利の容疑で逮捕された。

「よう、久しぶり」

　取調室に現れた如月は、店のオーナー・飯田と対面した。如月はこの飯田とは面識がある。飯田は反社なのだから、如月がカバーする世界にいる。

飯田は色の濃いレイバンのサングラスをかけ、単髪で顎髭、服装は普段着のポロシャツで、鼻が潰れたボクサー顔だ。こんな顔で歌舞伎町では人気ホストだったというのが解せないが、顔を補う魅力があるのだろう。

「如月さんよ。あんた、ゆうべウチの店に来たらしいな。アレは潜入捜査だったのか？　店長に訊いたら、ウチの常連で金遣いの荒い女を連れてきてたってな」

「ああ。遊ばせてもらった。刑法第百八十六条第二項の現行犯で、その場で現行犯逮捕してもよかったんだが、まあこういうことはいきなりというのも、と思ってな」

「いやいや、それを言うなら、最初は警告を出して、闇カジノは閉鎖しろと行政指導をして、それでも改まらなかったら摘発という手順を踏むんじゃないのか？」

これが正論だ、と不満そうな飯田の言い分を、だが如月は即座に否定した。

「違うね。お前は警告を出しても改めないだろ？　言を左右にして闇カジノは営業を続けるか、表向き閉鎖しても常連客だけこっそり入れたりするだろ？　でもって、おれたちが警告を繰り返してる間に大儲けだ。お前らの手口は全部お見通しなんだよ」

「じゃあどうしてウチだけ挙げる？　ノミ屋なんか他にも山ほどあるだろ。アンタだって刑事のくせにノミ屋を使ってるって噂を聞いたぜ？」

「言わせておけ」

　そう吐き棄てた如月は、ここで飯田の顔を覗き込んだ。

「ところでお前、ズバリ訊くが……これまでの遺恨かなんかで、おれを狙ってたりするか？」

「それなら、今、殺意が芽生えた」

　飯田はそう言って鋭い視線で如月を睨みつけた。

「殺意は芽生えたが、実行はしない。するわけがねえ。オマワリを殺していいことなんかねえ。仲よくする方がよっぽど利益を生む」

「そうか。そうだろうな」

　如月は妙に納得した。

「ところでな、お前、十七年前に、新宿でホストやってたろ？　そんなご面相で、かなり女を泣かせてカネをふんだくってたそうじゃねえか」

「なんだよ、いきなり。そんなの時効だろ？」

　そもそも犯罪じゃねえし、と飯田は嘯《うそぶ》いた。

「いや、話はその件じゃないんだ。お前の十七年前のことはどうでもいい」

　如月はタバコを咥えて飯田にも一本差し出した。

「取調室は禁煙だろ？」

「おれが吸うからいいんだ」

如月はポケット灰皿を出した。

「で、だ。その時代、お前のライバルのホスト、いなかったか？　太客を抱え込んでる羽振りのイイヤツ。客の女の恨みを買ってそうなやつ」

「そういうのは結構いたからなあ。客を泣かせるのがホスト冥利ってところもあったし」

飯田も紫煙を吐き出しながら言った。

「だったらその時代の仲間で、行方不明になったヤツとか悪い噂を聞いたヤツとか……」

「そんなのばっかりだぜ？　あの頃の仲間で今でも連絡取ってるヤツなんかいねぇよ」

「そうだろうな。愚問だった」

二人揃ってタバコを吸っていると、中村が入ってきて「ちょっと」と如月を呼んだ。

「十七年前に多摩川の河原で遺体で見つかった男ですが、正式にはまだ身元不明ですが、この男ではないかと如月さんが推測していた人物がいましたよね？」

「ああ、顔写真でしか判断出来ていないが」

「新宿でホストをしていた男、と如月さんは言っていましたが、それは内場憲一《うちばけんいち》、三十四歳、じゃないですか？ 仮に内場憲一とするならば、十七年前の同時期に、あの飯田と内場は新宿歌舞伎町のホストクラブ『愛の園』に在籍していました。税務署の納税記録と東京都公安委員会に風営法関係の届出書類が残っていたので、追えました」

「でかしたぞ、中村右近！」

中村は、捜査記録から取り出した遺体の顔写真と、申請書類からコピーした写真を並べて見せた。

「似てるな。ほぼ同一人物と言ってもいいだろう」

如月は十七年前、殺人事件の被害者の身元を、この内場憲一ではないかと、ほぼ特定していた。遺体の顔が不思議なほどきれいなまま残っていたことが幸いした。生前、どんな美男美女であっても、遺体となってしまうと面変わりして、ほとんど別人のようになってしまうことが多いのだ。

捜査本部は縮小、事実上の捜査中断だったが、如月は暇を見ては聞き込みを続け、身元不明の被害者が新宿でホストをしていたらしい、というところまでは突き止めていた。しかし「謎の太客」の存在が浮かんだところで、捜査本部の解散が告げられてしまったのだ。

人物の特定に使えるのは顔写真と歯形のみ。指紋やＤＮＡなどは残っていない。

「飯田に聞いてみる。中村、よくやった！」

コワモテで扱いにくい先輩に褒められた中村は素直に嬉しそうな顔になった。

その時、如月のスマホが振動した。鑑識から連絡が入ったのだ。

今日、彼はまず鑑識に寄って、行方をくらました菱田廉が昨夜使ったグラスを預けておいたのだった。グラスに付着した指紋や唾液を調べてもらうためだ、
その結果が出た、という。

「如月さん。大変なことが判りましたよ！」

係官の声はうわずっている。

「この唾液と唇の微量の皮膚、そして指紋から、この人物は、三年前の例の『一家惨殺事件』で現場に残されていた『誰のものか判らない』指紋と、ＤＮＡが一致したんです！」

「すぐ行く！」

如月は階段を駆け上がって鑑識課に飛び込んだ。照合された指紋とＤＮＡを見比べる。

「指紋は、殺された三人以外のものも幾つか出ていましたが、肉親や親戚のものを除外すると、ただ一種だけ持ち主が不明でした。食器やカトラリー、歯ブラシから

検出されたDNAも同様に、持ち主不明のものが一つだけ残りましたが……その『謎の指紋』と、見事に完全一致です！」

如月も顕微鏡を覗かせてもらおうとしたが、鑑識課員はスイッチひとつでパソコンのモニターに顕微鏡の画像を拡大表示させた。

「コンピューターでも照合の結果は同じです」

如月は、その結果に大きく頷いた。

「如月さん。このグラスに残された指紋の持ち主は、誰なんです？」

眼鏡で小太りの鑑識課員は興奮して訊いてきた。

「うん……どう説明すればいいか……実はおれも、こいつの正体は知らないんだ」

しかし、如月は、大きな事実に気がついて、全身に鳥肌が立つのが判った。

似ているのだ。殺された内場憲一と菱田廉が。

如月が廉に初めて会ったとき、初対面ではないと感じ、どこかで会ったことがあるのでは、と引っかかっていたのだが、いつどこで会ったのかまったく思い出せなかったのだ。

しかし思い出せなかった理由が判った。

誰だか判らない死体に似ているとは、普通は思わない！

如月は取調室に飛んで帰り、興奮したまま、その事実を飯田にぶつけた。

「十七年前に、おれはお前に訊いたよな？」

「なんのことをだ？」

「お前の同僚に内場って言う男がいなかったかって」

そう言って如月は飯田の前にドカッと座った。

「十七年前の続きを始めようぜ。あの時、お前から聞きだそうとして聞き出せなかったことがある」

如月はそう言って、中村から受け取った二枚の写真を並べた。

「これが、誰だか判るよな？」

写真に見入った飯田は、大きく息を吸い込んで、頷いた。

「ああ、判る」

「名前を思い出せるか？」

「ケンだよ。店はそう呼ばれていた。本名は知らないよ。ケンとしか」

「本名は内場憲一。店で使う源氏名はケンだったんだな？」

そうだ、と飯田は頷いた。

「どんな男だった？」

「まあ、いい顔でスマートで、女あしらいが巧い、生まれながらのホストって感じのヤツだったたな。無責任でカネが大好きで遊び好きってのも、ホスト……特にあの頃のホストの典型って感じだな」

如月は、自分の捜査ノートを開いて、改めて確認した。

「その辺は十七年前に訊いたのと同じ答えだな」

「そりゃそうだろ。話を作る必要もないんだから」

「でだ。十七年前のメモには、そのケンが、凄《すげ》え太客を捕まえてたとか書いてあるんだが」

「ああ、羨ましかったし嫉妬したし、横取りしたいと思ってたから、よく覚えてる」

十七年前、事情聴取がこのくだりに差し掛かったところで、捜査本部は解散となったのだ。なにかの「圧」は確かに感じたが、どの筋からの圧力なのかが判らなかった。

「アイツのエースだった客は、とにかく金払いがよかった。店だけじゃない。アイツにも外車を買ってやったりして、気前よくカネを注ぎ込んでいた。正体不明の女だったが、恐ろしいほどのカネを使うのは絶対にヤバい筋だと腰が引けたし、あわよくばおれがたらし込めれば、とか思ったりもしたんだが……しかも、それなりにイイ女で、金持ちのオバチャンではなくてまだ若い女だった。だから正体不明とはいっても、いろいろと噂はあった。めちゃくちゃ名の知れたヤクザの女だとか、与党幹部政治家の愛人ではないのかとか、いや、超大物資産家の二号だろうとか……とにかくカタギの女のわけがないだろ？　なんせ一晩で一千万近いカネを使うこともあったんだぜ？」

「超大物映画スターとか超大物歌舞伎役者とか超大物歌手みたいな遊び方だな」

「どっちにしてもマトモじゃねえ。触るな危険って女だろ」

「それでお前、その女の正体は知ってるのか？」

モチロン！　と言おうとした飯田の顔が、フリーズした。

いきなりぶんぶん、とかぶりを振った。

「言えねえよ。それは言えねえ。今までだって誰にも言ってねえ。言ったらおれも殺される。そんなヤバい女をあいつは、ケンは……あろうことか脅してたんだ。お前がこうしてオトコを作って遊んでるのをチクってやるぞ、バラされたくなかったらカネ寄越せ、みたいな。バカだろ？　無謀だろ？　結局自分がバラされちまったんだから世話ねえや」

「お前は、その『ヤバい筋の女』がケンこと内場憲一を殺したと言うんだな？」

「少なくとも、おれはそう信じてるがな」

飯田はそう言って、何故かふんぞり返った。

「如月さんよ。おれをパクったのは、この件か？　闇カジノは別件逮捕か？」

「さあね」

如月は飯田をケムに巻いておいた。

しかし……そうなると、姿を消した菱田廉を早く見つけ出さねばならない。

今まで彼が何者か判らなくて、どう扱っていいものか判断に困っていたのだ。

しかしこれで、方向は定まった。


闇カジノ関係者の取り調べは中村に任せ、勝手に早退した如月は、廉を探しに出かけた。

心当たりは、ない。ただ、彼に帰る場所はないだろう。強いて言えば「私立メフィスト学園」だが、そこが嫌で逃げ出したのだから、帰るわけにはいくまい。

比較的安全な如月の部屋を出たとしても、行く当てがなければ、まだ周辺に隠れているのではないのか？

如月のアパートからそう遠くないところに、多摩川に架かる中央線の鉄橋がある。おれならそこに行くな、と思った如月がそこに行ってみると、あっけなく廉は見つかった。

「すみません。お礼もしないで黙って逃げ出して」

廉は、どこか安堵したような様子で言った。

「どうしておれの部屋から出たんだ？」

「ご迷惑になると思ったので。ぼくは子供の頃から、人に迷惑ばかりかけてきたんです」

「それは君の思い込みだろ。どうしてそう卑下しちゃうんだ？」

まあいいから帰ろう、と如月は彼を諭して、自室に連れ帰った。

そういえば、元の世界の彼、一年後に如月自身が保護した菱田廉はどうなったのだろう？　と如月は思った。元の世界では、おれが殺されてしまったのだから、廉がアパートで幾ら待っても帰ってこないはずなのだ……。

「一日どうしてた？　腹減ったろ？　インスタントラーメンなら作れるが、なにか出前取るか？　ウーバーイーツでもいいぞ。使ったことはないが」

廉は遠慮せず、部屋にあったそば屋の出前メニューからカツ丼と盛りそばのセットを選んだ。如月も同じものを頼んだ。

「今日な、君に関して、いろんな事が判った。君が話してくれないから、悪いが、いろいろ調べさせてもらった」

如月はインスタントコーヒーを淹れてカップを廉に差し出した。

コーヒーは口に合わないのか、廉は唇を濡らしただけだった。

「ズバリ訊くよ？　君は……三年前に殺された田口さん一家を知ってるよね？」

カップを置いた廉は、こくりと頷いた。

「惨劇の舞台となった田口さんの家には、家族以外の指紋も数多く残されていた。その中で家族並みに多くの指紋を遺《のこ》していた人物が一人いた。しかし、田口家に残された遺体は三体。それが田口さん一家全員だと断定された。おれが知りたいのは、指紋を残したあと一人は誰なんだ、という事。家族同様に田口さんたちと一緒に暮らしていたが、おそらく事件の直前、まるで襲撃を察知していたかのように姿を消して、難を逃れたのは誰だ、ということだ」

如月は廉をじっと見たが、その視線は取り調べをする時の、相手を射貫くような鋭いものではない。

「昨日の夜、君が使ったグラスの指紋を調べさせてもらった」

それに一瞬、ドキッとした顔になった廉だが、その動揺はすぐ消えた。

「田口さん一家とずっと一緒に暮らしていた人物が、君だな？」

廉は観念したようにうなずいた。

「田口さんのところにはどれくらいいたの？」

「五年くらい、面倒を見てもらっていました。家族同様に迎えてもらって。でも、田口さんは危険を察知していて……事件のちょうど前日に、『危険だから、一度、ここを出た方がいい』と言われました……」

「君と田口さんは、どういう関係だったんだ？」

ズバリと訊かれた廉は、すぐには答えられない。

如月も無理に話させようとはせず、彼としては例外的に辛抱強く待った。

廉は、何度も口を開こうとするのだが、声にならない。

ややあって、ようやく絞り出すように言った。

「……ぼくが、全部、悪いんです」

「うん。でもそれは話を聞かないと判らないよ」

「何もかもぼくのせいで……」

そこまで言って、廉はまた貝のように口を閉じてしまった。仕方なく如月は言った。

「君にこういう事を言うのはおれも心苦しいんだけどな、君は田口さんの世話になっていたんだろう？　その田口さんは、ひどい殺され方をしていてな……奥さんのアンナさんもそうだ。田口さん夫婦の一人娘もな。みんなリビングで殺されてた。それも、こんなことは言いたくないが……全員に拷問されたような痕があってな……特に理沙ちゃんは、じわじわと殺されたようなんだ。手首や首筋を切られたら、じわじわと出血していくだろう？　何処かで止血すれば助かるんだが、そうはならなかった。理沙ちゃんも、田口さん夫婦も、犯人が知りたいことを言わなかったのか……」

　リビングは血の海だった、と如月は語った。

「田口さん夫婦の手には防御創があった。犯人に抵抗したって事だ。理沙ちゃんは首を紐で絞められての窒息死。なんとか自白させようとして、じわじわと……」

「止めて！……もう、止めてください！」

　廉は悲鳴をあげ、口を押さえて激しく肩を上下させた。口に当てた手の指の隙間から嘔吐《おうと》物を溢れさせ、床に倒れた。如月は、廉がのたうち回り、吐くものがなくなるまで黙って見ていた。どうせ掃除するのは一回だ。荒療治ではあるが、こうでもして追い込まなければ、廉の口を開かせることはできないだろう。

「理沙ちゃんは……とても可愛くて優しい子で……ピアノを弾いたりお絵描きをするのが大好きでした。ぼくにもとてもなついてくれていたのに……何も悪いことをしていない理沙ちゃんが、そんなひどい目に遭わされて殺されていたなんて……嗚《あ》呼《あ》、何もかもみんな、ぼくのせいだ」

　廉は激しく嗚咽《おえつ》して、泣きじゃくった。

「すまん。悪かった。だけど、ここまで言わないと君は、ずっと自分の中の闇を抱えたままだろう？　それじゃあ困るんだ。君の話からいろんな事が判ってくるはずなんだよ」

如月はそう言いながらスポーツ新聞をくしゃくしゃに丸め、嘔吐物で汚れた畳を拭った。

「すみません……ぼくがお話ししなければいけませんね。本当のことを言います」

如月が水の入ったコップを渡してやると、廉はゴクゴクと一気に飲み干した。

「田口さんは……ぼくの親代わりになってくれた人です」

如月はしばらく廉の顔を見て、言葉を探した。

「君の、本当の両親は？」

「……父親は、知りません。生きてるのか死んでるのか、どういう人だったのか、まったく判らないんです。真のお母様、いえ、母がまったく教えてくれなかったので」

廉は淡々と答えた。

「教えてくれない、という事は、話したくないことなのでしょうし」

「君はずいぶん聞き分けがいいんだな」

「いいえ、聞き分けがいいと言うより、聞いてはいけないことなんだ、と子どもながらに判っていたんです。自分がほかの人とは違う環境で育てられた、ということも、田口さんの家に行くまでは判りませんでした。真のお母様、いえ、ぼくの……母に当たるひとも、かなり普通とは違っていて。それを見兼ねた田口さんが、ぼくを引き取って一緒に暮らそうと言ってくれたんです。なのに……いえ、そんなことをしたばっかりに、田口さんは、あんなことに……みんな、いい人だったのに」

田口さん夫妻のみならず、理沙ちゃんまでが殺されてしまった、理沙ちゃんは何も悪いことをしていないのに、と廉は再び涙を零《こぼ》した。見開いた目から、次々と涙がこぼれ落ちる。

「あのね、田口さんは、どういう経緯で君を引き受けようとしたのかな？　事件当時、おれも捜査に加わっていた。公にはされなかったけれど、田口さんは、ある宗教の熱心な信者だったことは知っているよ。しかしある時から考えを変えて、脱会したという事も」

廉は苦しそうに頷いたが、俯向いてしまい、しばらく言葉が出なかった。

「全部、ぼくのせいです。ぼくは生まれてくるべきじゃなかったんです。生まれたこと自体が間違いなんです。ぼくが、みんなの幸せを壊している……何もかも」

絞り出すように言うと、廉は再び泣き崩れた。如月は困ったが、仕方なく少年をハグしてやり、およそ柄ではないが、まるで本物の父親のように背中をとんとんと叩いて安心させ、廉がふたたび話し始めるまで、待つことにした。

「母は……特別な人です。ぼくがそう言うのもおかしいかもしれませんが……この西多摩にも、大きな施設がある宗教。母はその教祖の、奥さんなんです」

如月は、『たましいのふれあい教会』の名前が口から出そうになったが、我慢した。

「正確には二番目の妻です。最初の奥さんは病気で亡くなったそうです」

「その宗教というのは、『たましいのふれあい教会』で、いいんだね？　君のお母さんは、教祖の配偶者……すると君は、教祖の跡継ぎじゃないのか？」

如月はそう言ってしまい、廉は力なく首を振った。

「教祖様はご高齢で、とてもじゃないけれど子供を作る力は無いと、誰もが知っています。もう二十年くらい前から寝たきりに近い状態で……今も、生きてるのかどうか定かではありません。だから、ぼくは教祖様の子供ではないんです」

「でも君のお母さんは教祖様の妻なんだよな？　教祖様が寝たきりなら、教団の実権を握って、君を後継者に据えたりも出来るんじゃないのか？」

「それは無理です。母は教祖様の再婚した奥さんだし、それにぼくは、教祖様の実子ではないと見做されているので……教祖様とは無関係の、むしろ教祖様を裏切った結果の、罪を背負った、存在してはいけない存在と見る人たちもいるんです」

如月にも、そのニュアンスは判った。若い後妻による不倫の生きた証拠。後妻を快く思わない信者たちにとって、廉の存在は格好の攻撃材料になるだろう。

「ぼくはずっと、西多摩の山の中にある教団の施設の中で、ほとんど外の世界を知らないまま育ちました。学校には行っていません。たぶん、法的にも、ぼくはこの世に存在していないはずです。読み書きや歴史地理、算数とか理科とか、そして外の世界の仕組みとかについて、すべて教団の人たちが、個人教授みたいな形で教えてくれました」

戸籍がないという意味か……。事態は如月が想像していた以上に深刻で複雑だ。

「その、君の教育係の一人が、田口さんだった？」

廉は頷いた。

「それで……育ち盛りの子供の君が施設の中で『完全監禁生活』を送っているのを不憫《ふびん》に思った教育係の田口さんが、自宅に君を引き取るという話になった……？」

ならば問題はないはずだ。それが関係者全員の合意の上でのことであれば。

「田口さんは、母と対立したらしいんです。母はあくまでぼくを施設の中に置いておきたかった。存在を隠したまま、それでも自分の手元に置きたかったのだと思います。しかし田口さんは『それは一人の人間の飼い殺しだ』『この子はとても頭がいい。才能を伸ばしてあげたい』と言って……田口さんの他にもそういう考えを持つ人がいたのですが、いつの間にかぼくの周りにはいなくなっていて……でも、田口さんだけはずっと僕のそばにいてくれたんです。最初はぼくの育て方の方針の違いだけだったのが、次第にいろんな事で、信仰の教えの面でも考え方が違うようになってきて……田口さんはぼくと一緒に教団を脱会した、と聞かされています」

「よく脱会できたね。というか、そこまで君に執着していた君の母親が、よく君を手放したね」

「ぼくが何回か体調を崩すことがあって……毒を盛られていたと思います。教団の中にぼくを消してしまいたい人たちがいるんです。田口さんが母を説得してくれました。ここはぼくを連れて自分が脱会したほうがいい。ぼくの安全のためにも、教団を一度離れるべきだと」

「それでも問題は解決しなかったんだね？」

如月が静かに訊くと、廉は頷いた。

「田口さんは、教団がぼくを連れ戻そうとしているのを察知して、事前にぼくを逃がしました。たぶん教団の一部の人たちがぼくを葬り去ろうとしていると考えたのだと思います。ぼくは言う通りにしましたが、でも凄く気になって、翌日、こっそりと田口さんの家に戻ってみたんです。そうしたら……」

たぶん、見てはいけないものを見てしまった、と廉は言った。

「……怖くなってまた逃げたぼくは、そのあと、田口さんに貰ったお金を使って、日本のあちこちに身を隠していました。そして、ニュースで、ぼくが逃げたあと田口さん一家に何があったのかを詳しく知って、ますます怖くなりました……ごめんなさい。名乗り出なくてはいけない、という気持ちはあったんです。でも、怖くて出来ませんでした。そのうちにお金もなくなったので、こっそりと東京に戻りました。この街に戻ってきて、声をかけられました。住むところを用意してくれるというので、あのメンズコンカフェに潜り込んだんです。年齢を偽って」

「しかし……君は知識としてしか世間を知らなかったんだから、いきなり水商売をやって、大変だっただろう？」

はい、と廉は素直に頷いた。

「若い女性と話をすること自体、初めてでしたから」

「でも君は美形だから、お客の女の子の方から話しかけてくるんだよね？」

「それは、本当に助かりました」

女は美人が得をする。男だってイケメンは得をする。

「だけど、ぼくは、ただ生きているだけ、というわけにはいかないとも思っています。だって、田口さん一家は、ぼくのせいで殺されたんです。田口さんたちが酷い殺され方をしたのは、ぼくの行方を聞き出そうとしたからです。連中は、ぼくを探しているんです。連れ戻そうとしているのか、それともぼくをこの世から消そうとしているのか、それは判りませんが……」

迷宮入りしていた田口一家殺害事件の全貌が判って、如月は戦慄した。

そういう事だったのか。廉の話を信じるのなら、すべての辻褄《つじつま》は合う。しかし、彼の話を裏付ける証拠は、ない。現状では皆無だ。

ただ一つ使えるのは……内場憲一の存在だ。多摩川の河原で十七年前に殺された、新宿の元ホスト。

「これは憶測で話すんだが……君のお父さんらしき人物がね、実は誰だか判っているんだよね」

「えっ!」

完全に寝耳に水だったようで、廉は驚いて少し腰を浮かし、声を上げた。

「それは、どうして? どうしてぼくの父親だと?」

「詳しく話す前に、妙な期待を持たせると申し訳ないから先に言う。その人物は、既に死んでいる。十七年前に……君が生まれる前後に」

「あ……」

廉は浮かせた腰をへなへなと落とした。

「でも……どうして僕の父だと?」

「非科学的なことを言って申し訳ないが……顔だ。顔が似てるんだよ」

顎の線とか鼻筋、目の大きさ、それに全体の感じが似ているのだ。

「それに……証言が幾つかあってね。君のお母さんかもしれない女性が、彼の、いわゆるエース、もしくは太客だったと」

「太客っていうと……仕事は」

太客という言葉に廉が反応した。

「そう、君のお父さんじゃないかとおれが思っている人物は、ホストだった。二十年くらい前の、それも新宿で売れっ子だった。君のお母さん、つまり教祖の後妻も同じ時期、やはり新宿のホストクラブで、派手な遊び方をしていた可能性がある。君のお母さんかもしれないその女性は、問題のホストに、かなり入れ込んでいたらしい。教団内部の、いろんな問題から解放される時間が欲しかったのかもしれない」

「でも、僕の父は……その人は死んだんでしょう？　病気ですか？　事故死ですか？」

「それが……とても言いにくいんだが……警察としては、何者かに殺害されたと考えざるを得ない」

「誰にですか？」

廉は畳みかけた。

「判らない。十七年間、判らないままなんだ。ただね……」

如月は言葉を切って、廉を見つめた。

「薄々、君も感じているだろうが、君の父親がこの男だと判ると、困る人たちがいるのかもしれない。君の話を聞いて、ますますそう思うようになってきたんだが」

如月がそう言った瞬間、廉は頭を掻き毟って「ああ！」と叫んだ。

「やっぱり、みんな、ぼくのせいなんだ！　ぼくが生まれたから、多くの人が困って、多くの人が死んだんだ。ぼくの父かもしれない人までが……そうでしょう？」

「いいや、そうじゃない！　君は悪くない。少しも」

如月はキッパリと言って廉の両肩をがっしりと摑んで、その目を見た。

「どんな人でも、生まれてくるべきではなかった人なんか、いない。存在してはいけない人もいない。そんなことを考えるのは間違っている。な、判るか？」

如月はそう言って廉の顔を覗き込んだ。

「自分でも、ガラにもないことを言ってると判ってるが、これは言わせてもらう。君は、もっと自分を大事にしろ！　君を邪魔に思うヤツがいるとしたら、ソイツが間違ってるんだ。な？」

「でも……田口さん一家がひどい殺され方をしたのも、そしてぼくの父親ではないかと思われる人が殺されたのも、みんなぼくのせいでしょう？　ぼくは一体、どうすればいいんですか？」

廉は縋《すが》るような目で如月を見た。

「君に出来る事は……捜査に協力することだ。急にどこかに行ったりせずに、おれに力を貸してくれ。そうすれば、モノゴトを正しい方向に向けられると思う。必ずや、そう出来ると信じている。君はそう思わないか？」

如月は廉の肩に置いた両手に力を込めた。

廉は全身も顔も強ばらせていたが、如月が強引に強く抱きかかえて、背中をポンポンと励ますように叩いてやるうち、次第に力が抜けて……やがて、父と子のようにしっかりと抱き合った。香里にはこんなことをしてやったことがないなあ、と如月はぼんやりと思った。今こんなことをしようものなら「なにすんだよ、きめェんだよオヤジ」と瞬殺されるだろうが。

そこから深夜に至るまで、如月は廉の話を聞いてやった。と言うより、廉が、やっと、自分のことを自分の言葉で語ったのだ。

「記憶にあるのは、お城みたいな凄い宮殿です。ほかの場所を知らなかったので、みんなこういうところに住んでいるのだと思っていたのですが……後からヴェルサイユ宮殿の写真を見たら、そっくりでした。豪華絢爛《けんらん》、というのは後からの感想ですけど。大理石の柱に床、金箔《きんぱく》の大きな額縁に油絵。西洋の有名な画家の本物が並んでいるそうです。これも後から知りました。ゴッホとかモネとかルノワール、セザンヌ……教祖様が好きな画家なのかと思ったら、資産として買ったのだとか。天井からは凄いシャンデリア。あとで田口さんのお宅に行った時に、育った家とはあまりにも違うので驚いていたら『ショボいと思うかな？　君の顔に書いてあるよ。でも、これでもけっこういい家なんだ』と苦笑いしてましたけど……もっとも、田口さんに言わせると、あの宮殿に飾ってある名画には偽物も多かったそうですが……」

「あの施設の中は、やはり宮殿みたいになっているのか……」

如月は廉の話を聞いて、半ば納得した。

「ぼくには、みんなが言うお父さんやお母さんのような人はいませんでした。さっきも言ったように、教育係の人がぼくの世話をしてくれました。時々、とても綺麗な女の人がぼくに逢いに来て、いろいろ訊かれたり、お話をしたりしましたが……その女の人を母親と呼ぶことは堅く禁じられていました」

「その女の人からは繰り返し、『あなたは神の子なのよ』と言われていました。『あなたは特別な子で、日本の国法からも社会からも自由で、それを超える存在なのよ』と。だけどぼくにはその意味は判りませんでした」

「ぼくは、その女の人のことが怖かったんです。でも、怖いという気持ちを決して表に出すことはありませんでした。みんなからその女の人を『真実のお母様』と呼ぶように言われていました。まわりの人全員がその人のことをそう呼んでいたので、ぼくだけのお母さんではないのかな、と思っていました」

「やっぱりと言うべきか、その人は、いわゆる普通の『お母さん』ではありませんでした。絵本で読むような、いろいろなお話に出てくる『お母さん』とは違うのだ、と子供ながらに、ぼくも感じていました」

「でも、その女の人は、ぼくに会いに来ると、そのたびにぎゅっと息がとまるほどぼくを抱きしめて『あなたは特別な子、神様の子どもなのよ』と何度も何度も囁きました。ぼくには優しかったのです。でも、周囲の人への態度が怖かった。『この子に何を食べさせているのか、不自由はさせていないのか』と、ぼくのお世話をする人たちを毎回、執拗《しつよう》に尋問するように聞いている様子がすごく怖かったのです」

「一度一緒に食事をした時、『真実のお母様』が給仕されたものに激怒したことがありました。ピーマンだったと思います。『これはこの子が嫌いだと言っているはずよ！』と。給仕したお世話係の人はもの凄く恐縮して、平身低頭して謝っていました。でもぼくは、ピーマンが嫌いだと、その人には一言も言ったことはありませんでした。『真実のお母様』が言ったピーマンは、ぼくが前にお母様に『何か嫌いな食べ物はある？』と執拗に訊かれて、特に何もなかったので、適当に答えたのがピーマンだっただけなのです。なのに、お世話係の女の人はその場で『真実のお母様』にひどい暴力を振るわれ、ボディーガードのような男の人たちにも、よってたかって殴られ、血まみれになって連れて行かれてしまいました。ぼくにはとても優しくしてくれた、いい人だったのに」

「その時からぼくはますます『真実のお母様』が怖くて堪《たま》らない存在になりました。そのことを表に出すことは決してありませんでしたが。本心を絶対に悟られてはならない、と本能的に判っていたのです」

「時々白衣を着た人が来て、注射をしていきました。『真実のお母様』と白衣の人が話していたことを覚えています。

『このワクチン、ものは大丈夫なんだろうね？　手に入れづらいからって、期限ぎりぎりのものを神の御子さまに打ったりしたら承知しないよ』

『滅相もないことです。たしかにワクチンを手に入れるのは少々大変ではありますが、そこはもちろん万全の手を打って、安全なルートから入手しております。うちのクリニックに勤める人間の子供に回す分をお持ちしましたから。なあに、神の子ならぬ普通の子供には、生理食塩水で充分ですから』って」

問わず語りに、廉は止めどなく記憶にあることを口にし続けた。それは本当に浮世離れした、まるで別世界の、王侯貴族の子弟の話のようだった。しかし廉は特に悪びれることもなく、単なる思い出話として淡々と、如月に話した。

「ぼくが絵本にある『学校というところ』についてお世話係の女の人に……さっき言った、『真実のお母様』に石もて追われた親切な女性です……に訊いた事がありました。『どうしてぼくは「がっこう」に行けないの？　ぼくも行きたいよ』と。お世話係の女性はとても困った様子で、『それは……神の御子さまは、そんなところに行く必要などないのです。大事なことはぜんぶ、私どもがお教えしますから』と答えました。でも、『ぼくも「ともだち」がほしい。ほかの子たちと遊びたい』となおも言ったら、『わたくしが神の御子さまのともだちになるのではいけませんか？』と言ってくれて……『ほんとう？　ぼくのともだちになってね』って、ぼくたちは仲良くなりました。お世話係というより友達みたいにいろんな事を話せる関係になっていたのに……『真実のお母様』は彼女を、追い出してしまって……それからぼくは、心を開ける人がいなくなってしまったんです。それを見た、田口さんが、ぼくのことをとても心配してくれて……」

廉は泣きじゃくりながら、幼い子どもに返ったような口調に戻って……これを退行現象というのかもしれないが……話しながら、そのまま寝てしまった。たぶん、精神的にいろんな事が一斉に溢れて、過去の事をこれもいちどきに思い出して、疲れ切ってしまったのだろう。

如月は廉にタオルケットを掛けてやり、部屋の電気を消した。

翌朝。

如月は飛び起きて傍らを見た。廉がまた消えてしまったのではないかと心配になったのだ。

しかし、彼は、畳の上ですやすやと眠っていた。

安らかな、穏やかな寝顔。整った顔立ちには、過酷な運命に翻弄される「貴種流離譚《きしゅりゅうりたん》」の主人公のような、高貴さすら漂っているように思えた。

その寝顔をしばらく眺めていると、如月の視線を感じたのか、廉も目を覚ました。

「おはよう」

慌てて上体を起こそうとする廉の肩を、如月はそっと押し戻した。

「君は寝てていい。というか、おれはこれから仕事に出るが、君はこの部屋にいてくれ。また変に気を遣ってどこかに行ったりしないでくれ。ここにいてくれるのが一番、おれとしては助かるんだ。君にとっても安全だしな。なんせおれは、西多摩署では有名なクソ刑事……あ、失礼」

如月は汚い言葉遣いを謝った。

「コワモテ刑事として有名なんでな。それに、君の話でいろんな謎が解けてきたんだ。この調子で頑張れば、全部スッキリ解決できると思う。メシは適当にあるモノを食べてくれ。お湯を沸かしたりは出来るんだろ？」

そう訊かれた廉は頷いた。

「カフェの寮にいた時、なんとか覚えましたから」

「何かあったらおれの携帯に知らせてくれ。飛んで来るから！」

如月は廉に念を押して簡単に身支度すると、西多摩署に向かった。


朝礼が終わったあと、ようやくデカ部屋に顔を出した如月を、岸和田課長がめざとく見つけた。

「如月、ちょっと来い」

いつもは「君」付けをすることが多い課長だが、今朝は呼びつけだ。

「お前、もう動くな」

「え？」

背の高さで岸和田に勝る如月は上司を見下ろし、文字通りの上から目線で反撥した。

「どうして？」

「お前が勝手に動くせいで、いろんなところから苦情が来てる」

岸和田課長は神経質そうにメタルフレームの真ん中を指で押し上げた。

「いろんなところって、どこです？」

「だからお前が立ち回った、いろんなところだ」

岸和田の言うことは答えになっていない。

「とにかく、お前が今首を突っ込んでる捜査すべてから手を引け。これは課長命令だ」

如月は返事をしなかった。

「おい。判りましたと返事をしろ、バカモノ」

課長は威厳を見せようと、デカ部屋の自分の席で、わざわざ課員全員の目の前で如月を叱責した。

「おい如月、おれに刃向かう気か貴様」

「どうしたんです、課長殿。ずいぶん熱くなってますな」

柄にもなく荒い言葉を放つ岸和田課長を如月は鼻で笑った。

「どこからの圧力、いや指示ですか？　警視庁《ホンチョウ》？　警察庁《サッチョウ》？　それとも官邸？」

バカ言うな、と岸和田は顔を真っ赤にして激怒した。

「お前如きヒラのクソ刑事に、官邸がああだこうだ言うわけがないだろ。身の程を知れ！」

「だったら……そうですな、たとえば西多摩が地盤の政治家で、教団と繋がってるヤツとか？」

「それは、言えんな」

語るに落ちるというやつだ。如月は吹き出した。

「ナニがおかしい！　貴様、懲罰の対象にするぞ！　今度こそお前をどこかに飛ばしてやる！」

小役人の激昂《げっこう》ぶりに、如月は笑いを堪《こら》えられない。

「上等上等。どこに飛ばすんですかねえ？　奥多摩ですか？　それとも島嶼《とうしょ》部？　どっちもリゾートで温泉もあって、いいですな。平和で事件もないし」

命の洗濯ができますよ、と嘯《うそぶ》く如月に岸和田はますます激昂した。

「お前、辞表を書いてもいいんだぞ」

上司の叱責をまるで意に介さない部下に、課長はやがて怒りを失速させて溜息をつき、黙った。

「いや、辞表はお断りしますよ。定年までまだ時間があるし、退職金も満額、貰いたいんで」

「か、勝手にしろ！」

捨てゼリフに、如月は一礼した。

「では、勝手にさせて戴きます」

こちらもそう言い捨てると、デカ部屋を出た。

廊下に出たところで、鑑識課員と鉢合わせした。

「あ、如月さん、今お知らせに行こうと」

「判ったか？」

如月は出勤してまず鑑識に行き、廉の抜け毛を一本鑑識に渡してＤＮＡ簡易鑑定をしてもらったのだ。

「判りましたよ。あの頭髪の持ち主は、如月さんが見立てた通り、十七年前に殺された内場憲一と、九十九・九九％の確率で『親子関係』にあると推測されます」

西多摩署には十七年前に死体から採取された内場憲一のＤＮＡ記録がまだ保存されていた。それと廉の頭髪から取ったＤＮＡを照合したのだ。

「ありがとう！　恩に着るぜ！」

如月は西多摩署を飛び出していった。

＊

西多摩が地盤の政治家といえば、澤島健太郎だ。以前は落選したり当選したりで不安定だったが、ある時から突然、常勝するようになった。「選挙に強い」と評判になると党内の地位も上昇、大臣の地位も経験し、今は自分が属する派閥の幹部となってブイブイ言わせているらしい。

そのウラ事情を警察は把握している。かつて選挙に弱かった澤島健太郎は『たましいのふれあい教会』の支援を受けて大掛かりな選挙活動を展開、票田を掘り起こし、以後、安定して当選を重ねているのだ。

その澤島健太郎のバカ息子が、特殊詐欺に絡んだ弱みを如月に握られて金を毟り取られている澤島栄一郎だ。

勢いのまま澤島健太郎の地元事務所に乗り込もうとした如月だが、ここで一計を案じて知り合いのフリーライターに電話した。

「おい、いいネタがあるから教えてやる。すぐに書け。お前の名前じゃ新聞に寄稿は無理だし週刊誌も次の号まで待てねえ。だからネットにじゃんじゃん書いてくれ。お前はノーチェックなネットニュースに書きまくってる百円ライターだろ！」

「馬鹿にしてくれるが、おれは今、ユーチューバーとして結構人気なんだぜ」

電話の相手、フリーライター、内藤《ないとう》ドミンゲスは自慢した。

「おれのＹｏｕＴｕｂｅチャンネル、登録者数が凄いんだ。毎回、有名人を呼んでインタビューしてるし。記事よりＹｏｕＴｕｂｅの方が数字を出してるんだ」

「お前の、その内藤ドミンゲスってペンネーム自体、有名人のパクりじゃねえか！

配信の目玉まで真似しやがって。裏社会の人間や過去の有名事件の関係者を出演させてのインタビューとか、とにかくアクセス数を稼ぐためならなんでもやるよな、お前」

「なんと言われようと構いませんよ。この世界、数字を叩きだした者が勝ちなんですから」

と、ツラの皮だけは厚い相手に、如月は澤島健太郎の「カルト宗教政治スキャンダル」を洗いざらい話してやった。

「なるほどねえ……澤島サンは派閥の幹部で、前政権の時は当時の総理べったりで大臣にもなったし、文教族として強い発言力もあったけど、総理が代わるとセンセイの派閥は事実上の非主流派となって、人事でもあからさまな冷や飯を食わされてました。でもって機を見るに敏なセンセイは派閥の鞍替《くらが》えを狙っていて、この際、教団とは手を切って、今の総理べったりになろうとしている、との観測があります。今回の入閣の話も、その寝返りと引き換えだというもっぱらの噂で。しかもかなりの重要ポジションだけに、時期的、ネタ的にオイシイ話ではありますが」

内藤ドミンゲスはノッて来た。

「その一方でね、澤島センセイのバックにいる『たましいのふれあい教会』はアメリカの現政権とめちゃくちゃ折り合いが悪いらしいので、アメリカの意向を察知した日本の今の総理が、教団と距離を置こうとして動いていると。そこで困ったのが澤島センセイです。『当選するだけで頭が一杯』なセンセイが教団べったりなのは有名な話ですから、ここはなんとか教団の味方になって教団を守ろうとしているという話もありますね」

「おい。澤島が寝返りの見返りに入閣って話と今の話は百八十度食い違うじゃないか。どっちなんだ？」

如月は内藤の矛盾に突っ込んだ。

「まあ、掌返《てのひらがえ》しってのは聞こえのいい話じゃありませんから、体裁を気にする政治家としては、とりあえず言い繕おうとしているだけかも。しかしね、政治家にとって重要閣僚での入閣ほどオイシイ話はありませんぜ。それに政権の、それも幹部となれば、怪しい宗教がバックについてなくても当選は出来るでしょう。今ここで寝返って今の総理に恩を売っておいた方が、いろんな意味でこれからがラクだと澤島センセイ、算盤《そろばん》を弾いているところかもしれんですな」

それと、と内藤ドミンゲスは特ダネを話すように声をひそめた。

「最近、過激なまでの教団追及キャンペーンをおっ始めたテレビ局があるでしょう？　あの局が戦後、アメリカ、というかＣＩＡの強力な支援で開局出来たという話は誰でも知ってます。アメリカの現政権が、反対党に多額の献金を流してきた日本のカルト教団をこのままにしておくはずがない、だから、日本でも息のかかった局を使って世論工作をしているのだ、という説も流れておりますね」

内藤ドミンゲスは見てきたような口調で喋った。

「ま、全部又聞き情報なんですけどね」

「そうか。だがそれは、おれが知ってる澤島情報とも大筋では一致する」

如月はドミンゲスが持っている情報を評価してやった。

「判りました。記事を書くより撮って出しの配信でやります。やりますけどね、万が一のため……裁判を起こされた時のための証拠はありますか？」

「今手許にはねえよ。けど、どうせお前はネットニュースに、証拠もない噂レベルのネタをばら撒《ま》いて火をつけてる百円ライターだろう？　別にいいじゃねえか。おれが言うんだからまったく根拠がないことじゃないの、判るだろ？　いわゆる警察リークだ。ただし、決定的証拠が無い以上、澤島の名前は出すな。裁判になったら負ける。そのへんさえボカしとけば大丈夫だ」

如月はライターを強引に納得させようとした。

「いやいや、それでも、たとえば納得出来るインサイダーの情報源とかが無いとねえ。如月さんの空想だとか如月さんの脳内世界だとか言われちゃいますよ」

インサイダーだったヤツはいる。如月がかつてスパイとして送り込んでいた男女だ。しかし彼らは今、新潟方面に逃げていて、如月のツテや警察の力を使っても足取りが摑めない。彼らはよほど慎重に逃走しているのだ。

「いませんか？　誰もいないなら、いくら百円ライターのワタシでも、公開は出来ないですよ。自分の身は自分で守らないと」

「なーに言ってるんだ。テキトーなデマを始終飛ばしてるくせに、どの口が言う？」

「いやいや、今回はさすがに相手が悪いです。カルト教団と、与党の幹部ですよ。ある大新聞の記者が襲撃された未解決事件、あったでしょう？　あの新聞が事件の直前まで大々的に反教団キャンペーンを打っていたことは、これも誰でも知ってることです。慎重にやらないと、マジでやばい」

「そこまで言うなら、教えてやるよ。こっちは、例の三年前の事件、田口さん一家惨殺事件の証人を見つけて身柄を確保してるんだ！　それも教団がらみだと言ったら、お前、どうする？」

如月は勢いで口を滑らせてしまった。

それを聞いたフリーライターの内藤が息を吞む気配があった。しばし沈黙したあと、ようやく、「判りました。それならバーターでリスクを取る価値はある」と肚《はら》を決めた口調で言った。

「じゃあ、ちゃっちゃっとやっときますんで。後で確認してください」

内藤ドミンゲスと話を付けた如月は、次に澤島健太郎事務所を訪れた。

「ごめんください。澤島センセイはいますか？」

「先生は今、国会ですが、どちら様？」

地元の秘書らしい男が応対した。

「私、西多摩署の如月ってモンですがね、折り入ってセンセイとお話ししたい。どうやらセンセイがウチの捜査方針について、特別なご関心をお持ちのようなんで、ここは直々にご説明を、と思いましてね」

ちょっとお待ちを、と奥に引っ込んだ秘書は澤島に電話連絡をしていたようで、数分後に出てきた。

「先生がお目にかかるそうです。議員会館でなら会えるとのことですが」

「伺いましょう」

如月は、永田町《ながたちょう》は国会議事堂の向かいにある、衆議院議員会館に向かった。

「君が如月君か。噂はいろいろ聞いているよ」

議員会館の澤島事務所。秘書のいる事務室の奥にある議員の執務室で、西多摩選出の衆議院議員・澤島健太郎は最初から高圧的な態度に出てきた。

脂ぎったテカリ顔、恰幅《かっぷく》のいい体格、鋭い目、声量が大きくて滑舌の良いバリトン・ボイス。押しが強いとはこういう男のことを言うのだろう。

「いいかね、我が国の憲法には思想信条の自由、宗教の自由が明記されている。知らないとは言わせないぞ」

「ええ、存じてますよ。日本国憲法第二十条。『信教の自由は、何人に対してもこれを保障する』ですな」

「知っているならいい」

澤島健太郎は鷹揚《おうよう》に頷いた。

「ならば、君がかかわっている捜査は即刻止めたまえ。特定の宗教を罪に問うて追い込むのは憲法に反する行為だ」

澤島健太郎の執務室の外には秘書やスタッフが詰めている。澤島は彼らの方をチラチラ見ながら、熱心に教団の弁護を始めた。

こいつはまだ教団に忠誠を尽くす気なのか、と如月は返事をせずに、しばらく澤島健太郎を眺めていた。

「おい君。聞いているのかね？　私の言ったことを理解したか？」

「さあどうでしょう。センセイはたぶん、言質《げんち》を取られないために、わざと曖昧な言い方をされているんだと思いますが、本官は頭が悪いので、そもそもどの事件が、どのようにして特定の宗教を追い込んで、結果、憲法違反に当たっているのか、具体的に言ってもらわないと、さっぱり判りませんね」

　如月がそう突っぱねると、議員は「そうきたか」とニヤリと笑った。

「君、自分は骨のある刑事だと思ってるんだろうが、刑事なんてただの地方公務員だぞ。そんなに粋がってもいいことないだろうが。今までだって、君自身、上からいろいろ指示や指導を受けてきたろ？　長いものに巻かれてきたはずだ。なのに、今回だけそうして突っ張る意味が判らん」

　如月は、なぜこの男がそこまで自分のことを詳しく知っているのか不思議に思ったが、そこは無視して続けた。

「ですからセンセイ、具体的な要求を言ってくださいよ。曖昧に圧だけかけて、こっちが忖度《そんたく》して自粛するってのはおかしな話です。ご指示とかご指導をされたいのであれば、具体的にどうぞ」

　如月はそう言うと腕組みをして澤島を睨みつけた。

「ならば言う。君は三年前の一家惨殺事件と、十七年前の男性死亡事件を結びつけて、ある宗教団体に追い込みをかけようとしてるな？　それを止めろと言ってるんだ。察しの悪いヤツだ。全部言わせやがって」

「センセイがおっしゃる『ある宗教団体』とは、『たましいのふれあい教会』ですね？」

「だったらどうした？　政治家は広くいろんな声を聴くのが仕事だ」

シレシレッとそういうことを言う澤島に、如月はゆっくりと牙を剝いた。

「昔話をしましょうか。かつて立て続けに落選したり、やっと当選しても次は落選と、立場が不安定だったセンセイは、『選挙に弱い男』と言われて、なかなか党や政府の役職に就けなかった」

それを聞いた途端に、澤島の顔は引き攣《つ》った。

「しかしある時からセンセイは俄然《がぜん》、選挙に強くなった。毎回悠々当選して、落選の心配が一切なくなった。そうなると党や政府の役職に就ける。それも次第に重要なポストになり、ついには大臣になり、派閥でも幹部になり、党の重要な肩書きもついて、今や与党の重鎮で発言力も強くなった。このたびはまた入閣が決まったそうで、おめでとうございます」

そう言って一礼する如月を澤島は気味悪そうに見た。

「センセイのバックに付いているのが『ある宗教団体』であることは誰もが知っております。教団に資金力があり、高学歴で有能な信者も多いので、選挙となると無敵です。最初から有権者名簿をきっちりと用意してくる。野党候補の選挙事務所で宛名書きをしている一般市民のボランティアなどとは全然レベルが違う。センセイの秘書やスタッフにも、そういう有能な信者が大勢いるのでしょう」

如月はそう言って議員会館の澤島の部屋を見渡した。

「日本国憲法第二十条の後半にはこう書いてあります。『いかなる宗教団体も、国から特権を受け、又は政治上の権力を行使してはならない』とね？　つまり、建前としては議員である澤島センセイが、特定の宗教団体の便宜を図ったり代弁をするために政治的な権力を使ってはならんのです」

「ナニを言うか。私は今まだ、大臣ではない。人事の話だって、噂にしか過ぎん。よって、今のワタシは、なんの政治的な権力も持ち合わせていない」

澤島は表情を消して能面のような顔で、言った。

「では、さっきおっしゃったお言葉、私に圧をかけて捜査を止めろと要求したお言葉にも、何の力もないと言うことになりますな。そのへんのオッサンが、居酒屋で酔った勢いオダを上げているのと同じ、と受け取ってよろしいか？」

「君は……イイトシをしてなんにも判っていないようだな。大人の言葉にはいろんな含蓄というものがあるんだぞ。利口な人間なら、その含むところを正しく理解するものだ」

「ほら、またそれだ。ようするに、センセイの曖昧なお言葉の意味を推察して慮《おもんぱか》って、センセイにとってよきに計らえと。これを『忖度』と言うんですよね？　言ったはずでしょう。本官はバカだからいろいろお察しして忖度など出来ないと」

　如月は平然と言い放ち、ニヤリとした。

「ところで、センセイは最近、息子さんとお話しになってますか？」

「息子？　栄一郎がどうした？」

　議員の尊大な面構えは、急に父親の顔になった。出来の悪いバカ息子を持つ父親特有の、怯《おび》えたような表情だ。

「センセイはお忙しいからご存じないかもしれませんが……息子さんは、いわゆる『オレオレ詐欺』の指示役をしてあくどく儲けてるんですよ。で、それをおれに知られて、おれにカネをせびり取られてる。まあおれも、息子さんが女と別れたいと言うんで別れさせ工作に荷担したりしてるんで、息子さんの面倒を見ていると言ってもウソじゃあない」

「栄一郎のことで私を脅すのか？　しかし君は、悪事に荷担する息子からカネをせびってるとすれば、二重の悪漢じゃないか」

　澤島健太郎は如月に指を突きつけた。

「いかにも。本官は悪徳警官です。クビになったとしても大して失うものはない。しかしアナタはどうです？　センセイ。息子さんの件がバレたら、せっかく築き上げた地位が一瞬にして崩壊し、次の選挙での当選も危うくなる。議員ってのは、落選したらタダの人ですよね？　それと……そろそろあれが出る頃かな？」

如月は思わせぶりに呟くと、わざとらしくスマホの画面に見入った。

「あ、出てる。出てますよ。ほら」

スマホに表示されたＹｏｕＴｕｂｅの画面では、「たましいのふれあい教会」がさる与党政治家の選挙に全面協力して……と内藤ドミンゲスが嬉々《きき》として喋っている。

「判りますかセンセイ。独占スクープですよ、これは！」

その内容は「特定の宗教団体の主張を代弁する議員が増えると、日本の政治は歪められる！」というもので、配信後、まだ一時間も経っていないのに「いいね」が一万を超えている。自分の配信は人気だ、とドミンゲスが自慢していたのは、なるほど嘘《うそ》ではなかった、と如月は内心唸った。コメント欄にも「カルトにお縋りしないと当選できない政治家は消えろ！」という趣旨の投稿が異口同音に殺到している。

「さて、センセイ、『カルトにお縋りしないと当選できない』情けない議員とは一体、誰のことでしょうねえ。これには、具体的な名前は出てませんけどね、いずれ後追いするマスコミが実名を出して報道するかもしれませんね」

スマホの画面を見せられた澤島の顔は引き攣った。

「では本官はこれにて。お忙しいところ、お時間を割いていただき、大変有り難うございました」

立ち上がって頭を下げた如月は、そのまま澤島の事務所を出た。

すこし歩いて立ち止まり、スマホを取り出すと先ほどのフリーライター・内藤ドミンゲスに電話を入れた。

「おお、すまんな。早速配信してくれて。こういう時ノーチェックなウェブの動画配信はいいな。ある程度好き勝手に流せるんだろ？」

「いやこっちもね、配信する前に一応調べたんですけどね、あのセンセイ、いろいろ面白い……いや、大変みたいですよ。今まではいろいろ風向きが変わってきて、教団への逆風がどんどん強くなってるでしょう？　さっきも言ったように、澤島センセイのバックにいる『たましいのふれあい教会』はアメリカの前の大統領だけじゃなく、共和党政権に前世紀から巨額の選挙資金を流してきたし、今も流していますから。でもって今の大統領はそれが許せないンで、教団を潰しにかかってる。しかもその巨額の資金は主に日本の信者から吸い上げたものなので、アメリカの現政権は日本での教団を弱体化させて、前大統領と共和党への資金源を絶とうとしているんですよ」

改めてドミンゲスの話を聞いた如月は、アメリカの政党と教団の癒着の件は、あながち陰謀論でもないのかもな、と思い始めた。

「アメリカがクシャミをしたら日本は寝込む、だな」

「まさにそう言うことです。陰謀論大好きな連中が言うには、この教団に近かったあの有名政治家の死にまで……」

「ああもういいよ、その話は。陰謀論はお腹いっぱいだ」

トンデモ陰謀論を口にし始めたフリーライターを如月は制し、彼も空気を読んで引き下がった。

「判りました。ま、すべて、一応可能性は排除できないって話ですから」

内藤ドミンゲスの解説にはなるほどと頷ける面もある。政界はまさに百鬼夜行、裏切りが日常茶飯の世界らしい。

「戦国時代と大して変わらんというか、まあ暴力団の抗争と似たようなもんだな」

如月は苦笑して通話を切った。

その数分後。議員会館を出て丸《まる》ノ内《うち》線の駅に向かっている如月の傍《かたわら》に、ワンボックスカーがすっと寄ってきた。

スライドドアが開いてるな、と思ったら、中から手が伸びてきて、歩道を歩いている如月の腕を摑んだ。同時に三人がスライドドアから歩道に降り立った。

「なにをしやがる！」

如月は抵抗したが、一人に口を塞がれもう一人に両腕を摑んで抱え上げられ、もう一人に両脚を持たれると抵抗できなくなった。

車内に入れられてスライドドアが閉まると、クルマは一気に加速した。

「お前ら！『たましいのふれあい教会』の連中か！」

車内で如月は激しく抵抗した。相手かまわず肘打ちを喰らわせ、脚を押さえる奴には蹴りを入れ、掴まれた腕を振りほどいて容赦なく殴った。

如月を抑え込もうとする三人は、殴る蹴るの暴行を受けながらも反撃に出た。手に手に武器を取り出したのだ。ドスにメリケンサック に……ピストル。

「おいおい、こんな狭い中でピストルぶっ放したら弾がどこに跳ね返るか判ったもんじゃねえぞ！　テメエの頭に命中して死ぬかもな！」

うるせえ、と一人がドスを構え、もう一人が如月を後ろから羽交い締めにしようとしたが、タフな悪徳刑事はドスを突きつけてくる手に噛みつき、羽交い締めにしてきた男の顔に後頭部を思いきり激突させた。

手を噛まれた男はぎゃあと叫び、ドスを床に取り落とした。手にはクッキリと歯形が付いて血が流れている。

「ウツボに噛まれたよりヒデエな！」

如月の後頭部が激突した男は、歯が数本折れて激痛に悶《もだ》えている。

ピストルを構えた男の手はブルブル震えているが、その銃身を掴むのと同時に、男の顔のど真ん中に拳をめり込ませてやると、三人目もそのまま失神した。

残るは運転手一人。ワンボックスカーは都心を走っている。どうやら赤坂《あかさか》方面に向かっているようだ。フロントグラスからTBSの高層ビルが見えてきた。たぶんこのまま走って青山霊園《あおやま》を通り抜けて、西麻布《にしあざぶ》から六本木通りに出て首都高に乗るんじゃないか？

だとしたら、青山霊園の中で暴れるしかない。

如月は身を乗り出して右腕で運転手の首を締め、ハンドルを摑んだ左手を滅茶苦茶に動かしてやった。

「おい止めろ！　危ない！」

「悪党がアブナイだと？　だったら最初からやるんじゃねえよ！」

如月が面白がってハンドルをさらに大きく動かしてやると、ワンボックスカーは激しく蛇行し始めた。だが運転手はブレーキを踏まない。動転のあまり頭が働いていないのか。

「止めろ！」

運転手は混乱して、あろうことか、さらにアクセルを踏み込んだ。

対向車線に入り込み対向車と正面衝突しそうになったので、如月もさすがにマズいと慌てて思いきりハンドルを切った。青山霊園の歩道の街路樹が一瞬にして目の前に迫り、激しい衝撃が全身を襲った。

街路樹に激突したワンボックスカーは派手に横転して、近くの墓石をなぎ倒して停止した。

「……ったく、なんでブレーキを踏まねえんだ？　トーシローか！」

頭は打ったが、特に流血もしていない如月はワンボックスカーから這い出た。

運転手は潰れた運転席に挟まれて動けない。

如月を襲ってきた三人も、あちこちに頭をぶつけ、あるいは床に落ちたドスが足に刺さり、自らの指にハメたメリケンサックで顔を打って自爆し……とどめには三人目が握り締めたピストルが暴発した。如月がほぼ無傷だったのは奇跡だった。

やれやれと思って事故連絡のため取り出したスマホに影が射《さ》した。顔を上げた如月の前に、一人の男が立ちはだかっていた。

筋肉質の大男だ。髪はオールバック、顔の片側に眉の上から頬にかけての大きな傷がある。黒い喪服のようなスーツを着て、黒いネクタイを締めている。

その男の顔を見た瞬間、如月は「あっ！」と声を上げた。一瞬にして霧が晴れるように、記憶が蘇《よみがえ》ってきたのだ。

「お前は……」

しかしその男は如月に最後まで言わせずに向かってきた。手には刃渡りの長いナイフが光っている。

男はナイフを持つ腕を振り回し、しゅっしゅっと風を切りながら如月に向かってきた。

如月は男の腕を摑んで逆に捻り上げようとしたが、男の力の方が圧倒的に強い。やむを得ず如月は回転してその力を放出するしかなかった。

走って飛びすさった男は如月と距離を取った。体勢を立て直すためか。

「お前、何ものだ？　コイツらと組んでるのか？」

如月は叫んだが、男の返答はない。再度ナイフを振りかざして突っ込んできた。心臓を狙ってくるのか、それとも振り下ろして首の頸動脈を切断するのか？

如月は咄嗟に横転したワンボックスカーに取って返すと、中で失神している男の手からピストルをもぎ取った。見ると小さなベレッタ・ナノだ。

如月はベレッタ・ナノを構えて銃口を男に向けた。

「いいか、おれはこう見えて警視庁の射撃大会で準優勝した男だぞ。この距離ならお前の頭を余裕で吹っ飛ばせるぜ」

一瞬男の足は止まったが、すぐにまたこちらに突進してくる。なんだこいつは？頭がおかしいのか？

今度は如月が逃げた。逃げながらベレッタの安全装置が解除されているのを確認する。振り返りざまに、男に向けて撃った。

弾は男を掠《かす》めて背後の街路樹の幹に当たった。

市街地でこのような発砲は当然問題になる。しかし、今はそんなことは言っていられない。正当防衛だ。

車内で一発、暴発し、今、一発撃った。この銃のマガジンには九ミリ弾が六発入っている筈だ。あと四発でこの男を仕留められるか？

男は動揺した様子もなく、またも向かってきた。如月は躊躇なくトリガーを引いた。

今度は命中した。左肩か上腕部だ。

さすがに男の足は止まり、立ち止まったまま如月を凝視した。

「お前は……」

この男は、間違いなく、教団の関係者だ。そして如月はこの男の顔を知っている。

自分を殺した、いや今から一年後に殺すことになっている男なのだ。しかも……。

男は言葉を発しないまま、いきなり背を向けた。この場から立ち去ろうとしている。

今度は如月が追った。

男が走る先には、エンジンがかかった状態の白いフィアット五〇〇が駐《と》まっている。接近した男を吸い込むかのように助手席のドアが開いた。

男が助手席に飛び込んだ瞬間、ドアが閉まりきらないままフィアット五〇〇は急発進し、タイヤを軋《きし》ませつつ如月に向かってきた。車ではね飛ばすつもりか。

如月は、ベレッタを構えてフィアット五〇〇の正面に立ちはだかった。向こうがハンドルを切るか、おれが飛び退くか、チキンレースだ。

だがその前に、如月はベレッタのトリガーを引いた。立て続けに二発。護身用の小型拳銃だけに、威力のないのが残念だ。フロントグラスが弾を跳ね返してしまうかもしれない。

案の定、フロントグラスに傷はついたが、貫通はしない。

フィアットがなおも向かってきたので、如月はすんでのところで跳躍し、脇に転がった。

フィアットはそのまま直進して逃げてゆく。

如月は走っていくフィアットに向けて、最後の一発を撃ったが、フィアットはそのまま走り去ってしまった……。

*

「連中は、西多摩を根城にする反社で半グレのグループ『テネシー・プランニング』のメンバーです」

青山墓地界隈を所轄する赤坂署で、事情聴取を受けた如月に、担当刑事が説明した。

「連中が言うには、自分たちは反社と言われる存在なのに、刑事であるあなたに悪どく毟り取られている現状に、いつか決着を付けたいと思っていた、と」

如月は、自分に起きた異変を彼らが敏感に感じとっていて、隙あらばと機会を狙っていたことを知った。

「そうですか。ワンボックスカーの中にいた連中はそうでしょう。しかしおれに向かってきた男は誰なんです？　フィアットのナンバーから判りませんでしたか？」

「あのフィアットについていたナンバーは、既に廃車になっている車両のものです。その車両の持ち主は、既に運転免許証を返上した九十三歳の老人です。反社との背後関係はまったくありません」

そう言った赤坂署の刑事は、如月を見た。

「青山霊園での五発の発砲については、正当防衛にあたるかどうか、監察の判断待ちです」

「白のフィアットの持ち主は判らないのか？」

「リビエラ南青山ビルの地下駐車場に乗り捨てられているのが見つかりましたが、

車体ナンバーが削り取られていて、持ち主の特定には時間がかかると思います」

「あの大男は、反社の連中とは別だろう。反社の連中はどう言ってる？」

「あとから出現したというオールバックの男については、まったく知らないと口を揃えて言ってますね」

如月には、あの男に関する記憶がある。

元の世界で、今から一年後に、自分を刺し殺したのが、まさにあの男なのだ。その時に初めて見た顔だが、どんな顔だったのかはハッキリと覚えている。しかし……その事を赤坂署の刑事には話せない。話すと絶対に正気を疑われる。

如月が急に黙ってしまったので、赤坂署の刑事が心配してくれた。

「……如月巡査部長、病院に行かなくて大丈夫ですか？」

「おれは大丈夫だと思うよ」

クルマが横転して、へしゃげた車体から這い出した時はさすがにふらついたが、あの男と対決したあとでは、もう普通に戻っていた。

「しかし……『テネシー・プランニング』のヤツらめ……まさか連中がおれをやっつけようとしていたとはな」

オールバックの大男も気になるが、反社の連中が攻撃してきたことが如月には腹立たしい。

「……まあ、こういうことを言っていいかどうかは判りませんが如月さん……飼い犬に手を噛まれたって事かもしれませんよ」

まだ若い刑事はそう言って苦笑し、ではこれで結構ですと席を立って如月のためにドアを開けてくれた。

赤坂署の構内を歩き、外に出て、地下鉄青山一丁目の駅に向かいながら、如月は考えた。

まあたしかに、今まで好き勝手やってきて、連中にはガサ入れや取り締まりの情報を流してやっていたが、それなりのカネを吸い上げ、連中持ちで飲み食いをしまくってきた。さすがに連中もうんざりして、そろそろ手を切る潮時と思ったのかもしれないし、最近の如月の挙動がおかしいという情報を敏感にキャッチして、関係を断つ気になったのかもしれない。

連中の考える事はけっこう単純だ。

しかし……あのガタイのいいオールバックの男はなんだ？　明確な殺意以上の、凄《すさ》まじい殺気があった。明らかに反社の連中の「脅し」とは一線を画していた。しかも……このままだと一年後に、あの男に殺されることになる……。

あの男の正体はなんだ？

次から次へと疑問が湧く中、駅への階段を下りようとした時に、スマホが震えた。

スマホに表示されたのは、議員会館で会ってきたばかりの、澤島健太郎の携帯番号だった。

「ああ、刑事さん。先ほどはどうも！」

実に愛想のよい、脅しにかかってきた先刻とは別人のように打って変わった声の調子だ。

「あれからいろいろ考えましてね、まあ、刑事さんの言う通りだなと」

「どういうことですか？」

「政治家が、特定の宗教団体に寄り添ってはいかん、ということです」

澤島健太郎は、驚愕の掌返しをした。

「つまり、如月さんの捜査に、全面的に協力するということです。当該教団と多少の関わりのあった私が知り得た事を、よければお話ししますよ」

これほど百八十度の掌返しも珍しい。いくら政治家は機を見るに敏だとはいえ……。やはり、ことここに至っては「たましいのふれあい教会」を庇うよりも、政界の上の方からの「強い指示」に従うことにしたのだろう。重要閣僚での入閣というエサは、それほど強力だったのだ。

とはいえ、澤島が今言った掌返しの理由は、あくまで『タテマエ』でしかないから、俄《にわか》には信じ難い。教団と手を切れば、資金と票が消えるのだ。秘書やスタッフも消えてしまう。教団べったりだった澤島が、すぐに教団と手を切れるはずもない。だいたい、議員会館のドアの向こうには秘書やスタッフが詰めている筈だ。彼らは全員、教団から派遣された信者だ。澤島健太郎が裏切らないように見張っているのだ。だが。

「私、今、外から電話してます。さっきはね、周囲にいろいろ秘書とかスタッフがいたので話しにくいことも……ええ、私は、きっちりと教団と手を切るつもりでいますよ」

あっけらかんと喋る澤島健太郎の言葉を、如月としてはいきなり真に受けることはできない。

「ねえセンセイ。ごく僅かな時間でセンセイは態度を豹変されたようですが、それは、一体どこからの指示ですか？」

もしや官邸から？　と訊く如月に澤島はシラを切った。

「ははは。何のことでしょう？」

しかし、絶対に、なにかある。

「もしもし？　如月さん？」

しばらく沈思黙考していた如月に、澤島が声をかけてきた。

「どうかしましたか如月さん？」

「あ……いや。で、まだ話の続きはありますか？」

「ありますとも。男澤島、肚を決めました。洗いざらい話しますよ。いいですか」

ここで突然、なにかに気づいたように、澤島は声を潜めた。

「ところで、如月さん、気をつけてくださいよ。あの教団は、いざとなったら躊躇なく実力行使に出ることは、一部では有名なんですから。人を痛めつけたり殺したりする宗教は宗教ではないでしょう？　しかしあの『たましいのふれあい教会』は、それをやるんです。私だってこんなこと話してるんだから、いつ狙われるかもしれない。如月さん、あんただってそうだ。何十年か前に、大手新聞社の記者が襲撃された事件があったでしょう？　あの事件は右翼の団体が犯行声明を出したけれど、実際は、教団の犯行ではないかと疑われています。その新聞社が大々的な反教団キャンペーンを打っていたのと、まさに同時期に記者が襲撃されているからです。そして、同じく、別件を追っていたフリーライターが殺されて、殺害現場の新宿歌舞伎町のラブホテルに放置されていた事件もありましたよね？　あの時は被害者のフリーライターの顔が潰されていたので、身元を特定するまでにかなりの時間がかかったと記憶しています。しかもあきらかに殺人を思わせる状況なのに、警察はなぜか『SMプレイ中の事故』として事件を処理してしまった」

その件は、如月も覚えている。西多摩署管内で起きた事件ではないので、彼が直接捜査に関わった事件ではない。だが十七年前のホスト殺しの事件で、如月は教団に注目するようになり、同じく教団を追っていたそのフリーライターの仕事にも注目していた。そのフリーライターが殺されたのだから、興味を持って捜査の推移を追っていたし、捜査資料を取り寄せて読んだこともあった。

教団を追及する記事を書き続けていたフリーライターの、不審な「事故死」。

遺体の身元が判明した時、「教団を取材していたフリーライターが、もしかして教団に消された？」という当然の疑いを如月は抱いた。しかし遺体の発見現場が歌舞伎町のラブホテルだったことを理由に、「ＳＭプレイの最中に誤って死んだ」ということにされてしまった。顔を潰されているのに、さすがにそれはないだろう、と衝撃を受けた当時のことを、如月は生々しく思い出した。

「判りました。澤島先生。いろいろとご忠告痛み入ります」

如月は礼を言って通話を切った。

しかし、澤島の完全な掌返しに大いなる疑念を持った如月は、ハイそうですかとすべてを真に受けるわけにはいかない。

どうすべきかと歩きながら考えた。酒を飲むのと歩くのは、脳を整理する二大ライフハックだと如月は思っている。

いろいろ考えるうちに、十年前の殺人事件の被害者・フリーライターの東條恵輔《とうじょうけいすけ》の人となりが、記憶の底から浮かび上がってきた。

東條は多方面の記事を書く「何でも屋」だったが、仕事の両輪は「事件の深掘り」と「風俗」記事だった。硬軟両方をこなして精神のバランスを保っていたらしい。ライターとして優秀だった東條の書く風俗記事は、身体を張ったルポだった。自分が身銭を切って体験したリポートだけに、その真に迫った筆致が多くの読者にウケていたのだ。

そういう経緯があるので、彼の死は取材の一環の過失死であろうとされた。取材としてSMプレイを体験、その過程で誤って死んでしまったのだろうという見立てだ。しかし、プレイの相手をしたSM嬢は姿をくらましたまま、今に至るまで特定されていない。従って警察による事情聴取も出来ていない。要するに、真相は判らないままの迷宮入り事件だ。

だが、事件の舞台になったラブホテルに出入りした謎の女の画像は残されていた。

その女は、サングラスにつば広の帽子をかぶっていたが、すらりと背が高く、顔はほとんど判らないが細面で、おそらく美形と想像出来る姿が人目を惹《ひ》いた。しかし、画面からは年齢までは判別出来ない。

そして……その女がラブホテルに派遣された経緯が謎に包まれているのだ。

フリーライター・東條恵輔が女をオーダーしたデリヘルは、今はもう廃業して経営者の行方も判らないが、事件発生当時の事情聴取で、経営者兼電話受付の男が妙な証言をしていたのだ。

『いえ。ライターの東條さんからキャンセルの電話を受けたので、ウチのデリヘル嬢は出向いてないです。それに最初のオーダーも、S嬢によるマゾプレイなんて内容ではありませんでした。あくまでノーマルなサービス、ということでしたよ。よって、ウチは事件には無関係です』

実際、このデリヘルに登録しているデリヘル嬢の誰もが、ラブホの監視ビデオに残された謎の女の映像には似ていないのだ。

否、似ていない、というより、もっとハッキリ言えば、「グレードが違う」。そのデリヘル業者に登録しているデリヘル嬢たちと、その謎のSM嬢とでは、スタイルも顔も雰囲気もまるで違う。登録デリヘル嬢たちはブサイクでスタイルも悪い分、ハードなサービスで補っていたのだ……。

＊

「なんだ遅いじゃないか」

フリーライターの東條恵輔は時計を見た。嬢をオーダーしてからホテルの客室に姿を現すまでの時間もデリヘルの評価に算入される。彼は現在、風俗全般を取材対象にしていた。ただ話を聞く取材だけではない。自分で実際に体験して記事を書くので、迫真性と真実味があって、彼の書く記事は評判が良い。

その日も彼は、デリヘル嬢……ホテルに派遣されてさまざまな性的サービスをする、若い女性の実態を取材することになっていた。自腹でデリヘル嬢をラブホの部屋に呼んでいる。こんなに時間がかかるのでは減点一だな、と思ったところで、やっと客室のチャイムが鳴った。

「お待たせしました」

だが、そこに立っていたのは、店のサイトに掲載されている「デリヘル嬢」のプロフィール写真とは、全く違う女性だった。

「ええと？」

ネットで確認した「まい」ちゃんは、地味で暗い系で痩せぎすの嬢だ。他のバイトが何をやっても続かず、消去法で仕方なくこの仕事を始めたという、二十代前半の、素人感漂う彼女を指名したのだが……ドアの外に立っていたのは、華がある、派手な美人だった。

大きなサングラスに帽子を目深にかぶり、スラリとした肢体をボディコンドレスに包んだ女だ。赤坂辺りの超ハイクラスなエスコートクラブに登録していても、おかしくない外見だ。しかも、およそ二十代前半には見えない、大人の色香が漂っている。男あしらいのすべてが最上級な、ＶＩＰ専用の、プロ中のプロ娼婦《しょうふ》としか見えない、そんな女……。

「あの、部屋をお間違えでは？」

「いえ、間違えてはいませんけど」

「でもあなた、まいちゃん、ではないですよね？」

そう言うと、その女性は「ああ」と頷いた。

「まいちゃんは、急に体調不良になってしまって……私じゃいけませんでしょうか？　チェンジしますか？」

想定していたのとはまったく違うタイプの、しかも紛《まご》う事なき「上玉」な女性が来てしまった。

取材の主旨からいくと、聞きたいと思っていたことは聞けないだろう。しかし……女優になってもおかしくないほどの美女が、どうしてこういう仕事を……？という、もっともな疑問も浮かぶ、いや、せっかくのチャンスだ。この際、それを訊いてみようか？　最初のプランとは違うが、いい記事になるかもしれない。以前、プロ中のプロのような女性に話を聞いたら、普段は専業主婦をしている、と答えられて驚いたことがある。世の中、何もかも自分が想定したとおりとは限らないのだ。

「いや、チェンジの必要はないです。すみませんね。もっと普通の、素人臭いコが来ると思っていました。ボクの手が届かないクラスの人なので、驚いてしまって……料金的に、お約束の通りでいいんですか？」

「もちろんです」

その女性は一礼して、大きなバッグを手に部屋に入ってきた。

東條もプロのライターではあるが、その前に生身の男だ。ここまで濃厚な色香を漂わせた女性がひとつ部屋にいて、しかもプレイをする気まんまんなのに、それを断って「話を聞くだけ」なんて事が出来るか？

かと言ってプレイをしてから話を聞くというのも、最初の予定とはちょっと違う。

「で、今日はどうしますか？」

手慣れた感じで訊いてきた女は、持ってきたバッグからベルトや手錠などＳＭプレイのグッズを次々に取り出し始めた。

「あ、いや、おれ、そんな趣味はないんだけど」

東條は慌てて断った。こんないい女が相手をしてくれるのなら、普通のセックスのほうがいい。

「大丈夫よ。お客さん、こういうのやったことないんでしょう？」

サングラスを外すと、切れ長の蠱惑《こわく》的な瞳が現れた。パワーを増した彼女の美しさに、東條は若者のようにドキドキしてしまった。盛りあがった胸に、きゅっと締まった腰……見事な曲線を描くボディラインにも魅了される。

「安心して。私が、凄く気持ちよくしてさしあげるから」

彼女は優しく東條にボディタッチしてきた。太腿からゆっくりと手を滑らせて、股間を撫でた。

魂を抜かれたように、黙って為《な》すがままになっていた東條は突然、その女の顔にどこか見覚えがある事に気がついた。

化粧やヘアスタイルで誤魔化してはいるが、この女の正体は、もしかして……。

だがしかし、自分の正体に気づかれたと察したのか、それともたまたまなのか、その瞬間、カチャンという独特の音がして、女は彼の右手首に手錠をかけた。そこから目にもとまらぬ早業で、彼の右手は、ベッドの脚から伸びたロープに固定されてしまった。

続いて左手も拘束された。そして、これも手慣れた様子で、女は彼の両足首にもロープを巻き付けて固定してしまった。

東條は、自分がベッドの上で身動きが取れなくなっていることに気がついた。

「外してくれ……こういうつもりじゃないんだ」

「大丈夫ですよ」

女はにっこりと笑った。

しかし、完全に拘束されている、この状態は怖い。しかも、どこか、ただのＳＭプレイでは済まない空気すら感じてしまう。

「心配要りませんって。最初は痛いけど、それが段々と快感になっていくの。それがＭプレイ。お客さんはインテリでしょう？　知的なお仕事をしているようね？」

「まあ、そうとも言えるけど……でも、そっちの趣味はないし、体験したいとも思わないから、これ……これは外してくれ」

「まあそう言わないで。何事も体験よ。弁護士さんとかお医者さんとか、社長さんとか有名なアナウンサーとか、お堅い仕事をしている殿方はみんなハマるんだから……」

そう言いながら彼女は、東條の身体に自分の身体を擦りつけてきた。キスをするほど顔を近づけてくるが、けっしてキスはしない。唇や舌を東條の肌に触れさせない。しかし、彼女の柔らかで弾力のある双丘が、ぷりぷりと東條の身体を這う。

「いやだ、手錠を外してくれ！」

「ダメよ……もうプレイは始まってるんだから」

そう言いながら彼女は、東條の服を脱がせていく。上半身の前を開けて肌に手を滑らせ……いきなり男の小さな乳首を爪で挟んだ。

「痛い！　ヤメロ！」

東條は身をよじった。

「痛い？　最初は……ソフトにしますから。初級編ね」

「いや……だから、それはいいから、こういうのは嫌なんだ。早く手錠を外してくれ！」

「ダメよ……何事も経験でしょ？　体験取材が売り物でしょ？　東條サン」

女は自分の正体を知っている！

東條はゾッとした。

この女は……何をする気だ？　誰の回し者だ？　この女が独自にやっていることではないはずだ。

「大丈夫よ、心配しないで。アタシがとっても気持ちよくしてあげるから……何よ、全身を硬くしちゃって。まるで童貞くんみたい」

女はそう言うとクスクスと笑った。

「硬いと言えば、こっちも硬くなってるわね。東條サン、あなた、Mっ気あるんじゃないの？」

女はそう言うと、東條のズボンをパンツごとずり下げた。

彼の男性は、たしかに大きくなっていた。

「アナタのこと、知ってるのよ。かなり、知ってる」

女はほっそりした指で彼の男性を撫でながら、優しい声で言った。

東條は、気づいていた。

この女はおれを殺すつもりだ。こうして、はっきりと素顔を見せているじゃないか！

女の意図が判ると、東條は戦慄した。

しかもこの女は、おれをじわじわと殺す気だ……。

「ちょっと苦しいのが快感に変わるのよ。ほら、やってる最中に女の首を絞める殿方がいるでしょう？　あれは首を絞めるとアソコの締まりがよくなるからなのよね。ということは……男の首を絞めると、これの勃ちもよくなるのかしらねえ？　ホラよく、首吊り死体が勃起してるって言うじゃない？」

女はそう言ってふたたびクスクスと笑うと、ナイロンロープを取り出して、東條の首に巻き付け始めた。

「……止めろ……止めてくれ」

東條は掠れる声で懇願した。

「どうしたら止めてくれる？　誰の指示なんだ？　どうしておれを殺すんだ……」

「これはね、アタシの意志よ。誰かに言われてやってることじゃないの。アタシが殺したいから殺すの」

ナイロンロープが完全に首を一周した。女はロープの両端を握り、じわじわと東條の首を絞めにかかった。

「……助けてくれ」

東條の全身から冷たい汗が滲み出た。恐怖の汗だ。

「もうダメよ。ここで助けるわけがないでしょう？　アタシは顔を見せてるんだし、絶対誰にも言わないって約束してもダメよ。絶対誰かに言うし、アンタは書いちゃうでしょう？　そういう商売をしてるんだもんね」

女はロープを引き絞る手に、いっそうの力を込めた。

息が出来なくなった。肺が酸素を求めて火のようになっている。全身を激しくのたうたせて暴れたが、女は手を緩めない。

華奢に見えるのに、女の力はとても強かった。

気が遠くなってきた。胸郭の中で酸素を絶たれた肺がなんとか広がろうとしている。脳への血流も止まったのか、視界がどんどん狭まっていく。

やがて、目の前が真っ赤になった。ぷつぷつという、目の血管が切れる音が聞こえる。頭部全体が燃えるように熱い。

股間に溢れる失禁の感覚を最後に、身体にまったく力が入らなくなってしまった。

視界が暗くなった。

東條は、死に逝《ゆ》く最後の意識の中で、ようやく女の正体を思い出した。

しかしそれは遅すぎた。

*

澤島議員から、「たましいのふれあい教会」の危険性を警告する電話を受けた如月は、さてこれからどうしたものかと考えながら酒を飲んでいた。自宅近くの、カウンターに数席しかない、小さくて狭くて汚い飲み屋だ。

「なーに難しい顔して飲んでるのさ」

押せば倒れそうなトタン張りのボロな店を一人で切り盛りしている婆《ばあ》さんが、憎まれ口を利いてくる。

「あんたはバカなんだから考え込んだっていい案は出て来やしないよ」

「まあそう言うな。難しいことを考える時は酒を飲んで考えるのが一番だと、用心棒に扮した三船敏郎《みふねとしろう》も言ってたぜ」

「そんなこと知らないよ。あたしゃ三船敏郎に会ったこともないんだから」

「だから映画の話だよ」

それぞれに思惑を持つ連中の真意を測り、連中の真の目的を、如月は見定めようとしているのだ。それには酒を飲んで考えるのが一番なのだ。

澤島健太郎の動きは、明らかにおかしい。不自然だ。おそらくあれは罠《わな》か餌だろう。かなり危険な手でもあるが、あれくらいの内情暴露をしなければ、おれが食いついてこないと踏んだのだ。

教団の組織防衛のために、たとえば教祖の後妻を差し出すつもりなのか？　教団の悪事のすべてを、後妻の私利私欲のための「邪悪な行為」として、彼女に背負わせようとでもしているのか？　だとすると……。

「あ！」

ここの居酒屋の婆さんが言う通り、おれはバカだ、と思いながら慌ててスマホを取り出して、如月は廉の安否を確認しようとした。

おれの推測どおりで、教祖の後妻が追い詰められているとしたら、廉が危ない！　廉の身の安全を確保しなければ！　すぐに帰宅するべきだったのに、おれはこんなところで一体何をしているのだ？　まずは電話で確認を……。

が……どれだけ呼び出し音を鳴らし続けても、廉は出ない。

携帯を握りしめたままじりじりと待つが……依然として応答はない。ついに「おかけになった電話をお呼びしましたが、お出になりません」というアナウンスが流れて、切れてしまった。

携帯電話を部屋に置いてどこかに出かけてしまったか、意図的に携帯電話に出ないのか……それとも。

廉の身に何かがあった、と確信したまさにその瞬間にスマホが鳴ったので、如月は心臓が止まりそうになった。だが相手は中村だった。

「なんだ！　脅かすな！」

そう言われても中村には如月の状況は判らない。しかし中村は、如月をさらに驚かせることを知らせてきた。

「大変です如月さん！　今すぐＹｏｕＴｕｂｅを見てください！」

「無理言うな。電話で話してるんだから見られねえだろうが」

「だから切ってください。とにかく早く見て！　『内藤ドミンゲスの無修正アワー』ってチャンネルです！」

切迫した中村の声に押されて、如月は通話を切り、スマホでＹｏｕＴｕｂｅのアプリを立ち上げた。トップにいきなり「内藤ドミンゲスの無修正アワー」が表示される。それは、さっき如月が澤島に見せてやった、ドミンゲスの配信チャンネルだ。

あわただしく広告をスキップすると、画面にドミンゲスと並んで現れたのは、おどろいたことに菱田廉その人だった。画面の下には「恐るべきカルト教団の悪事を完全暴露！　緊急生放送‼」という煽りタイトルが表示されている。

画面下部のコメント欄に、金額とともに赤い表示があらわれた。動画ライブ配信の投げ銭機能だ。「レンくんかわいい！」などのコメントも流れている。

菱田廉の横には内藤ドミンゲスが座り、気さくな感じで廉にインタビューしている。が、その部屋はスタジオではなく、安アパートの一室にしか見えない。安い壁紙が貼られた壁をバックに二人は並んで映っているが、畳の上に座っているだけで、ニュース番組のようなセットではない。

いや……これは……。

「おいおい、これはおれの部屋じゃないか！」

如月がいきなり叫んだので、店主の老婆はびっくりしている。

「こいつら、勝手におれの部屋からＹｏｕＴｕｂｅを生配信してやがるんだ！」

如月の怒りと困惑をよそに配信は進行し、画面の下中央には「西多摩一家惨殺事件の真相」という文字が大きく真っ赤な文字で表示されている。

「ええと、この配信、アタマから観てる方には判ると思いますが、メインは今から三年前に西多摩市で起きた一家惨殺事件、およびその真相です。今、初めて語られることもあると思います。この事件、まだ犯人は捕まっていません。遺留品がほとんどなく、目撃者も皆無。防犯カメラにも犯人の姿は映っていなくて、証拠がないから捜査が行き詰まっているというのが警察の発表でしたが、事実の一部が隠されてるんじゃないかという声も囁かれていたのです。そして今、この事件の犯人と思われる人物を目撃した証人との接触に、当チャンネルは成功しました。こちらにおいでの、菱田廉くんです」

長髪を丁髷《ちょんまげ》のように束ねて、無精髭に丸いフレームのサングラスという胡散臭い格好の内藤ドミンゲスは、神妙な面持ちで話を廉に振った。

この二人は以前からの知り合いだったのか？　いや、そんな話はまったく聞いてないぞ！　廉からも、ドミンゲスからも。如月は、この組み合わせに強烈な違和感を持った。

しかし、ドミンゲスに話を振られた廉が口にしたことには、そんな違和感がどうでもよくなるくらいの衝撃と、破壊力があった。

「あの……田口さん一家が亡くなった、その現場に残された謎の指紋の持ち主、というのは、ぼくです。ぼくは田口さんのお宅に住んでいただけではなく、あの事件のあった夜、現場の近くにいました。あの家を外から見ていたんです。犯人が侵入して、それから外に出ていくところを見ているんです」

「つまり、君は犯人を目撃したんですね？　しかし警察は目撃者はいなかったと発表しています。どうして警察に言わなかったんですか？」

「ぼくには、警察に行けない事情があったんです。その理由は……今は言えません」

「君自身が誰かに狙われているから？」

「言えません」

廉は、頑なに、どんな巧妙な質問に対しても口を閉ざした。

「では、今、君に言えることを教えてください」

内藤ドミンゲスは譲歩した。

「君が見た犯人、いや犯人と思われる人物は、どんな外見だったんですか？」

「ぼくが見たのは……髪の毛をオールバックにした、格闘家のような体格の大男です。遠目にも顔に大きな傷があるのが見えました。全身が筋肉質で、それは着ている服の上からでも判りました」

「どんなものを着ていた？」

「黒のジャージに、黒のウィンドブレーカーに黒のスニーカー。その男が家から出てしばらく経ってから、ぼくが田口さんの家に戻ってみたら……」

そこまで話した廉は、いきなり手で顔を覆って嗚咽した。

「ごめんなさい。今は……これ以上は言えません」

ようやくそれだけ言うと、廉は激しく泣きじゃくり始めた。

「そうか。そもそもの疑問だけど……その殺し屋が現れた時に、どうして君は家の外にいたんですか？　君はその家に住んでいたんじゃないんですか？　君は家の外で隠れていたのかな？　だとしたら、なぜその必要が？」

「前日までに何度か、妙な電話がかかってきたんです。あれは……田口さんが家にいるかどうかの確認だったのかもしれません。田口さんは危険を察知したようでした。それで、万が一のことを考えて、田口さんはぼくを逃がしました。家の外で隠れていなさいって」

そういうと、廉は再び激しく泣きじゃくった。

さすがの内藤ドミンゲスも泣き続ける廉に困り果てた様子になった。

「ちょっと休憩しよう。これ、テレビじゃないからケツは決まってないんで、ゆっくりやろう。ね、水でも飲んで落ち着こう」

内藤ドミンゲスは廉にペットボトルの水を差し出している。

正視に耐えられない、と如月は思った。泣きじゃくる廉を、これ以上見ていられない。

「あいつもひでえことをするよなあ……再生数稼ぎのためなら何でもするからな。ドミンゲスのやつは」

如月は万札を一枚、カウンターに置き、慌ただしく席を立った。

とりあえずこの配信を止めさせなければ。
如月は、居酒屋を飛び出して自宅に急行した。

第五章　予想外の真実

自宅アパートに急行するためタクシーを捕まえて乗り込んだ如月が、廉の身の安全を確認しようとスマホを取り出したところに連絡が入った。新潟に逃げた例の男女、如月が教団に送り込んだ二人のスパイの、女の方からだ。

「おお無事だったか。こっちから連絡しようと思っていたところだ」

そう言う如月に女は慌ただしく知らせてきた。

「見たわよ、あの配信。驚いたから電話した。でね、ドミンゲスのチャンネルで、あの子が言ってた大男だけど」

今、一番必要な情報が、まさにジャストなタイミングでもたらされた。

「あの男は教祖の後妻、教祖補佐の用心棒だから。敵も多いので、教団の施設から普通は出ることはない。西多摩の大きな施設が事実上、教団の東日本での拠点だから、あの中にいる筈よ」

「それは間違いないんだな！」

「間違いない。しかもあの男の本来の役職は教祖補佐のボディガードだから、いつだって教祖補佐に貼り付いてる。画像があるから送るよ」

判った、と通話を切ると、すぐにショートメッセージが届いた。それに添付されていた画像は、紛うことなき、あの「大男」のものだった。顔の片側に、眉の上から頬の下まで伸びる、大きな傷がある。教団施設の中を歩いているのだろうが、緊張を解かず、険しい表情で写っている。

それを見ているところに、西多摩署の岸和田から電話が入った。

「何をしている。すぐに署に戻れ！」

日頃は冷静すぎて存在感のない岸和田が珍しくエキサイトしている。

「ナニ焦ってるんですか？　もしかして、課長もあの配信を見た？」

「ああそうだよ。あんなものを公開されたら警察の立場がない。判ってるなら、とっとと戻れ！」

「そうですか。ところで問題の大男、一家殺しの下手人かもしれない奴の画像を手に入れましたよ。要りますか？」

「要るに決まってるだろ！」

如月は届いたばかりの画像を岸和田に転送する操作をしながら、タクシーの運転手に西多摩署に行ってくれと伝え、ついでに「この男は西多摩の教団施設にいるらしいぜ。内部情報だ」と岸和田にメッセージを送った。

それから如月は内藤ドミンゲスに抗議の電話を入れた。

「おい内藤。ずいぶんと勝手なことをしてくれたな。廉はどうしてる？」

「大丈夫だ。今、お前んちにいる筈だ」

無責任なやつだ、と如月は怒りを禁じ得ない。

「だいたいお前、どうしておれンちが判ったんだ？」

警官の住所や電話番号は非公表だ。

「そりゃアナタ、今までのいろいろで。こっちだって蛇の道は蛇なんだし」

一家殺しの犯人を目撃したって証人がいるのなら、黙っちゃいられませんよ、と内藤ドミンゲスは嘯いた。

仕方が無い。元はと言えば証人を押さえている、と口をすべらせた自分の脇が甘かったのだ。考えてみれば、こいつがそこに付け込まないわけがないのだ。

「こういうこともあろうかと、如月さんのヤサは調べてありましたからね。駄目モトで行ってみたら、その証人がいるじゃないですか。でもって菱田廉君とお話しさせてもらって、話を聞くうちに、これは速攻、生配信するしかない、と思ったんですよ」

如月は自宅の固定電話にもかけてみた。そこにいろ、絶対に外に出るな、と廉には言っておかなくてはならない。だがどれだけ呼び出し音が鳴っても廉は受話器を取らない。仕方がない。だがこれでいい。証人として廉を保護するよう、手配するべきなのだろうが、今ひとつ西多摩署の面々が信用できない。教団に内通している人間がいそうな気がする。

如月が西多摩署の刑事組織犯罪対策課に飛び込むと、もう二十一時を回ろうとしているのに、中はまさに阿鼻叫喚のありさまだった。電話に向かって怒鳴っている者、書類ファイルのページを物凄い勢いで繰っている者、刑事同士で怒鳴り合っている者、そして課長の岸和田に激しく詰め寄っている者……。

「おお労働者諸君、頑張っとるね！」

そう言いながら如月が勢いよく入っていくと、全員の目線が彼に集中した。

「遅いぞ如月！」

岸和田の罵声が飛んだ。

「うるせえ！　これでも電話を受けてすっ飛んで来たんだ！」

電話した時以上に岸和田は殺気立っている。

「お前、青山墓地でまたやらかしてくれたな！　赤坂署からきっちり連絡が入ってる。いや今おれが言ってるのは反社の連中の車を横転させた件じゃない。お前は公道で発砲したそうだな？　反社が持っていた銃を、それも五発」

「始末書なら書きますよ」

「そうじゃない！」

岸和田は顔を真っ赤にして怒鳴った。

「お前は殺人未遂の被害者だ。しかも刑法第九十五条公務執行妨害罪だ。お前が仕留め損じたその大男を逮捕するぞ！」

廉の口から配信中に出た証言で、「大男」の存在がにわかに注目されたのだ。

如月としては、そうだとも、この男が一年後におれを殺すのだ、と言いたいところだが、それは言えない。

岸和田がデスクの上のパソコンを操作すると、デカ部屋にある大きなモニターに「大男」の顔写真が表示された。ついさっき如月が送った写真とはまた違う、正面から上半身を撮ったものだ。オールバックの髪に、顔の片側に大きな傷。間違いない。

「この男は、前原俊治《まえはらしゅんじ》。一九XX年昭和XX年五月十四日生まれの三十九歳。本籍、栃木県大田原《おおたわら》市井口《いぐち》……現住所、東京都西多摩市大来《おおらい》の『たましいのふれあい教会』西多摩教会だ。お前が送ってきた画像を警察のデータベースに照合したら、これが出て来たんだ」

この写真は、教団絡みの傷害事件の捜査で、大男こと前原俊治に署で事情を訊いた時に撮ったものらしい。

如月のスマホに着信音がした。見てみると、新潟に逃げたあの女が、別の画像を送ってきた。

如月は自分のスマホを岸和田のパソコンと同期させ、その画像も大きなモニターに表示させた。

それは、大男・前原と年齢不詳の美魔女が並んで歩いている写真だった。

「この女の顔は知っている。教団の教祖の、現在の配偶者だ」

二番目の妻にして教祖補佐の地位にある人物だ、と指摘する如月に、中村が書類を一枚差し出した。「たましいのふれあい教会」の組織表が書かれていて、役職と名前が明記してある。

『教祖様』だけは別格で神格化されているようで、ここには戸籍名すら明記されていない。しかし、『教祖様補佐』として現在の配偶者の名前が書かれている。

「菱田紗和《さわ》。これが教祖補佐だ」

そしておそらく廉の母親でもある。

「おい中村！　この『菱田紗和』の過去、大至急調べろ！」

「そう言われるだろうと思って、既に調べてあります！」

中村は別のプリントアウトを如月に差し出した。

「菱田紗和……一九XX年昭和XX年七月十日生まれの三十八歳。本籍、埼玉県本《ほん》庄《じょう》市……」

如月はプリントアウトに目を走らせたが、一点に目を止めた。

「菱田紗和が中学二年の時から、周囲に不審な死が頻繁に起きるようになった。まず、本庄市の生まれ育った家が全焼し、親兄弟は焼死して紗和ひとりが生き残る。親戚に引き取られたが、なぜか半年で施設に入れられる。その施設でも五人の子供が死んでいる。すべてが事故死とされたが、詳細は不明。そして……」

如月は中村を見た。

「おいこれ、本当なのか?」

中村は頷いた。

「本当です。こうしてひとまとめにすると異常さが判りますが、今まではすべて別件として扱われていたので、菱田紗和が注目されることはありませんでした」

未成年だったということもありますし、という中村に如月は指摘した。

「おい。この資料によると、菱田紗和と同じ施設に入っていたのが、例の大男・前原俊治ってことになってるぞ」

如月は眉根に皺《しわ》を寄せて、プリントアウトを改めて精読し、そして唸った。

「これを読むかぎりでは、菱田紗和と前原俊治が入所していた施設で五人の児童が不審死している。しかもその現場には必ず前原がいた。前原俊治を使って、五人の子供を殺させたのは、菱田紗和である可能性があるな」

「はい。今のところ、証拠はありませんが」

このやり取りを聞いた西多摩署刑事組織犯罪対策課の面々は色めき立った。

「よし。これで懸案の事件に踏み込もう！」

「西多摩一家惨殺も、これまでに教団の関与が疑われているほかの事件も、これで一挙に解決だ！」

大騒ぎになっているデカ部屋で、如月の目の前にいる岸和田も顔を紅潮させている。

「いいんですな？　課長。やりますよ？」

「ああ、かまわん。やろう。やろうじゃないか。何が問題なんだ？」

「いやいや、ブレーキになってきたのがアンタでしょ」

如月は岸和田に迫った。

「知ってるんだよ。あんたはずっと、『たましいのふれあい教会』が絡む事件の捜査を妨害してきた。手続きが整ってないとか証拠が足りないとか、憶測で動くなとか……あんたが言うことは表向きは正論だが、結果はどうだ？　いつも捜査が後手後手に回って、立件にすらたどり着けていない。アンタはサボタージュっていうか、要するに遵法闘争をやってきたんだ。アンタはなんらかの意図を持って捜査を妨害してたんだ。そうだろ？」

このやりとりを聞きつけた刑事たちがわらわらと集まってきた。

「そういや、課長は、あの一家殺しの事件のとき、やたら指紋に拘《こだわ》りましたな。現場に残っていた指紋の持ち主を洗い出すのにローラー作戦をかけて、近所の人たちの指紋を集めたけどサンプル数が足りないとうるさく言われて、おれたちは仕方なく数合わせに自分の家族や親戚の指紋まで採って提出していたんだよね」

大きな声じゃ言えないが、と刑事たちの一人が言った。

「あれはどこからの指示だったんスか？　警視庁《ホンチョウ》？　警察庁《サッチョウ》？」

岸和田の顔色が悪くなり、それまで大声で指示を出していた安倍川、御炙田、瀬古宇といった、岸和田の腰巾着たちも黙ってしまった。

「あれは……岸和田課長の指示で」

言い訳するように安倍川が言いかけたが、御炙田、瀬古宇に止められた。

「過去の捜査については、相手が宗教団体ということで、万が一、捜査に不手際や冤罪《えんざい》が起きると大変なことになると、警視庁や警察庁からの強い指導があったので……」

重い口で、のろのろと言い訳を始める岸和田を、如月は容赦なく詰めた。

「しかし課長、こうなった以上は、動くしかありませんな？　テキもあの配信を見てヤバいと思って動き出すでしょう。先手必勝です。前原と菱田を挙げましょう！　ガラ押さえて任同かけましょう」

「もちろんだとも。教団の西多摩教会の家宅捜索の令状を取れ！　前原についてはとりあえず、こいつに対する」

と岸和田は如月を指さした。

「殺人未遂の逮捕状を取れ。逮捕状の執行は、任意同行を求めて、署で行う」

「しかし課長……あたかも捜査が一気に進んだかのような雰囲気になっていますが、現在あるのは、あの少年の証言と、過去の事実の積み重ねだけであって、物的証拠は依然として足りないですよ」

真面目な中村がストップをかけた。

「前原も菱田も、そう簡単に自供するとは思えませんし、逆に否認して警察を訴えると言い出す可能性があります」

「そんなことはいい。ガサ入れすれば何かしら出て来るだろ！　それに、ガサ入れには教団を揺さぶるデカい効果があるぞ」

如月はここぞとばかり声を張り上げて断言した。

「おれの考えでは、教団内部では現在、権力闘争が起こってる。教祖様は生きてるのか死んでるのかよく判らなくて、その後妻の女が実権を握って好き勝手やってるわけだ。それを快く思わない信者とか幹部も多いだろう。しかも、あの菱田廉は、後妻である菱田紗和の、いわば不義の子だ」

廉には気の毒な言い方だが、と如月は内心申し訳なく思いながら続けた。

「だが後妻の菱田紗和だっていろんな手を使って『教祖の妻＝教祖補佐』の座を守り抜こうとしているはずだ。それと、彼女が万難を排して菱田廉をある時期まで手元に置き、教団内で育てていた、その執着についても無視するべきではない」

そうだろう？　と如月は一同を見渡した。さながら如月が岸和田に成り代わって捜査本部長に就任したかのような貫禄だ。

「ガサ入れとなれば、組織が軋みだして、いろんなタレコミが集まる。絶対にそうなる。カネのあるところ欲がある。欲と保身が渦巻いている。そして集まったタレコミの中には決定的な情報があるはずだ。そうだろ？」

岸和田や中村を含めた一同は、誰も異を唱えない。

「それにだ、廉の証言と、おれへの殺人未遂と公務執行妨害じゃ足りなければ、澤島議員に対する違法な選挙支援活動を立件すればいい。公職選挙法違反容疑だ。具体的な事実は、澤島を叩けば幾らでも出てくるはずだ。澤島も警察に全面協力すると言ってる」

　如月は中村を見た。

「どうだ右近？　これで王手だろ？」

「はい。いいと思います。行けると思います」

　中村も、頷いた。

「よし！　じゃあ令状が取れ次第、夜明けを待たず速攻でガサ入れするぞ！」

　如月にお株を奪われまいと、岸和田もことさらに大声で号令をかけた。

　その大声にまぎれて、如月は中村に耳打ちした。

「菱田廉は今、おれの部屋にいる。おれが匿っている。今のうちにあいつから正式な事情聴取をしておかないといかん。順序としては後からでもいいが、おれはこれからそれどころじゃなくなって忘れちまうかもしれないから、お前にも言っとく」

「了解です」

　その一方で、刑事一係長が岸和田に確認を取っている。

「課長、捜査本部を立ち上げますか？」

「帳場か。いずれ立てないといかんだろうが、今は時間がない。立つとしたら特捜本部ってことだろうがな」

　それを聞いた一同は「おおっ！」と声を上げた。それだけデカいヤマなのだ、と全員の士気は上がった。

「ここまで来たら、逆にきっちり逮捕立件しないとこっちの責任を問われる。賽《さい》は投げられた、ってやつだ。上の連中の顔色より今は市民の方が怖い。やるぞ！」

パンパンと手を叩いて一同に行動を促した岸和田が、やっと存在感の誇示に成功した。

「これまでの情報によれば、西多摩教会の中に、前原と菱田は立て籠もっているはずだ。他に行く当てはない。教団の連中が察知する前に急襲するぞ！」

「警視庁《ホンチョウ》に応援を求める。特殊部隊の派遣を要請するぞ！」

「車両を押さえろ！　足りなければ立川と府中《ふちゅう》からマイクロバスを……間に合わないなら急遽《きゅうきょ》レンタカーのマイクロバスを押さえろ！」

刑事に事務官、管理官が入り乱れて、家宅捜索の実務に関する準備が急ピッチで進んでゆく。

そこに、「令状《ふだ》が取れました！」と刑事が駆け込んで来た。

「よし！　この機を逃がすな！　いくぞ！　今夜は完徹だ！」

西多摩署の刑事組織犯罪対策課のみならず、交通課や地域課、警備課や生活安全課など、西多摩署の捜査員を総動員して家宅捜索班が結成された。

警察車両も総動員され、捜査官たちが今まさに、満を持して「たましいのふれあい教会」の西多摩教会に向かおうとしていた、まさにその時。

「おい！　如月はどこだ？」

と安倍川の声が飛んだ。

「あいつ、いねえぞ！」

「どこ行きやがった？」

たしかに、いればすぐ判る如月の姿が、ない。

「そういや、スマホを耳に当ててなんか話しながら廊下に出て行ったっきりだ」

「トイレか？」

その間にも刑事たちはどんどん車両に乗り込んで、出発態勢になったが、如月の姿は依然として見えない。

「おい、どうした？」

「あいつがいなきゃ話にならんだろ！」

誰かがそう言うと、岸和田課長は怒った。

「何を言う！　課長のおれがいるんだから大丈夫だ！」

スマホを耳に当てていた中村が「如月さん、電話にも出ません」と報告した。

刑事たちは口々に「自宅に帰ったとか？　携帯が駄目ならイエ電にかけてみろ」と言い、それに応じた中村が如月の部屋の固定電話にかけた。

「もしもし！」

何者かが受話器を取ったが、すぐに切れてしまった。

「なんか妙です。自分、ひとっ走り如月さんのアパートに行ってみます」

「おう。その件お前に任せた！　ただでさえ人手が足りないんだから、如月のやつを引っ張ってこい」

岸和田課長は二つ返事で中村に許可を与えた。

西多摩署総動員態勢の中、如月と中村が抜けた状態で、「たましいのふれあい教会・西多摩教会」への家宅捜索は開始された。

＊

その数分前。

家宅捜索の出動準備をしていた如月のスマホが震えた。相手は非通知だ。

「誰だ？」

如月は開口一番に訊いた。

「お前の娘を誘拐した」

押し殺した変な声が、そう言った。明らかにボイスチェンジャーを通している。

「聞いてるか、如月。お前の娘、香里を誘拐した」

如月は目を剝いた。

「目的はなんだ？　娘に何かあったらお前ら全員、ぶっ殺すからな」

しまった。教団に先手を打たれたか。

「お前ら、『たましいのふれあい教会』だろ！」

「さあな。だが娘の安全は、お前の出方次第だ。娘が死んだらお前の責任だ」

「娘はどこにいるんだ？　そこにいるのか？　いるんなら声を聞かせろ！」

スマホにノイズが入り、「パパ！」という悲鳴が聞こえた。

「香里……」

香里の声だ。間違いない。さらに悲鳴が続いた。

「パパ！　ママ！」

そこでまたスマホを握り直す音がして、最初の声に戻った。

「判ったか。娘を帰して欲しかったら、誰にも知らせず、お前一人で、こちらの指示どおりに動け。とりあえずそこを出ろ。誰にも知らせるな、と言われたのに警察に知らせて最悪の事態を招くバカがいるが、お前は賢いやつだよな？　判ったか」

そこまで言って通話は切れた。署の建物を出ろ、という以外、具体的な指示はない。

いきなりのとんでもない電話を受けたのにもかかわらず、如月は不思議に冷静だった。

引っかかることがあったからだ。

まず、香里は如月のことを決して「パパ」とは呼ばない。母親のことも糞《くそ》ババアとかアノヒトと呼んでも、ママと呼んだことは大きくなってからは一度もない。誘拐された事は判っているのだから、それ以上の何かを香里は伝えようとしている……それはなんだ？　何を伝えようとしてるんだ？

あのバカ娘、どうせなら、もっと判りやすいヒントを出せ！　と如月は苛ついたが、ここで腹を立てても仕方がない。

判るのは、誘拐されて監禁されていることにプラスして、なにかがあるということだけだ。

おもしれえ。それに乗ってやろうじゃねえか。

如月は西多摩署からそっと抜け出し、家宅捜索班を離脱した。

＊

そのころ廉は、如月のアパートの中で一人、悩み抜いていた。

内藤ドミンゲスの口車に乗せられて、なりゆきで彼が配信するＹｏｕＴｕｂｅチャンネルのゲストとなった。問われるままに答えるうちに、次第に、これは本当の事をハッキリ話さなければいけない、という気持ちに駆られ、気がつくと、かなり踏み込んだことまで話してしまった。

話す内容を事前に考えたわけでもなく、ただ内藤に訊かれるままに答えていた。答えられないことについては一応、沈黙したのだが……それにしても無防備すぎた。

その内藤ドミンゲスは動画の配信が終わると「では事後処理があるんで」などと言って、そそくさと帰ってしまった。

一人になった途端に、こういう事はやはり、如月に相談してから話すべきだったという、強い後悔が襲ってきた。無断でいろいろ喋ってしまったことが、はたして良かったのか悪かったのか。廉は激しく思い悩んだ。しかし、もうこのまま逃げ続けるわけにはいかない。

如月さんにも、きちんと話すしかない……。

廉がそう決めた時、如月のアパートの固定電話が鳴った。

電話は突然鳴るものだとはいえ、驚いて心臓がとまりそうになった。特に廉は、スマホは日常的に使うが、いきなり大音量で鳴り出す固定電話には慣れていない。配信に出演した直後だし、この電話はきっと如月からのものだ。如月は烈火の如く怒っているだろう。

とっさにそう思って怯えた廉は、何度も呼び出しのベルを聴きながら固まってしまった。

が、呼び出し音はいつまでも鳴り続けている。

応答するのが怖い。廉は鳴り止むまで放置しようと思ったが、ベルはえんえん鳴り止まない。

煽り立てるようなその音についに耐えきれなくなった廉が、震える手を伸ばして受話器を取った途端、勢い込んだ声が聞こえてきた。

「もしもし！」

如月の声ではない。誰なのかも判らないまま、廉は受話器を置いてしまった。とにかく、怖ろしかったのだ。

すぐにまた電話機が鳴った。

勇気がなくて切ってしまったが、今度はきちんと応えよう。

廉は震えながら受話器を取った。

だが、聞こえてきたのは今度も如月の声ではなかった。さっきの電話の声とも違う。

「如月か。さっきも言ったようにおれたちはお前の娘を誘拐している。本当にそれが判っているのか？　娘を無事に返してほしければ菱田廉をこちらに渡せ。そして、これ以上、廉にはひとことも喋らせるな。警察にも誘拐の件は知らせるな。知らせたら娘の命はない。判ったな！」

相手は、言うだけ言うと通話を切ってしまった。誰のものかも判らない、ボイスチェンジャーを使った、電子的な音声だった。

今度も、ぼくのせいで……。

電話を切った廉は、ショックを受けて激しく動揺した。

全部、ぼくのせいだ……。

ぼくに関わった人、ぼくに親切にしてくれた人たちを、また不幸に巻き込んでしまった……。

そう思い詰めた廉には、もはや如月の部屋から出ることしか考えられなくなっていた。大変なことになってしまった。もうこれ以上、誰も不幸にしたくない。

そう思って出て行こうとした時、外でドタドタと足音がしたかと思うと、いきなりドアが開き、人影が入ってきた。

「ひいっ！」

廉は身を固くして部屋の隅に飛び退いたが……部屋に入ってきたのは、如月だった。

「おいナニをビビってるんだ！　おれの部屋におれが帰ってきて何が悪い？　あのボケカスクソッタレのドミンゲスから連絡はあったか？」

「いえ……なんか、用があるといって、配信が終わったらすぐ出ていったきりです」

「どうしようもねえクソ野郎だ！」

如月はそう吐き捨てた。

「あいつはそういう腐れ外道《げどう》だ。ところで君、どこかに行こうとしてたな！　ここから出るなと言ったはずだぞ！」

如月が怖い顔で怒鳴るので、廉はますます恐怖で身を固くした。

だが、如月はそこで思いがけないことを言った。

「だが、ここを出るなとは言った時とは状況が変わった。今すぐここを出る。危険が迫ってる」

如月はそう言って、廉の腕をぐい、と引っ張った。

「それは……香里さんの事ですか？」

「なんで知ってる？」

睨みつける如月に、廉は誘拐犯と思われる人物から電話があったことを話した。

「教団がぼくを探しているんですか？　香里さんが誘拐されたのも、ぼくのせいなんでしょう？　……もういやだ。ぼくのせいで何もかもがだめになる。みんなが不幸になってしまう！」

　喋るうちに廉が錯乱してきたので、如月はその頬を一発、平手打ちした。

「落ち着け。おれは君を守る。娘は大事だが、君のことだって大切だ。あらゆる市民を守るのがおれの仕事だ」

　我ながら何という立派なことを言っているのか、と如月はいささか気恥ずかしくなりつつ、それでも続けた。

「とにかくだ、君は君で大切な存在なんだよ！　判ったか！」

「それは、教団がぼくを必要とするように、如月さんもぼくを切り札にしようとしているからですか？」

「あ〜」

　如月は咄嗟に言葉を返せなかった。

「そういう考えもあるだろう。あるだろうけど、その前に、君という人を知ってしまった。知ってしまった以上、君を、交渉ごとの切り札に使おうとか、そういうふうには考えていないんだよ。向こうがそう思っていても、な」

「……ぼくは、どうすればいいんですか？」

「だから、ひとまず、この部屋を出る。君の身柄を、とりあえず安全なところに移さなくてはならない」

「どこへ行くんです？　こんな夜中に」

不安そうに訊く廉の腕を取った如月は、無言のまま部屋を出た。


その数分後。

「如月さん、こんなところに住んでるんだ」

初めて如月の自宅を訪れた中村右近は、それにしても殺風景なアパートだな、と思いつつ鉄骨の外階段を上がっていた。そこに声がかかった。

「おい、どうしてお前がここにいる？」

二階の廊下まで来たところで突然ドアが開き、中村はぎょっとして固まった。

「お前、ガサ入れで忙しい最中じゃねえのか？」

「だから、ガサ入れに行こうとしたら、肝心の如月さんが急に消えたので」

「おれがいなくてもガサ入れは出来るだろ！」

如月はそう言いながら、なぜか品定めするように、中村の頭から足の先までを舐めるように観察している。よし、と頷いた如月はいきなり、まとめて手に持っていたものを中村に押しつけた。

「お前、これを着ろ」

くしゃくしゃに丸められた衣類だ。いまどきの若者が着そうな、カジュアルな服に中村はとまどった。

「は？　いったいこれは……」

「いいから着ろ。すぐに着替えろ」

如月はそう言いながら、あたりの様子を窺っている。

「ゆっくり説明しているヒマはない。おれの言う通りしろ！」

如月はそう言って服を押しつけ、廊下に面した部屋の一室の扉を開けて手招きした。

今、如月さんが出てきたのは、ここの隣の部屋の筈だが……中村は疑問に思いつつ言われるままに中に入った。

廊下に残った如月は、ふたたびあたりの気配に耳を澄ました。

アパートの周辺には、不穏な雰囲気が漂っている。

如月はハッキリと気づいていた。自分が襲われる前には、どうも独特の妙な空気に包まれるようだ。これまでにも何度か襲われて、最後には刺し殺されてしまったのだが……。

如月は、その独特の「前触れ」に今、やっと気がついた。既視感とでも言うべき感覚に、ようやくセンサーが反応するようになったらしい。

バイクか車両がエンジンを切って、惰性で接近する気配があった。だが、タイヤが砂利を踏む音は消せない。ヘッドライトも消えているが、物体がゆっくり移動しているのは判る。

たぶんもうじき、襲撃者はおれの前にやってくる。この感覚はいわば、未来の記憶だ。今度ばかりは、むざむざとやられはしない。

如月が待ち受けていると、やがて、アパートの鉄階段を音もなく上がってくる人影が見えた。黒革の上下。いわゆるライダースーツ、そしてフルフェイスのヘルメットを身につけたその姿形は……如月の想定よりかなり華奢で細身だ。

と思う間もなく、その人影は襲いかかってきた。間違いなく襲撃者だ。手にはサバイバルナイフのような刃物を持っている。

薄暗い街灯の光に、ナイフの刃がぎらり、と光った。

不意打ちではないから、如月も対処を心得ている。

ラグビーのタックルの要領で、襲撃者に突進した。相手は鉄階段の上がったところに立っていたから、逃げようもなく、如月の頭突きを受けてそのまま彼と一緒に鉄階段を転げ落ちた。

だが、驚異的なのはここからだった。

侵入者は驚くべき身体能力を発揮して受け身をとり、一瞬にして立ち上がって体勢を整えるや、ふたたびナイフを持って身構えた。

こういう場合は間をおいてはいけない。如月もすぐさま突進して、襲撃者のナイフを持つ右腕をつかんだ。ひねり上げながら合気道の技で投げ飛ばそうとした。

しかし相手は怯まない。自分から身体を回転させて腕の捻りを解消すると同時に足払いをかけてくる。如月は足元をすくわれ、あやうく倒されそうになった。

しかしそれにも如月は機敏に反応して、その足首を逆に思いきり摑んだ。

ライダースーツ姿の相手はそのまま転倒したが、その瞬間、手にしたナイフを如月目がけ、矢のように投げてきた。

ひゅっと風を切るナイフが頰を掠めて飛んでいく。

おれの顔にイロをつけたのは、という決まり文句も口に出来ないほど、タイマン勝負の緊迫が続く。

そもそもこれは何のための襲撃だ？　廉を奪いに来たのか？

なるほどそういうことか、と合点がいった。なにもかも、あの内藤ドミンゲスの配信のせいだ。誰だか判らないが、こいつもあらゆる手を尽くして、ライブ配信の収録場所がここだと見当をつけたのだろう。

如月は、何か武器になるものは、と周囲を見た。と、アパート前の空き地に、ボウフラでも湧いていそうな古い水が入ったままのバケツがあった。緑色に濁って腐臭を放っている。

咄嗟にそれを摑んだ如月は、中味を相手にぶちまけた。

悪臭はともかく、フルフェイスのヘルメットのシールドがヘドロや水草などでドロドロになった。これで相手は前が見えなくなった筈だ。

はたして。相手はたまらず、シールドを上げた。

ヘルメットの奥に光る目は、大きくて切れ長だ。

如月が古く汚れたバケツを投げつけると、相手はそれをはたき落とした。

その時、二階の部屋のドアが開く音がして、中村の声が聞こえた。

「どうか、しましたか?」

それを聞いた瞬間、フルフェイスのヘルメットにライダースーツの人物は身を翻し、逃走を開始した。

如月が後を追ったが、相手は駐めてあった大型バイクに跨がると即座にエンジンをかけて一気に走り去った。後尾のナンバープレートは黒く覆われていた。

黒のオフロード……どうやらYAMAHAのTénéré700だったようだ。オフロードのようなスタイリングだがロードバイクのようでもある。

「如月さん! 何があったんです?」

「お前、まだ着替え終わってないのか! 男のくせにナニもたもたしてるんだ!」

ったく使えねえな！　と如月は中村を罵倒しながら考えた。廉を連れ去りに来たあれは誰なんだ？　もしかして、香里を誘拐したやつか？　おれを殺してでも連れ去るべきじゃないのか？のなら、諦めが早すぎないか？　おれを殺してでも連れ去るべきじゃないのか？

「中村！　お前は早く着替えてしまえ！」

如月はもう一度怒鳴ってなおも考えたが、やはりどういうことか判らない。下手の考え休むに似たりか……とガッカリしたところで、はっと思いついた。もしかして役に立つかも、と思ってインストールしたままの、あの、スマホの生成ＡＩ。あれを使ってみよう。例のウザいアニメキャラがアイコンになっている、あのアプリだ。如月はスマホを取り出し、ウザいアイコンをタップした。

「やほー」と、相変わらず馴れ馴れしいアニメ声が挨拶してくる。『万能コタエール』だ。如月はマイクをオンにして質問した。

「たぶん判らないと思うが、一応訊いてみる。西多摩地区で、黒のＹＡＭＡＨＡのＴénéré700のバイクに乗っているヤツは誰だ？　体格は細身で華奢。黒ずくめの革のライダースーツに黒のライダーブーツを履いている」

どうせ気休めだ、と思ってスマホに語りかけてみた如月だが、驚くべきことに、『万能コタエール』は回答を寄越してきた。

『はい。西多摩地区において、そのバイクと、その特徴を持つ人物は、吉前町《よしまえちょう》近辺で何度も目撃されています』

「吉前町といえば……その先に教団の宮殿があるな」

ウザいアニメ声とアニメ顔のアバターに辟易《へきえき》しながら、如月はスマホから聞こえる音声回答に聴き入った。

『追加情報です。つい最近は、北御池町《きたおいけまち》方面を走行していたことが記録されています』

如月にとって、その地名には非常に馴染みがあるものだったが、もしや、このAIは警察のコンピューターをハッキングしてるのか？　あるいは、防犯カメラの映像を盗み見でもしてるんじゃないのか？　なぜそんなことまで判る？　と如月は訝しんだところで、次の瞬間、閃いた。

「……判った。だいたい読めた」

何故か一人で納得した如月がふと横を見ると、着替え終わった中村がぽかんと突っ立っていた。

「お前、そこで何してる？」

「如月さんこそ何してるんですか？　自分が着替えを終えて出て来たら、如月さんがスマホに向かって何やらぶつぶつ呟いていて、おかしくなったのかと思いましたよ」

「お前らよりこの『万能コタエール』の方が役に立つことが判った。仕組みは全然判らないが、なるほどと思える答えが出た！　行くぞ！」

＊

「ねえ前原。大丈夫かしら、私たち？」

傍に立つオールバックの男に、女は不安そうに問いかけた。

大男に問いかけたのは、廉の母にして教団の教祖補佐の地位にある女性、菱田紗和だった。

「大丈夫です、教祖補佐。状況はかなり厳しいですが、簡単にやられたりはしません。なんといってもこっちには取引の材料があります」

大男はそう言って、傍らの床を見やった。

視線の先には、手足を縛られて床に転がされている香里の姿があった。

＊

刑事組織犯罪対策課の課長である岸和田をリーダーとする家宅捜索班は、宗教法人「たましいのふれあい教会」西多摩教会施設に到着した。

近くの林道にバスやパトカーなどの警察車両を駐め、押収品を入れる段ボールを手に手に提げて、全員が教会の建物に向かっていた。

それだけではない。この西多摩教会の周囲には、警視庁《ホンチョウ》の特殊部隊が密《ひそ》かに展開している。太い木の枝や木陰に隠した高所作業車のゴンドラに、スナイパーが配置されている。

これまでの捜査で、この教団には武装した集団がいて、銃火器で抵抗する可能性のあることが判っていた。拳銃を携行するだけの刑事では太刀打ち出来ない場合を想定したのだ。

「この施設には出入り口が四箇所ある。本隊は正面玄関から入るが、それ以外の三箇所は、制服警官三に刑事一の、四人ずつで出入りを止めろ。一箇所の例外もなく出入りを遮断するんだ。解除については追って連絡する。付近には特殊部隊が展開しているから、なにかあっても不用意な発砲はするな。反撃は本職に任せて各自、自分の身を守れ」

十二人の捜査官たちは了解しましたと言って本隊から離れ、建物の四箇所にある出入り口に向かった。

「それにしても……如月と中村はどうしてるんだ？」

岸和田は副官の安倍川に訊いた。

「現在、二人とは連絡がつきません」

「まあいい。アイツらがいなくても大勢に影響はない。予定通り進める」

本隊は、正面玄関に向かって歩を進めた。

通りに面した歩道には、オフロードバイクが駐まっている。

「あんなところに駐めやがって。駐禁切符、切るか？」

家宅捜索班に加わっている瀬古宇が軽口を叩いた。

＊

一方、如月と中村も目的地に向かっていた。

「本隊に連絡しないでいいでしょうか？」

そう言う中村に、如月は「いらねえ」と答えた。

「向こうも取り込み中だ。いちいち連絡を入れられても鬱陶しいだろう」

建物の外には黒いオフロード・バイクが駐まっている。

「ＹＡＭＡＨＡのＴénéré７００……ここですね」

車種を確かめた中村に、如月は頷いた。

＊

「たましいのふれあい教会・西多摩教会」の正面玄関に到達した家宅捜索班は、正面玄関を開けさせて受付に来意を告げた。

「警視庁西多摩署です。三年前、二〇XX年に起きた西多摩一家殺人事件ならびに十七年前、二〇XX年に起きた新宿区東新宿在住だった飲食店勤務・内場憲一さん殺人事件、並びにフリーライター東條恵輔さん殺人事件に関して、刑事訴訟法二百十八条に基づき、『たましいのふれあい教会・西多摩教会』、及びその付属施設の家宅捜索を行います。これが捜索差押許可状です」

岸和田が令状を示した。

「どういうことですか？　こんな夜中に！　非常識ではないですか！」

対応した教団側の人間は、深夜の家宅捜索に動揺し、怒りをぶちまけた。

「しかも、突然」

「家宅捜索は突然やるものです。令状にも日没後の捜索を許可する旨、記載があります。今までは例外的に、こちらの教団には事前の連絡があったのかもしれませんが、事情が変わったとご承知ください。ではこれから開始します」

行くぞ！　と岸和田が号令をかけて、家宅捜索班は有無を言わせず施設に押し入った。

安倍川は警察無線で「二十三時三十四分、捜索開始！」と、他の三箇所に展開している別班に連絡した。

奥から出てきた警護要員が抵抗したが「必要なら公務執行妨害でしょっ引け！」と岸和田が怒鳴り、抵抗する信者や職員は次々に手錠をかけられて連行されていく。

「無事に入った。連中は無抵抗だ。総員、内部に入れ」

安倍川が指示を出して、三つの別班もそれぞれの出入り口から施設の中に突入した。

安倍川たちは事務室に入って書類を片っ端から段ボール箱に詰め、パソコンも電源を引っこ抜いて段ボール箱に放り込んでいく。

岸和田たちは施設内をどんどん歩いて、ドアを開けていく。

「失礼します。警察の家宅捜索です」

目指すは、教祖補佐の菱田紗和、そして、そのボディガードの大男・前原俊治だ。

しかし、その二人の姿は、ない。今のところ施設内では発見できない。

「くまなく捜せ！」

刑事たちは広い部屋も狭い部屋も踏み込んで中を検《あらた》めていく。

「隠し部屋を見落とすな！」

捜索は徹底して行われていった。

＊

「なんといってもこっちには取引の材料があります」

不安そうな菱田紗和に、大男・前原俊治は再度言った。

「こちらにこの材料があるかぎり、簡単にやられたりはしません」

彼の視線の先には、床に転がされている香里の姿がある。

「娘を人質に取られているのだから、如月も手荒なことは出来ないでしょう」

＊

「課長！　最上階……四階ですが、窓がない箇所があります。よく見ると、窓を板でふさいで外壁と同じ色のペンキで塗ってあります。もしかすると、その区画に、前原俊治と菱田紗和が潜んでいる可能性が……」

御灸田の進言に、岸和田が頷いた。

「よし判った。四階からと、屋上からの両方から攻めよう」

＊

屋上に侵入した如月は、消火用の放水ホースを鉄柵に巻き付けて強度を確認すると、携帯で連絡を取った。

「おいそっちはどうだ？」

「今、ドアの前まで来ています」

「判った。三十秒後にチャイムを鳴らせ」

如月は通話を切った。

＊

家宅捜索班は足音も高く、西多摩教会施設の四階まで一気に駆け上った。ドアというドアを開けていったが、一箇所だけ、開かないドアがあった。

「開けろ」

岸和田の命令一下、ハンマーでドアノブが激しく損壊され、ドアが開いた。

拳銃を構えた刑事たちが一斉に突入した。

ほぼ同時に、窓を塞ぐ板が外から蹴破られた。ガラスも割られ、屋上からロープを伝って降下した特殊部隊の隊員たちが突入してきた。

しかし……部屋の中には誰もいない。誰かがいた痕跡すらない。

「これはいったい……どういうことだ?」

＊

激しくドアチャイムが鳴り始めた。

「誰かしら」

私が、と菱田紗和が立ち上がった。

「大丈夫。宅配便とかだったら追い返すから」

部屋には、転がされた香里のそばに、椅子に縛り付けられた中年の女がいた。全身でもがき、猿轡《さるぐつわ》ごしに何とか声をあげようと、激しく頭を振っている。

「香里さんのお母さん。もう少し辛抱してくださいね」

菱田紗和はそう言って、ドアモニターを見ると、ドア外に俯向いて立っているのは……若い男だ。そして着ている服にも見覚えがある。

「廉！　どうしてここが判ったの？」

菱田紗和は叫び、前原が止める間もなくドアを開けてしまった。

だがドア外に立っていたのは、廉ではなかった。ドミンゲスのＹｏｕＴｕｂｅに出演したときと同じ服を着てはいるが、紗和には見覚えのない、若い男だ。

「あんた、誰！」

紗和は叫んだ。

「警視庁西多摩署刑事組織犯罪対策課の中村です。ちょっと部屋の中を見せてもらえますか？」

警察の身分証をかざして入ってこようとする中村を押し止《とど》めたのは、うしろから紗和を庇うように出てきた大男・前原だった。

「駄目だ。捜査令状はあるのか？」

「それはありませんが……現在、誘拐事件の緊急捜査をしておりまして。ちょっと、ちょっとでいいんです」

中村は二人の頭越しに部屋の中を覗き込もうとした。

「令状もないのに勝手に入るな！　訴えるぞ！」

前原が大声を出して中村を突き飛ばした。

「なっ　何をする！　こ、公務執行妨害だ！　お、お前を現行犯逮捕する！」

ビビりつつ、それでも必死に叫んだ中村に、紗和は背後に隠していたサバイバルナイフを突きつけた。廊下の照明に刃がぎらり、と光る。

「出て行きなさい！　出ていけ！」

紗和は中村の肩を押してドアを閉めようとしたが、すでに中村の爪先はドアの隙間に入っている。

まさにその時。紗和と前原の背後で激しい衝撃音がした。窓のガラスが粉々になってフローリングに散乱すると同時に室内に人影が出現した。消火ホースを伝って屋上から降りてきた如月が、消火ホース先端の金属部分でベランダのガラス窓をぶち割ったのだ。

部屋の中に突っ込んできた如月は土足のまま立ちはだかり、前原と紗和を怒鳴りつけた。

「やっぱりここだったか。お前らはテキトーなことを言って、おれたちをあちこち引き回して、そのあいだに廉を奪取するつもりだったんだろうが、おれもバカじゃねえ。いろんな情報が、すべて、おれの別れた女房が住むこの部屋を指し示していた。案の定だぜ！」

如月は不敵な笑みを浮かべた。

「ウチのバカ娘がパパ！　ママ！　と叫んだのが決め手だったな。香里がおれたちをパパママと呼んだのはガキの時だけだ。そして一家で暮らしたのはここだからな」

　そう言った如月は香里を「お前にしては上出来だ」と褒めてやった。

　玄関の中村に気を取られていた前原がゆっくりと振り返り、如月に正対した。

　如月はこの時、一年後に自分を刺し殺すはずの「大男」前原と、初めてきちんと対峙《たいじ》した。

「そうか。お前だったのか」

　如月は前原をしげしげと見て、自分を殺した、いや殺すことになる男は、やはりこいつだ、と確信した。

「一年後、おれはお前に殺されるんだぜ」

「ナニをわけの判らんことを言ってる。それが望みなら今すぐにでも殺してやる！」

　前原が摑み掛ってきた。特に凶器は持っていない。自分の肉体だけで充分だと思っているのだろう。

「おい右近！　女のほうを頼むぞ！」

　見たところ、玄関に立っている紗和は非常に華奢な体格だ。しかし、着ているものは黒革のライダースーツ。床にはフルフェイスのヘルメットもある。

「さっきオフロードのバイクでおれを襲ってきたのは、その女だ！　油断するな！」

如月が叫ぶと同時に、女・菱田紗和が中村に襲いかかった。手にはサバイバルナイフがある。

同時に、「大男」前原も如月に飛びかかってきた。

如月と中村、前原と菱田紗和、二対二。

だが中村は、菱田紗和が振りかざしているサバイバルナイフを見て、怯んでいる。

「バカ！　お前、ガサ入れで出動したんだろ？　チャカはどうした？」

「あ！」

ハッと気がついて声をあげた中村は、スーツの内側に下げたホルスターから、シグザウエルＰ２３０を取り出した。銃を構えて叫ぶ。

「てっ手を上げろ！　無駄な抵抗は止《よ》せ！　誘拐監禁の容疑で現行犯逮捕する！」

だが大男・前原はかまわず、香里とその母親・由美子の前に立つ如月に襲いかかった。

「中村！　発砲を許可する！　撃て！　今撃たないで、いつ撃つんだ！」

だがその瞬間。紗和のサバイバルナイフが振り下ろされて、銃を構える中村の手の甲に突き刺さった。

同時に銃が暴発するように発射され、銃弾が紗和の左肩に命中した。

中村は手の甲を刺されたまま、それでも二発目を撃とうと銃口を紗和に向けたが……発砲の寸前、咄嗟に標的を変えて如月に組み付いた前原の大きな背中を撃った。

紗和が中村に飛びかかり、銃を奪おうとした。しかし警官の持つ銃には「吊り紐」が付いていて、容易には奪えない。

中村と紗和は激しい揉み合いになった。

隣近所は、夜中の発砲音に怯えたのか、誰ひとり顔を出さない。マンション内は静まりかえっている。

中村を制圧しようとしている紗和の動きは驚くほど敏捷だ。殴り、突き、払いと的確な攻撃を次々と中村に浴びせていく。

しかし中村も必死になってシグザウエルを奪われまいとしている。

一方、前原は……背中を撃たれたというのに、蚊に刺された程度にしか感じていないようだ。余裕の笑みを浮かべて如月の首に太い腕を回し、スリーパーホールドのように背後からの絞めつけを開始した。

が。その時。

如月は、椅子に縛られていた由美子の立ち上がる姿を視界の隅にとらえた。由美子はいつの間にか縛《いまし》めを解いていた。自分が縛られていた縄を手に、由美子は死角からゆっくりと前原に近づいた。そしてその縄を前原の首に掛けると、一気に絞め上げた。

「げ」

完全に不意を突かれて驚いた前原は、一瞬、如月に絡めた腕を緩めた。

そこに中村が三発目を撃ったが紗和に阻まれて、撃った弾は予定したコースを大きく外れて、天井に当たり、跳ね返って紗和の背後からその左腕に当たった。

前原の太い腕を逃れた如月は由美子に加勢してロープに手を掛け、前原の首をさらに絞め上げながら叫んだ。

「中村！　トドメだ！　トドメを撃て！　正当防衛、緊急避難、なんでもいい！」

しかし紗和も必死だ。中村を殴り、蹴り、なおもホルスターごとシグザウエルを奪おうとしている。

その間に前原から離れた由美子は気丈にも今度は香里に近づき、娘の縛めも解こうとした。

「おい、お前たちは危ないから、どこかに逃げろ！」

如月は由美子と香里に叫んだ。

前原は、首を絞められながらも状況を見ていた。香里の傍でロープをほどこうとしている由美子を見るや、全力で如月を振りほどいた。そして如月を部屋の反対側まで突き飛ばした。タンスの上から置物が如月の頭に落下した。

「教祖補佐！　逃げてください！」

前原は紗和に叫んだ。

頷いた紗和は中村から敏捷《びんしょう》な動きでさっと離れると部屋を飛び出し、マンションの外階段から身を躍らせた。図抜けた跳躍力で外階段の手摺《てす》りを飛び越え、途中の雨樋《あまどい》や手すり、突き出た木の枝などに手を掛けながら、するすると四階の高さを伝い降りてゆく。

全身のバネを使って着地の衝撃を吸収した紗和は、そのまま下に駐めてあったYAMAHAのTénéré700に飛び乗ってエンジンをかけた。ライトも点《つ》けないままに、闇の中にエンジン音が遠ざかってゆく。

中村は追いかけて外階段を駆け下り、音の方向に数発発砲したが、すでに距離が離れすぎていた。

一方、落下した置物に頭部を直撃され、昏倒しかけた如月を、前原は軽々と抱え上げた。運ばれている……ベランダに向かって。如月は恐怖した。簡単にそれが出来るほど前原は巨体で怪力で、とても如月が敵《かな》う相手ではなかった。

ここは四階。紗和は軽々と壁を伝い降りて逃げたようだが、重いカラダの如月には無理だ。死にはせずともかなりの重傷を負ってしまう。

ベランダの鉄柵の高さにまで持ち上げられた如月は万事窮すになった。

が。

身体の自由を取り戻していた由美子が、前原の後ろに忍び寄っていた。前原の後頭部に、由美子は思いきりフライパンを振り下ろした。

くわ～んという脱力するような音が響いた。

由美子渾身《こんしん》の一撃に、さすがのモンスター・前原もふらついた。

それを見逃す如月ではない。

自由になった瞬間、身を屈めて前原の両脚を摑んだ如月は立ち上がる反動を利用して、前原の巨体を持ち上げた。その上半身をベランダの鉄柵から外に押し出す。前原は激しく抵抗したが、如月もここで脚を離すわけにはいかない。自分が殺される。

不意に抵抗が消え、前原の身体は両脚を上に、真っ逆さまに落下していった。

ここ四階の真下には砂利が敷かれた駐車場があり、車が駐まっている。その屋根に、前原の身体はどぉ～んという激しい衝撃音とともに落下した。

大きく凹んだ車の屋根の上で、前原は動かなくなった。

ベランダから見下ろして前原が動かなくなったのを確認している如月に、うしろから声がかかかった。

「まったくもう、アンタ、どこまであたしたちに迷惑をかければ気が済むのよ！」

激怒した由美子の声だった。

「チャイムが鳴って、外を見たら香里がいるからドアをあけたら、いきなりあの人たちが押し入ってきて、香里を部屋の中に突き飛ばしたと思ったら私まで縛られて……このベランダのガラスとか、部屋の家具とか、全部弁償してよね。アンタと離婚して、面倒な生活からやっとオサラバ出来たと思っていたのに……」

「そう言われちゃ一言もないが、お前……やっと命拾いしたのに、開口一番がそれなのか」

如月はさすがにがっくりした。だが由美子の舌鋒《ぜっぽう》はとまらない。

「だいたい、室内で発砲するなんてどう言うつもり？　ここの管理組合、うるさいのよ。出て行けって言われたら、アンタと警察が責任持って引越先を探してよね！」

そこに青い顔をして外から戻ってきた中村が「すみません」とうな垂れた。

「菱田紗和を取り逃がしました」

「バカ野郎！　謝る前に緊急配備だ！　あのバイクで逃げたんだよな？　おれは救急車を呼ぶ」

如月が一一九番に連絡している時、遠くからパトカーの音が響いてきて、赤い回転灯の列が見えてきた。

第六章　あの日、あの場所で

アパートの外階段を上がってくる複数の足音に菱田廉は意識を取り戻した。顎がひどく痛い。如月の部屋の隣室にあたる、この空き部屋に入った途端、廉は如月から顎に一撃を食らったのだ。

その直前に如月が言ったことも思い出した。

「ここだ。ずっと空き部屋だが、不動産屋の営業と話をつけて、こうして中に入れるようにしてある」

この部屋のガスメーターの上をさぐり、鍵を取り出して扉を開けながら、如月はそう言ったのだ。そして部屋に入った途端、アッパーカットの要領で、下から突き上げるように殴られたのだった。

手足の自由が利かない。ダクトテープでぐるぐる巻きにされている。服も下着だけしか着ていない。

がちゃがちゃと音がして扉があき、アパートの外廊下の光が射し込んできた。

足音が近づき、如月の声が話かけてきた。

「すまんな。君はちょっと目を離すとすぐに勝手なことをする。足手まといになるんで、ここで静かにしていてもらうしかなかった」

廉の口からダクトテープを剝がしながら如月は謝った。

「手荒なことをして悪かった。だがいろいろなことがほぼ解決した。教団への家宅捜索は無事終了。田口さん一家を殺したあの大男・前原俊治も逮捕した。君がもう逃げ回る必要はない。誰からも」

それを聞いた瞬間、廉は圧倒的な安堵の思いに包まれた。

そうか、もう逃げなくていいんだ。あの人たちを、怖がらなくてもいいんだ。

安堵のあまり全身の力が抜け、廉の意識はふたたび遠ざかっていった。


教祖補佐である菱田紗和は逃亡したまま、行方が判らなくなった。あんな派手なバイクに乗って、防犯カメラもある辺りを走っていたのに、ふっつりと姿を消してしまったのだ。教団、あるいは教団関係者が所有する家屋をしらみつぶしに調べたが、紗和の痕跡は発見できなかった。

如月の元妻が暮らすマンションの四階から転落した前原俊治は、病院で意識を回復したが、教団が起こした事件のことについては硬く口を閉ざしたままだった。だが面会に行った如月が菱田廉のことを持ち出すと、前原の態度は少しずつ変わってきた。

「前原俊治が田口さん一家惨殺事件の実行犯であることは間違いない。しかし頑として自供を拒んだまま、前原は送検された。あとは東京地検の仕事だ」

児童養護施設に身を寄せている廉とようやく会えた如月は、前原に頼まれた伝言を伝えようとしていた。

「前原はほとんどすべての容疑について黙秘を貫いているんだが……君の話になると態度が変わる。君への伝言を頼まれた。なんなら直接言ったらどうだ、面会の手筈を整えてやるよ、と言ったんだが……結局、こうして頼みを聞いてやることになった。坊ちゃんに合わせる顔がない、とあいつが言ってな。まああの男はバカだから話があちこち飛んでよく判らなかったんだが……おれなりの整理をした。長くなるけど、まちょっと聞いてくれ」

なんだこの「関白宣言」みたいな前振りは、と自分に突っ込みつつ如月は話し始めた。

「あいつはとにかく君に誤解を残したままにしておきたくないと言った。それは、君の母親の、君への愛情についてだ」

前原は、廉の母で「たましいのふれあい教会」の教祖補佐でもある、菱田紗和の生い立ちから語り始めた。

「菱田紗和、君のお母さんと前原俊治は、ある児童養護施設で出会って、それからずっと一緒だった。紗和……さんは一歳年下だったが、気が強くて言うことに説得力があり人を動かす力もあって、前原は紗和さんの子分も同然だったそうだ」

廉の手前、如月は彼女を呼び捨てにはしなかった。

「施設にもよるが、子供が育つにはかなかなか過酷な環境のところもある。いじめに耐え、あるいは勝ち抜かないと生きていけないようなところだ。二人がいた施設も力が支配する場所だった。紗和さんは腕力はなかったが、とても敏捷で運動能力が抜群で、しかも頭が良かったし口も達者だったので、バカだけど腕力のある前原は彼女に心酔し、完全に言いなりだった」

その関係は施設を出てからも続いた、と如月は廉に語った。

「男女の関係というものではなく、師匠と弟子、親分と子分、先輩と後輩のような、前原が一方的に紗和さんを崇拝し、絶対に侵すべからざる存在としているような関係だ。絶対的アイドルとその忠実なファン、みたいなものかな」

これがもっとも適切な喩《たと》えだろう、と如月は思った。

「まあ、それからいろいろあって、紗和さんと前原のコンビは施設を出たあと、裏社会と水商売にかかわって生計を立てていた。そのうちに紗和さんが勤め先のキャバクラ兼、裏カジノで『たましいのふれあい教会』の教祖と出会った。スカウトされるような形で入信した彼女はあっという間に幹部に昇進。教祖から深く信頼されるようになり、ついには二番目の妻の地位を手に入れた。だがそこには大きな秘密があった。美貌だけがその理由ではないんだ。なんだと思う？」

如月は廉に訊いた。

「……判りません」

「このことを君に言うのは酷だろうが、身内として知らないでは済まされない。だから言う。紗和さんは、いわゆる、教団の武闘派なんだ。おれも襲われたしな。前原と組んで、教団の邪魔になる人たちを次々に始末していたんだ」

「始末って……それは殺すということですか？」

廉の声には感情が入っていない。まるで物語を聞いているような感じだ。

「ハッキリ言えば、そうなる。紗和さんはその分野では極めて有能だった。その働きもあって、教団内で一気に地位を上げた。紗和さんとしても、生まれて初めて、自分の居場所を見つけた、と思ったのかもしれない。教団のためにに身を粉にして働くから、ますます教祖の信用を得て……ついには配偶者にまでなった。これでもう、問題はないはず。誰しもそう思っただろう。しかし……紗和さんは、それで大人しくしていられる性格ではなかった。教祖とのあいだに子どもを作れなかった、という事情もあっただろう。自分にしかできないことがある、という気持ちが捨てられなかったんだな。教団のための殺しを止めることが出来なかった。そのうちに教祖が寝たきりになってしまった。教祖は紗和さんと再婚する時、すでに高齢だったが、宗教のパワーで、それまでは男女のことも……まあ、なんとかしていたわけだな」

息子に母親の性生活を説明するのは難しい。冷や汗をかきながら如月は続けた。

「無神経なおれでもここは説明が難しいが、その……寝たきりの爺《じい》さんになった教祖はもう、出来なくなったんだ。勃たねえ。しかし君のお母さんはまだまだ若い。三十サセ頃四十し頃って言うだろ？　言うんだよ。知らねえか。まあ、それで、君のお母さんは、教団の中で処理するのはさすがにマズいと思ったのか、後腐れのない相手を外で探すことにした。当時、新宿歌舞伎町で超売れっ子のホストだった君のお父さんと知り合って、結果、君が生まれた。その時点で困ったことになった、と君のお母さんは思っただろうが隠し通す成算はあったたし、自身の教団内の権力に自信もあった。だからなんとか穏便に事が運ぶはずだった。少なくとも君のお母さんはそう考えていた。しかし、君のお父さんは、別の考えを持っていた。君の父親である内場憲一は、あろうことか、紗和さんを脅したんだ。紗和さんは不義の子を産んだ、それは神の子でもなんでもない、教祖の胤《たね》ではない子どもだと。それを公表されてもいいのかと」

内場はかなりの額のカネを要求してきたのだ、と如月は廉に告げた。

「教団内の資金を当時から自由に使えた紗和さんとしては、払えない金額ではなかった。だが、こういう脅しをする人間は、必ず繰り返す。そうしてとことんしゃぶられる。幼いころから修羅場をくぐってきた紗和さんは、その辺のことは見抜いていた。それで……」

如月は言葉を切った。

「……母が、内場という男を殺した……？」

如月は、頷いた。

「十七年前のことだ。彼女の犯行ではないかと疑われているいくつかの殺人では、被害者が顔を潰されたり、首を狩られていることが多かった。だが、内場憲一に限っては、君のお母さんはそれをしなかった。殺したけど、まだ愛は残っていたんだろう。たぶん。……いや、誤解しないでくれ。君のお母さんを悪く言いたくて、こういう話をしたんじゃないんだ。前原が伝えたいのは、君に誤解をしてほしくない、ということだ」

「誤解というのは？」

辛そうな声で廉が聞いた。

「それはつまり……君の存在が微妙なので、紗和さんが君をなんとかしてしまいたがってるんじゃないかということだ。君を引き取って家族同然に迎えてくれた田口さん一家を手に掛けたのも、君の命を奪うためではなく、君の居所を知りたかったからだ。あの場に君がいたら、説得して、なんとかして教団に戻ってもらうつもりだった、と前原は言った。しかし君はいない。君の居所を田口さんは絶対に言おうとしなかった。それで……」

「そこまでしてぼくを連れ帰りたかった、その理由は……？」

「紗和さんが、君と一緒に暮らしたかったからだ。前原はハッキリとそう言った」

如月はそう言って廉をじっと見つめた。

「君を教団の中に閉じ込めて育てたことは間違いだ。でも、紗和さんにとって、君は命だったのだ、と。いや、だったという過去形はおかしい。今でも命なんだと。紗和さんにとって、君は何よりも大切な存在なんだ、と」

「ぼくの存在が邪魔だと思う人もいたのでは？」

「いたかもしれないが……それは彼女にとって大きな問題ではなかったんだ」

廉はしばらく黙っていたが、ぽつりと訊いた。

「母は、ぼくが邪魔なのではないのですね？」

「何度も言うが、そうじゃないと思う。愛しているし大切だし、心配でたまらないんだろう。それはおれも判る。おれも人の親だからな。これでもな」

　自分に言い聞かせるように如月は言った。

「とはいえ、ここからは君が、自分で考えるべき事だ。母親だろうがなんだろうが、結局は他人だ。人間には、自分の人生は自分で決める権利がある。だから、これからのことは、君自身が考えろ。及ばずながらこのおれが、多少の手を貸すことは出来る。君の安全を守ってやるとか、相談に乗ってやるとか、その程度だがな」


　前々から噂されていた内閣改造が実施されて、財務大臣が有力だとされていた澤島健太郎は、意外にも国家公安委員長となった。これまで「たましいのふれあい教会」と澤島の関係が密であることは周知の事実だったから、教団が起こした一連の犯罪やスキャンダルを、この政権が完全に封印してしまおうという、これは意思表示かと思われて、当初マスコミも盛んにこの人事を批判した。

　が、しかし、事態はまさに正反対の方向に展開した。澤島国家公安委員長は教団がらみの不祥事について、刑事事件として立件するよう警察を動かしたのだ。

　今や教団の命運は尽きて、解散・破滅への道を辿《たど》りつつあることは、誰が見ても明白な状況になった。

「教団の広告塔」とまで言われていたあの澤島が、完全に掌返しを実行して、教団追及の急先鋒となったことは、政界でも大きな話題になった。その変わり身の早さを大いに揶揄《やゆ》して「総理大臣から、オレを取るか教団を取るかと、厳しく迫られた結果だろ」「何よりも怖いアメリカ様の指示だから」と冷ややかに見る向きもあったが、「カルト漬け与党がやっとマトモになった」「与太者政治家が更生した」と称賛する声も多く、結果として内閣支持率は上向きに転じた。

「さて、おれはどうなるんだろうね？」

サイゼリヤで食事をしながら、如月は香里に訊いた。

「澤島をかなり脅してしまったから、あいつが国家公安委員長になって、おれは完全にクビかと観念したが」

「アンタが元いた世界……一年後？　とかなり『起きた事』は違ってるんだよね？　だったら、こっちはこっちで独自の成り行きになるんじゃね？　ほら、世界線が変わった、ってやつ」

香里は軽い言葉で応じた。娘にとってはやはり他人事なのだろう。

「だってそれしかないじゃん？　あたしたちはどうにも出来ないよ。どっちみち、人生、成り行きだもの」

「立川談志《たてかわだんし》みたいなことを言うじゃねえか。いいよなお前は気楽で」

「タテカワダンシ？　誰それ？」

そして、一年が過ぎた。

如月は、西多摩の歓楽街を歩いていた。ちょうど一年前の今日、前原に刺し殺された、まさにその場所だ。

しかし前原は今、裁判が進行していて拘置所にいる。あの男に刺し殺されることはなくなった。もしも目の前に殺気に満ちた前原が現れたのなら、時間の流れのデタラメさを呪うしかない。

そう考えるなら、自分の部屋で大人しくしているか、警察署に籠るか、思い切って西多摩を離れればいいようなものだが……如月は、自分が刺し殺されるはずの同じ場所にあえて赴いた。

果たして、彼の行く手に立ち塞がる人影があった。

紗和だった。黒革のライダースーツに身を包み、その手には、やはりサバイバルナイフがある。

飲み屋街を歩いていた通行人は悲鳴を上げて全員が逃げ去り、通りには紗和と如月、二人だけになった。

「どうしておれを付け狙う？」

如月は叫んだ。

「もう勝負は付いただろ？　お前たちの負けだ。善良な信者から大金を毟り取って、好き放題していた報いがついに来ただけだ！」

「教団はどうでもいい。とにかくお前が憎いのよ！」

紗和も言い返した。

「ってことは、私怨か！　お前の個人的な犯罪を暴いたから逆ギレしてるのか！」

如月が煽ると、この飲み屋街のいくつかの横丁から、さながらトコロテンが押し出されるように男たちが続々と姿を現した。総勢、十人ほどか。

「お前ら、教団の残党か！　余命幾ばくもない教団の教祖補佐に、そこまで忠誠を尽くすのか？　おめでたい連中だな！　イワシの頭も信心からってよく言ったもんだ！」

なおも煽る如月に呼応するように、紗和の手下らしい連中はじりじりと間合いを詰めてきた。

如月は、もうどうなってもいいと思っていた。

どうせ元の世界では、今日ここで死ぬのだ。やる事はやりきったし、娘の香里も案外シッカリしているし、菱田廉も、自立して自分の道を歩み始めた。

「おれはな、お前らに殺されてもいい。おれが死ねば、お前らの悪辣さがもっとハッキリする。殺し屋集団として教団解散が確定だな！」

如月に武器はない。拳銃や警棒で武装している制服警官と違って、刑事は丸腰だ。すでに大勢に取り囲まれた如月は、観念した。

と、その時。

夜間は事実上、歩行者専用道になっている飲み屋街に、派手なクラクションとローギアでエンジン吹かしまくりの軽トラが三台、突っ込んできた。荷台には大昔のヤクザの出入りのように、木刀や鉄パイプ、鎌やスコップなどの「武器」を持った若者が満載されている。一台から五人ずつ、わらわらと降りてきた。先頭車両の運転席から出てきたのは、なんと、澤島国家公安委員長の長男で、オレオレ詐欺などに手を染めていたダメ息子・澤島栄一郎だ。

「おう野郎ども、エセ宗教のバカ信者どもをやってしまえ！」

反社も半グレもヤクザも、分類が違うだけで中味は一緒だ。

澤島栄一郎の号令一下、半グレたち十五人は一斉に教団の残党に襲いかかった。

同じワルでもワルさが違う。ケンカ殺法に長《た》けた半グレたちは、問答無用に教団残党たちをめった打ちにして容赦なく腕や足を叩き折り、顔面を殴打して鼻や歯に打撃を加え、派手に流血させた。

逃げる残党を捕まえては袋だたきにしていたが、残党の側もめいめい武器のナイフや刃物を出して応戦を開始した。その先頭に立つのは紗和だ。

「何をビビッてる！　やっちまいな！」

紗和は人一倍敏捷な動きで半グレたちを同士討ちさせたり、半グレの持つ鉄パイプを奪ってあっという間に半殺しにしたりしている。

紗和の標的は、如月だ。しかし栄一郎の指図によるものか、半グレたちは栄一郎と如月を守るように立ちはだかって、教団の残党と潰し合っている。

紗和が喚いた。

「敵は如月だ！　アイツのクビを取れ！　文字通り、クビをかき切ってもいいぞ！」

いきなりの肉弾戦に如月は最初は驚き、しかしだんだんと面白くなってきて、澤島栄一郎に話しかけた。

「おい坊ちゃんよ。パパが大臣になって、こういう事しちゃマズいんじゃないのか？」

「どうして？　親父が教団を一掃しようとしてるんだから、息子としてもひと肌脱ぐのが普通だろ？」

「いやいや警察沙汰になったら大臣であるパパに迷惑が……」

などと言っているうちに、遠くからパトカーのサイレンが聞こえてきた。

通行人の通報か、それとも、誰かがこういう「決闘」があると事前に通告していたものか、五十人くらいの圧倒的多数の機動隊が押し寄せて、あっという間に双方の身柄を拘束していく。

紗和は……ここを死に場所と見定めていたのか、ナイフも捨てた。逃げようともせず観念して棒立ちになっている。

如月は栄一郎から離れて紗和のもとに歩み寄った。

「菱田紗和。決闘罪、騒乱罪、凶器準備集合罪、その他モロモロの容疑で現行犯逮捕する」

そう宣言してから、紗和の手に手錠をかけた。

「おい！　護送のパトカーを寄越せ！」

そう怒鳴った如月がまるで注文したかのように、パトカーが現場にゆっくりと進入してきた。

降りたったのは、中村と、彼に連れられた、菱田廉だった。

母親・紗和と、一人息子の廉は、久々に対面した。

「真実のお母様……いや、母さん。もう、終わりにしてください。終わりにして、すべての罪を償ってほしいんだ」

そういう廉を、紗和は縋るような目で見た。

「これだけは信じて、廉。私は……あなたのことを本当に愛していたのよ。愛していたし、今も愛している」

紗和は手錠がかけられた手を伸ばして、廉の手を取った。廉は手を取られるままになっている。だが、自分から母親に近づくことはない。

「ありがとう。でも、本当にもう終わりにしたいんだ。罪を償ってほしい……あなたの……母さんの面会には行くから。必ず行くから……また会える日まで待ってるし、会えないと決まっても、いつも思い出すから。決して忘れないから」

息子にそう言われた紗和は大きな目に涙を溢れさせ、大きく頷くと、中村に促されるままパトカーに乗った。

「菱田紗和。おれも、アンタのことは時々は思い出してやるよ」

そう言った如月は、パトカーの窓から紗和を覗き込んで、続けた。

「廉は、ずっと無戸籍だったが、やっと戸籍を取れた。マイナカードも取ったし、中学校の卒業認定も取った。次は高卒認定を受ける予定だ。廉はかなり成績優秀だ。あんたの血筋だな。誇っていい」

そういう如月と、母親の姿を廉はじっと見ている。

菱田紗和を護送するパトカーが走り出した。

後に残った如月と菱田廉は、小さくなっていくパトカーを見送っていた。

参考文献

カルロ・ロヴェッリ『時間は存在しない』冨永星訳　ＮＨＫ出版　二〇一九
高水裕一『時間は逆戻りするのか　宇宙から量子まで、可能性のすべて』ブルーバックス　二〇二〇本書は書き下ろしです。
本作品はフィクションです。
実在の個人・団体・事件とは一切関係ありません。（編集部）

実業之日本社文庫　最新刊

堂場瞬一
チームⅢ　堂場瞬一スポーツ小説コレクション
スランプに陥った若きエースを救え！　箱根駅伝「学連選抜」の伝説のランナーによる規格外の特訓が始まった——名手が放つマラソン小説の新たな傑作！
と118

西村京太郎
愛の伊予灘ものがたり　紫電改が飛んだ日
幻の戦闘機の謎を追った男はなぜ殺されたのか？　四国松山で十津川警部が解き明かす、戦争が生んだ悲劇と事件の驚きの真相とは——!?（解説・山前　譲）
に129

東野圭吾
白銀ジャック　新装版
ゲレンデに爆弾が仕掛けられた。人質はスキー場にいるすべての人々。犯人の目的は金目当てか、それとも復讐か。雪山タイムリミットサスペンス第1弾!!
ひ16

東野圭吾
疾風ロンド　新装版
生物兵器が盗まれた。手がかりは、スキー場らしき場所で撮られた写真だけ。回収を命じられた研究員の運命は？　雪山タイムリミットサスペンス第2弾!!
ひ17

東野圭吾
雪煙チェイス　新装版
殺人容疑をかけられた大学生の竜実。アリバイ証人を探すため日本屈指のスキー場へ向かうが、追跡者が迫り——。雪山タイムリミットサスペンス第3弾!!
ひ18

南　英男
異常手口　捜査前線
猟奇殺人犯の正体は!?——警視庁町田署の女刑事・保科志帆は相棒になった元マル暴の有働力哉の強引な捜査に翻弄されて…。傑作警察ハードサスペンス。
み731

遊歩新夢
神様がくれた最後の7日間
人生が嫌になり、この世から消えようとする僕の前に現れたのは神様と名乗る少女。彼女は誰!?　絶望の果て——世界の終わりに、僕は君と一生分の恋をする！
ゆ33

実業之日本社文庫　好評既刊

安達 瑶
悪徳《ブラック》探偵

『悪漢刑事』で人気の著者待望の新シリーズ！　消えたAV女優の行方は？　リベンジポルノの犯人は？　ブラック過ぎる探偵社の面々が真相に迫る！

あ8 1

安達 瑶
悪徳《ブラック》探偵　お礼がしたいの

見習い探偵を待っているのはワルい奴らと甘い誘惑!?――エロス、ユーモア、サスペンスがハーモニーを奏でる満足度120％の痛快シリーズ第2弾！

あ8 2

安達 瑶
悪徳《ブラック》探偵　忖度したいの

探偵＆悩殺美女が、町おこしでスキャンダル勃発！　甘い誘惑と、謎の組織の影が――エロス、ユーモア、サスペンスと三拍子揃ったシリーズ第三弾！

あ8 3

安達 瑶
悪徳《ブラック》探偵　お泊りしたいの

民泊、寝台列車、豪華客船……ヤクザ社長×悩殺美女が旅行業に乗り出した！　旅先の美女の誘惑に抗えない飯倉だが――絶好調悪徳探偵シリーズ第4弾！

あ8 4

安達 瑶
悪徳《ブラック》探偵　ドッキリしたいの

ブラックフィールド探偵事務所が芸能界に進出！　人気上昇中の所属アイドルに魔の手が……!?　エロスとユーモア満点の絶好調のシリーズ第五弾！

あ8 5

実業之日本社文庫　好評既刊

相場英雄
ファンクション7
新宿の雑踏で無差別テロ勃発。その裏には北朝鮮のテロリストの影が……。北朝鮮、韓国、日本を舞台に、人々の生きざまが錯綜する、社会派サスペンス！

あ93

知念実希人
仮面病棟
拳銃で撃たれた女を連れて、ピエロ男が病院に籠城。怒濤のドンデン返しの連続。一気読み必至の医療サスペンス、文庫書き下ろし！（解説・法月綸太郎）
ち11

知念実希人
時限病棟
目覚めると、ベッドで点滴を受けていた。なぜこんな場所にいるのか？　ピエロからのミッション、ふたつの死の謎…。『仮面病棟』を凌ぐ衝撃、書き下ろし！

ち12

知念実希人
リアルフェイス
天才美容外科医・柊貴之。金さえ積めばどんな要望にも応える彼の元に、奇妙な依頼が舞い込む。さらに整形美女連続殺人事件の謎が…。予測不能サスペンス。

ち13

知念実希人
レゾンデートル
末期癌を宣告された医師・岬雄貴は、不良から暴行を受け、復讐を果たすが、現場には一枚のトランプが……。最注目作家、幻のデビュー作。骨太サスペンス!!

ち14

実業之日本社文庫　好評既刊

知念実希人
誘拐遊戯
女子高生が誘拐された。犯人を名乗るのは「ゲームマスター」。交渉役の元刑事が東京中を駆け回るが…。衝撃の結末が待つ犯罪ミステリー×サスペンス！

ち15

知念実希人
崩れる脳を抱きしめて
研修医のもとに、彼女の死の知らせが届く……。愛した彼女は本当に死んだのか？　驚愕し、感動する、恋愛ミステリー。著者初の本屋大賞ノミネート作品！

ち16

草凪優
堕落男《だらくもの》
不幸のどん底で男は、惚れた女たちに会いに行く——。堕落男が追い求める本物の恋。超人気官能作家が描くセンチメンタル・エロス！（解説・池上冬樹）
く61

草凪優
愚妻
専業主夫とデザイン会社社長の妻。幸せな新婚生活のはずが…。浮気現場の目撃、復讐、壮絶な過去、ひりひりする修羅場の連続。迎える衝撃の結末とは!?

く63

草凪優
欲望狂い咲きストリート
寂れたシャッター商店街が、やくざのたくらみによりピンサロ通りに変わった…。欲と色におぼれる不器用な男と女。センチメンタル人情官能！　著者新境地!!

く64

実業之日本社文庫　好評既刊

草凪優
地獄のセックスギャング
悪党どもは地獄へ堕とす！　金を奪って女と逃げろ!!　ハイヒールで玉を潰す女性刑事、バスジャックを仕掛ける極道が暗躍。一気読みセックス・バイオレンス！
く65

草凪優
黒闇
最底辺でもがき、苦しみ、前へ進み、堕ちていく不器用な男と女。官能小説界のトップランナーが、人間の性と生を描く、暗黒の恋愛小説。草凪優の最高傑作！
く66

草凪優
知らない女が僕の部屋で死んでいた
眼が覚めると、知らない女が自宅のベッドで、死んでいた。女は誰なのか？　記憶を失った男は、女の正体を探る。怒濤の恋愛サスペンス！（解説・東えりか）
く67

草凪優
アンダーグラウンド・ガールズ
東京・吉原の高級ソープランドが廃業した。人気の嬢たちはデリヘルを始め、軌道に乗るも、悪党共の手により…。女たちは復讐を誓う。超官能サスペンス！
く68

草凪優
冬華と千夏
近未来日本で、世界最新鋭セックスAIアンドロイドがデビュー。人々は快楽に溺れる。仕掛け人は冬華。著者渾身のセクシャルサスペンス！（解説・末國善己）
く69

実業之日本社文庫　好評既刊

草凪 優
私を抱くと死ぬらしい

売れなくなったモデルの清奈。ある日、彼女を抱いた男が死んだ――。その後も、負の連鎖が止まらない。恐怖とエロスが交錯する、超官能サスペンス！

く6 10

草凪 優
初情《はつじょう》

わたしはね、特別にいやらしいの――発情してて何が悪いの？　名門大学の極悪サークルで、罠にはまった女の復讐と復活。官能エンターテインメントの傑作！

く6 11

草凪 優
女風

女性用風俗（女風）を描く最旬小説。処女でプライドの高い女社長、アイドルグループの絶対的エースなど悩める女を幸せへと導く、人気セラピストの真髄！

く6 12

沢里裕二
処女刑事　歌舞伎町淫脈

純情美人刑事が歌舞伎町の巨悪に挑む。カラダを張った囮捜査で大ピンチ!!　団鬼六賞作家が描くハードボイルド・エロスの決定版。

さ3 1

沢里裕二
処女刑事　大阪バイブレーション

急増する外国人売春婦と、謎のペンライト。純情ミニパトガールが事件に巻き込まれる。性活安全課は真実を探り、巨悪に挑む。警察官能小説の大本命！

さ3 3

実業之日本社文庫　好評既刊

沢里裕二
桃色選挙

野球場でウグイス嬢をしていた春奈は、突然の依頼で市議会議員に立候補。セクシーさでは自信のある彼女はノーパンで選挙運動へ。果たして当選できるのか!?

さ3 14

沢里裕二
処女総理

中林美香、37歳。記者から転身した1回生議員。彼女のもとにトラブルが押し寄せる。警護するのはSP真木洋子。前代未聞のポリティカル・セクシー小説!

さ3 15

沢里裕二
処女刑事　琉球リベンジャー

日本初の女性総理・中林美香の特命を帯び、真木洋子は沖縄へ飛ぶ。捜査を進めると、半グレ集団、大手広告代理店の影が。大人気シリーズ、堂々の再始動!

さ3 16

沢里裕二
極道刑事　地獄のロシアンルーレット

津軽海峡の真ん中で不審な動きをする黒い影。日本に特殊核爆破資材を持ち込もうとするロシア工作員と、それを阻止する関東舞闘会。人気沸騰の超警察小説!

さ3 17

沢里裕二
処女刑事　京都クライマックス

祇園『桃園』の舞妓・夢吉は逃亡するも、寺へ連れ込まれ、坊主の手で…。この寺は新興宗教の総本山で、悪事に手を染めていた。大人気シリーズ第9弾!

さ3 18

実業之日本社文庫 あ89

転生刑事《てんせいけいじ》

2023年10月15日　初版第1刷発行

著　者　安達《あだち》 瑶《よう》

発行者　岩野裕一
発行所　株式会社実業之日本社
〒107-0062　東京都港区南青山6-6-22 emergence 2
電話 [編集]03(6809)0473 [販売]03(6809)0495
ホームページ　https://www.j-n.co.jp/
DTP　ラッシュ
印刷所　大日本印刷株式会社
製本所　大日本印刷株式会社

フォーマットデザイン　鈴木正道(Suzuki Design)

ISBN978-4-408-55829-5（第二文芸）